江苏青年批评家文丛

词的黑暗

韩松刚 著

江苏凤凰文艺出版社
JIANGSU PHOENIX LITERATURE AND ART PUBLISHING

图书在版编目（CIP）数据

词的黑暗 / 韩松刚著. —南京：江苏凤凰文艺出版社，2023.12

（江苏青年批评家文丛）

ISBN 978-7-5594-7766-8

Ⅰ. ①词…　Ⅱ. ①韩…　Ⅲ. ①中国文学—当代文学—文学评论—文集　Ⅳ. ①I206.7-53

中国国家版本馆 CIP 数据核字(2023)第 090763 号

词的黑暗

韩松刚　著

出版人　张在健
总顾问　丁　帆
主　编　郑　焱
执行主编　丁　捷
责任编辑　孙建兵
特约编辑　王晓彤
责任印制　杨　丹
出版发行　江苏凤凰文艺出版社
南京市中央路 165 号，邮编：210009
网　址　http://www.jswenyi.com
印　刷　江苏凤凰通达印刷有限公司
开　本　880 毫米×1230 毫米　1/32
印　张　8.375
字　数　192 千字
版　次　2023 年 12 月第 1 版
印　次　2023 年 12 月第 1 次印刷
书　号　ISBN 978-7-5594-7766-8
定　价　56.00 元

前　言

江苏是创作大省，也是评论强省，有着一批勇立潮头的当代文学批评领军人物。前辈学者不仅有陈瘦竹、吴奔星、叶子铭、许志英、曾华鹏、陈辽、范伯群、董健、叶橹、黄毓璜等批评界先驱，其后继、师承者，如丁帆、朱晓进、王尧、王彬彬、汪政、丁晓原、季进、何平等，如今也都是学术界的翘楚和骨干。继往开来，承前启后，学术实践的推进、引领，向来需要更为年轻的队伍为其不断补充新鲜的营养、血液。这意味着，青年批评家的成长必须作为一个要紧的方向性问题得到把握、关注。

客观地讲，与青年作家的培养、成长相比，青年批评家的培养和成长要更为复杂和艰难。有鉴于此，为进一步培育江苏青年批评新力量，打造江苏青年批评新方阵，系统加强江苏青年批评人才的推介力度，展示新一代批评家的成绩和风采，2022 年，在省委宣传部的大力支持下，江苏省作协经专家评选论证、党组书记处审议通过“江苏首批青年批评拔尖人才名单”，沈杏培、何同彬、李玮、李章斌、叶子、韩松刚、臧晴、刘阳扬等 8 位“80 后”青年批评家入选。

作为江苏青年批评的代表，他们的“集体亮相”，不仅标志着江苏青年批评家群体的初露峥嵘，更意味着新一代批评家已经有了相当的学术积累，具备了相对稳定、成熟的批评风格。他们虽在当代文学现场同场竞技，但却各有专擅，各具锋芒。很大程度上，他们的成长不仅参与、见证了当代文学研究、批评格局的建构，也促进了当代文学研究、批评领域的对话、交流，集中体现了江苏青年批评家在介入当代文学的“当下问题”“文学现场”时，所保持的学术锋芒与责任担当。

本套《江苏青年批评家文丛》共推出 8 名入选“江苏首批青年批评拔尖人才”队伍的青年批评家，每人收录一部彰显其风格与水平的作品，共计 8 本，他们有思想、有态度、有锐气、有实力，不仅是江苏青年批评的中坚力量，也是中国当代文学批评的青年代表。我们真诚地希望这套书能够成为他们各自成长的一次回顾和见证，同时，也能够成为中国当代文学批评的重要成果和收获。

2017 年，江苏省作协与江苏当代作家研究中心联合推出《江苏当代文学批评家文丛》(20 卷)，现今，《江苏青年批评家文丛》(8 本)也将付梓出版。这其中，既能够看到江苏文学批评历史代际之间的血脉联系和学术传承，也能够见出青年批评家们在文学理念、学术路径、批评方法等方面，不断精进、沉潜转化的内在轨迹。我们相信，在前辈学人的指引和带领下，在新一代批评家的努力和奋斗下，江苏的文学批评也必将焕发更新的活力，产生更大的影响。

江苏青年批评家文丛编委会

2023 年 11 月

目录

第二辑

第三辑

第 一 辑

身份、记忆与流动的生活

——以《女同志》《赤脚医生万泉和》《灭籍记》为中心

在中国当代小说家中，范小青的小说创作体量巨大，长篇、中短篇，都是她擅长的文体，且每每能够写出代表性的作品。短篇如获得鲁迅文学奖的《城乡简史》，长篇如遗憾与茅盾文学奖失之交臂的《赤脚医生万泉和》，都是文学史上不可忽视的重要之作。从1980年发表短篇小说《夜归》开始，范小青的创作已有40余年。40年的光阴，照亮了一条现实主义之河，时间、生活以及与此相关的一切，都在其中缓缓流淌。但熟悉范小青作品的读者一定会意识到，她从来就不是一个安分的现实主义者，即便是在当下，她作品的“特殊性”依然让人捉摸不透，仍然能够引发争议，比如长篇小说《战争合唱团》（《大家》2021年第1期），充满了谜一样的东西，催人生疑、使人不安，那种对现实的背离和对不确定性的热情，较之以往更加强烈和浓郁。

在范小青的写作生涯中，《女同志》可能不是她最具代表性的作品，但却是非常有意义的一部小说。小说真实地描写了女同志万丽在机关工作中所遭遇的伦理困境、情感风浪和道德挣扎。“同志”这个极富政治意味的词语，又因为“女”这个前缀，而平添了叙事的丰富和可能。这部小说不同于一般的官场小说，其真实的落脚点也不是去反映官场的生态，以及这生态之下的人情世故。它的意义，还是在于对一个特殊地带中一个特殊群体的洞察和体恤——洞察女性的心理和情感的变化，体恤她们的苦恼、悲伤和不易。

阅读《女同志》，我首先想到了米兰·昆德拉的小说《身份》，这部小说延续了作者对"存在"的思考，尤其是其"身份"主题让这个文本产生了极其复杂的多义性，就像弗朗索瓦·里卡尔在关于昆德拉《身份》的研究中指出的，"在一个最小的空间里，容下最大的深度感、变奏以及语义上的复杂性；在一种极为集中的小说形式中注入一种充盈的意义，绵绵不断，让人无法'简述'。"[1]事实上，《女同志》中关于官场的描写固然让人啧啧称赞，但其最为隐秘和不可思议处则是对万丽复杂情感世界的描绘，特别是她和康季平、姜银燕之间的错综关系，在这一点上，它与《身份》有一种不谋而合的审美眼光。"万丽、康季平、姜银燕之间的纠葛是《女同志》之中的一段插曲。相对于机关内部紧张的人事关系，三个人之间的挚爱、悲情与宽容格外动人。这种美学处理不仅策划了一个催人泪下的浪漫故事，更为重要的是在权力网络的缝隙中分隔出了一个私人空间。万丽可以不时地回到这个空间休养生息，舔伤口，补充勇气和智慧。"[2]在小说中，"女同志"是一种政治身份，但这个身份背后，还有更加缤纷的"身份"——妻子、情人、母亲、女儿……万丽就处在这种不同身份的强烈转换之中，既维持自身的"局部"，又遮蔽自

[1] ［法］米兰·昆德拉：《身份》，董强译，上海：上海译文出版社，2003年版，第195页。

[2] 南帆：《良知与无知——读范小青的〈女同志〉〈赤脚医生万泉和〉》，《当代作家评论》2008年第1期。

身的另一些“局部”，而在这个过程中，毫无疑问，将面临一种分裂的痛苦。

因此，《女同志》关注的焦点不是机关的风云变幻、钩心斗角，而是人尤其是女人的现实处境、彷徨犹疑和无法摆脱的痛苦。不仅如此，她还更进一步地通过大量的人物心理描写和思想搏斗，写出了一种深刻的批判性。《女同志》中，女性某种程度上的自我迷失，对某种控制和操纵的臣服，以及这背后根深蒂固的观念意识，又让我想起了另一位作家——加拿大的艾丽丝·门罗。比如在小说《女孩和女人们的生活》中，门罗就是以黛尔的视角，观察男人与女人这两个各行其是的世界，它们各有一套自我运行的既定规则，从未平等，也从未和谐地交融。正如《女同志》中康季平对万丽语重心长的劝告：“现实就是这样，你一定要记住，在任何岗位，都有竞争，都有让你心理不平衡的事情和人，他们不可避免地会出现在你面前，干扰你的工作，你别以为到旧城改造指挥部，男同志多，事情就好办些，疙疙瘩瘩的东西就会少，一点也不会少，只会更多，更严酷，更无情，女同志和女同志竞争，再怎么你死我活，到头来也可能会心肠软一下，下不了手了，但是和男同志相处，你可千万别抱什么幻想，他们当面会吹捧你，但是他们下手的时候，决不会手软，更不会心软。”[1]在范小青的笔下，这种身份的差异，正被一种可怕的必然性所裹挟——她们终将要在目标选择的折磨中度过一切不安的日子。作为万丽政治导师和情感依附的康季平早已洞察生活的灰暗和不堪，而万丽作为一名女同志，就像是冷灰，竭力覆盖灼热的生活余烬。

---

[1] 范小青：《女同志》，合肥：安徽文艺出版社，2018年版，第275—276页。

与《身份》中“身份”这一主题的模糊不同，在《女同志》中，“身份”这一主题是明朗的，它直指生活和身体本身。“在特定的文化族群中，女人只能轻声说话、小口吃饭、并膝就座、走在男人后面、低眉顺眼看人，这样的规范体现并加剧着性别压迫。想挑战这种微妙的控制特别困难，因为我们的身体已深深地被这种控制同化，本身就抵制挑战——就像一个年轻的秘书，她过去受过的身体训练就是尊重上级，所以当她试图提高嗓门抗议上级时，会不由自主地脸红、颤抖、畏缩甚至大哭。”[1] 舒斯特曼关于女人的这段描写，可能会让很多女权主义者感到不舒服、不自在。但实际上，这样的不平等就真实地存在着，尤其是对“女同志”来说，更像是无法摆脱的一种命运的幻象。在康德关于纯然理性的教导中，他就认为伤痛和屈辱感会扰乱人的冷静思维，而女性又往往容易在这方面中招。因此，读《女同志》，你会发现诸多关于“哭”的名场面，哪怕是在机关里，哪怕是不合时宜的时刻，当理性决堤，感性的洪流便扑面而来。“余建芳是个克制自律的女同志，从来不放纵自己的感情，这时是到了伤心处，泪水哗哗地流淌下来。万丽却是有嘴无心，她也并不很了解余建芳的过去和这些年的经历，只是觉得余建芳小心眼，就直话直说了，想不到余建芳哭了，她倒有些手足无措了，但想想是余建芳先来惹她的，她没有科长的胸怀，她也不必去跟她道歉，两个人就闷着不说话了。”[2] “万丽气得脸色铁青，眼泪‘哗’一下就淌下来了，金美人大概也没料到万丽会如此失态，一时倒也很难

[1] [美] 理查德·舒斯特曼：《通过身体来思考：身体美学文集》，张宝贵译，北京：北京大学出版社，2020 年版，第 34 页。
[2] 范小青：《女同志》，合肥：安徽文艺出版社，2018 年版，第 17 页。

堪，脸也涨红了，但仅仅过了几秒钟，金美人已经调整过来，脸上堆满了笑，上前搂住了万丽，柔声柔气地道，喔哟哟，喔哟哟，我的小公主，开开玩笑的，你还当真了啊？万丽千想万想也没想到金美人会来这一招，她的眼泪，一下子变得那么不值钱，那么无所谓。”[1]“李秋当场号啕大哭，那正是她和前夫关系最黑暗的阶段，但是这一次的哭，是空前绝后的，是李秋这半辈子人生中唯一的一次公开亮相，在此之前和从此以后，李秋都不会有这样的事情发生。”[2]

《女同志》中的“女同志”，几乎都难以逃脱“哭”的命运。一部《女同志》，几乎是从头“哭”到尾，这在中国小说史上，想必也是绝无仅有的。而范小青小说技法的卓越之处，则是对哭的不同理解和小心把握。该哭的时候要哭，不该哭的时候不能哭，而在不该哭的时候哭了，就会产生不可挽回的后果。比如余建芳趴在死去的朱部长身上哭，就让她失去了竞争副市长的资格。但也是这一哭，让余建芳这个形象陡然站立了起来，成了一个有血有肉有情的人——她失去了一种身份，却获取了某种人格。但我们也无法否认，《女同志》中的诸多个体，大都已经不具备一种个体性质，并露出了无法摆脱的集体面目。哭——既成就了叙事，也成了象征。而哭，一定意义上也蕴含着更大的人性内涵——一种无法抵挡的“脆弱性”——身份的脆弱性，理想的脆弱性，爱情的脆弱性，生活的脆弱性。我觉得《女同志》的动人和不同之处，就在于展现了机关女干部的这种“脆弱性”。比如写到万丽初入机关时的感受：“过去听

---

[1] 范小青：《女同志》，合肥：安徽文艺出版社，2018 年版，第 51 页。

[2] 范小青：《女同志》，合肥：安徽文艺出版社，2018 年版，第 121 页。

人家形容机关的女同志，是焐熟的花，开也是会开的，但不新鲜、不生动，因为不是自然界的阳光雨露培育出来，而是呼吸着机关里特殊的空气长起来的，刚刚开出来，就好像已经枯萎了。万丽没想到，自己刚来不久，就已经开始有了被焐的感觉。”[1]比如写到万丽对领导的认识：“本来是说万丽的衣服的，结果林美玉成了中心，万丽最没想到的是计部长，也是相当有水平的干部，也是位很严肃的干部，怎么会对这种低档次的话题那么感兴趣，还那么投入地去调笑，万丽顿时觉得自己很失落、很没趣，也让她心底里产生了一些瞧不起他们的想法，但在这瞧不起的想法中，泛起的却是一股浓浓的酸意。”[2]比如写到万丽的爱情：“爱情就是这样。爱情来了，牛粪也是香的。别人眼里的孙国海，可能也就是个一般的人，但万丽就觉得他特别好。一想起那一天孙国海一迭连声说不怪我不怪我是你撞我的撞我的，她就忍不住要笑，这种甜蜜的笑，从心底最深处的地方出来的，又一直笑回到心底最深处去。笑着笑着，康季平的影子，就渐渐地淡了，更淡了。”[3]事实上，也是在这种脆弱性面前，人（万丽）重新进行着自我的反思和塑造。“自我塑造并不意味着一个人摆脱其先天身份，成为一个抽象的、飘浮的个体——这就像摆脱历史一样不可能，自我塑造的含义并非抹去与生俱来的身份印记，而恰恰是在既有的身份属性之间取舍、排序、糅合，同时选择性地融入不同的‘他者’，从中创造一个独特的自我。”[4]尤其是当万丽失

[1] 范小青：《女同志》，合肥：安徽文艺出版社，2018年版，第30—31页。
[2] 范小青：《女同志》，合肥：安徽文艺出版社，2018年版，第125页。
[3] 范小青：《女同志》，合肥：安徽文艺出版社，2018年版，第42页。
[4] 刘瑜：《导读：一个及所有“我们”》，见［美］弗朗西斯·福山：《身份政治：对尊严与认同的渴求》，刘芳译，北京：中译出版社，2021年版，第Ⅻ页。

去了她的情人、朋友之后，不由得对他者和自身的脆弱产生了更加深沉的反思和怀疑：

> 从咖啡馆出来，余建芳没有回去，她又到医院去了。万丽看着她单薄的背影，感觉出她内心的躲躲闪闪偷偷摸摸的恐惧，真想追上去对余建芳说，我陪你去吧！但她没有这么做，余建芳虽然今天跟她说了许多话，但事情过去后，心情平静下来，她们两个人都会明白，这些话原本是不应该说出来的。[1]

> 万丽含着眼泪离开了，她没有要小白送她，自己一个人走在大街上，满街都是人，都是车，都是热闹，但她的眼前她的心里却是一片空白，什么也没有，康季平没有了，伊豆豆没有了，她的工作，她的一切，还有什么意思？她为什么要这样做？她值得吗？她付出的是什么得到的又是什么？她到底为什么要这样做？就是为了田常规的一次谈话？就是为了田常规把她放到这个位子上？[2]

脆弱让人不安，让人心生怜悯和同情，但同时，脆弱也可能会激发人，会加快自身的成长。因此，失去了康季平的万丽在小说的最后，终于找到了一种慢慢醒来的理性，她似乎正在从某种既定的框架中解脱出来，并开始走向一种亟待完成的自我重生。“万丽平静了一下自己的心情，给康季平写了一封信，康季平的回信很快就来

[1] 范小青：《女同志》，合肥：安徽文艺出版社，2018 年版，第 414 页。
[2] 范小青：《女同志》，合肥：安徽文艺出版社，2018 年版，第 428 页。

了：我无法给你任何答案，说实在话，我也不知道你应该怎么做，我的作用，就是听你说，看你哭，你说过了，哭过了，就好了，雨过天晴，你又是你了，你又振奋起来，你又活过来了，你又往前走了。万丽回信说：我懂了。”[1]这个结尾实际上有一种魔幻的意味，因此，此时的康季平已经不存在了。但就是这样一个不真实的幻想，意味着《女同志》中内在的、固有的矛盾的某种释放。这一矛盾可以证明，女同志在既有社会现实的某种努力，可以达至一种真实的结果——时代终将会为在这持续的、不堪的现实中摆渡的水手，提供一个理想的目的地。

范小青对时代有着超凡的敏感性，她21世纪初期的城市系列小说，就像一部城市发展的编年史，并给长篇小说叙事带来一种新鲜的风格。她似乎是用这些作品告诉我们：在时代和历史的某一个时期，世界和社会曾经是什么样的，而它们的样子，就存在于日常生活之中，一切的喧闹、叫喊、冲突、等待，以及由此而引发的矛盾和复杂，都是生命的斑斓图景，而这些于我们来说，其实并不完全陌生。事实上，在《女同志》中同样伴有着城市发展的过程，这其中的困难重重才衍生了万丽这一形象的多重和复杂，加之范小青长期在机关摸爬滚打的经验积累和深刻洞察，写出《女同志》这样特殊的作品似乎并不完全让人吃惊。《女同志》说到底是关乎“身份”的一部小说，这个身份与后来的两部长篇小说《赤脚医生万泉和》和《灭籍记》无意或有意中形成了一种共鸣。身份——范小青小说中这一书写的难题，由此开始，也变得模糊而重要起来。而她也在不同的方向上，对这一难题进行着思考和探索。“从一开始，我们的

---

[1] 范小青：《女同志》，合肥：安徽文艺出版社，2018年版，第450页。

身份就是一种紧张的平衡，我们在与他人融合的欲望和远离他人的欲望之间撕扯着。那是因为，在最初的认同或镜像过程伴随交织之外，还有另外一个过程在发挥作用：一种对自主性（autonomy）的抗争，这种抗争导致了与他人的分离。”[1]但到了《赤脚医生万泉和》中，范小青则将关注的方向投到了历史之中，一种“历史意识”也开始在她的小说中重新发酵。“严格意义上讲，历史意识在我看来包含有三个具体的成分：传统与自由的辩证意识，为捕捉过去的真实或真相所做的努力，认为历史的一系列社会组织和人类造物并不是随意的、无关紧要的，而是关切到人类本质的那种觉知。”[2]赤脚医生这一特殊的身份，本身就有一种历史意味，是特殊时代的历史产物。因此，范小青通过赤脚医生书写一个时代的历史，以及这历史过程中的种种荒诞、不安，就有了一种特殊的意义，一种关涉人类历史真相的意义。

读《赤脚医生万泉和》，最大的感受是荒诞。人性的荒诞、生活的荒诞、感情的荒诞、政治的荒诞，以及由此而构成的历史的荒诞。就如小说中万泉和的自言自语一样：“每次有人走了，我的麻烦就开始了。农民是惯性思维，他们不管你们谁走了谁来了，昨天来你这里看病，今天还来你这里看病，我跟他们说，医生走了，你们别来了。他们很生我的气，说我不负责任，我关了门，他们就敲门，一直敲到我开门为止。从前涂医生走后，马莉走后，都是这样的情况。所以，如果有人说历史是循环往复的，我同意这样的说法。”[3]一个

[1] [比] 保罗·沃黑赫：《身份》，张朝霞译，广州：花城出版社，2018年版，第7页。

[2] [法] 雷蒙·阿隆：《历史意识的维度》，董子云译，上海：华东师范大学出版社，2017年版，第86页。

[3] 范小青：《赤脚医生万泉和》，北京：人民文学出版社，2007年版，第318页。

自称脑子有问题的人，却被推荐为赤脚医生，是荒诞；一个几乎毫无医学经验的人，却要为一干人等的生命负责，是更大的荒诞。“深陷荒诞处境的万泉和，不但要对自己的命运负责，要对整个后窑大队的生老病痛负责，还要对所有群众的信任负责，对他们的期望负责。这是另一个更为巨大的历史玩笑。”[1]当然，除了赤脚医生的身份，万泉和更具体的一个身份是农民。万泉和的赤脚医生这一身份，在小说中的不断变迁，一方面呈现了时代的历史更迭，另一方面也预示了流动的生活中，人的身份的某种不确定性。而这其中，唯一不变的，是万泉和的农民特征。说到底，他的真正身份是“农民”。因此，《赤脚医生万泉和》是一部关于农民的生活史和精神史。“我是努力把生活化开来，一点一点地写出来，无论是不是史，无论是什么史，小说应该将这些史放在小说的背后，所以我尽量少写政治的背景，少写‘文革’，也没多写改革，知青和下放干部也都是次要的，都是很快就过去的，只有农民，只有万泉和和万人寿，永远在那里。史在他们身上。”[2]这其实是范小青的小说观：对人的珍视、对生活的尊重。因此，她笔下的农民除了愚钝、麻木、势利之外，更多的是良善，一种脆弱的“善”。于是，即便面对再大的痛苦，也没有仇恨、没有抱怨，只有自怨自艾的哀痛。“如果换了一个强悍的农民，他这时候也许会打我，打涂医生，如果他打我，或者打涂医生，我们都会觉得好受些，可万水根是个老实人，他不会打人，也不会骂人，甚至都不会满怀仇恨地瞪着我们。他只是抱着头‘呜呜’

---

[1] 洪治纲：《承纳与救赎——评长篇小说〈赤脚医生万泉和〉》，《当代作家评论》2008 年第 1 期。

[2] 范小青、汪政：《灯火阑珊处——与〈赤脚医生万泉和〉有关和无关的对话》，《西部·华语文学》2007 年第 5 期。

地哭，像一条被人欺负了的狗，有说不出的哀怨。”[1]

历史从来不是一个抽象而宏大的概念，它隐藏在流动的生活之中，隐藏在一个个鲜活的个体的真实记忆之中。《赤脚医生万泉和》是对缠附在历史身上的荒诞和恐惧最为充分也最为生动的洞察和概括。在小说中，作为社会的总体一直试图塑造着作为它的成员的个体，而个体也努力在这种压迫中企图改造社会，并让这个总体远离他们的生活。细心的读者或许会发现，万泉和与他的身份，就在这种无形的对抗中造成了脱节，而他的命运的荒诞也来源于这种脱节：

> 随着内在自我与外在自我的脱节为人所察，身份就有了基础。个体终于相信，他们内在有一个真正的，或者说真实的身份，与周围社会派给他们的角色多少有些不合。现代的身份概念为真实性（authenticity）赋予了最高价值，看得最重的是不被允许表达的内在自我得到认可。身份概念站在内在自我这一边，而不是外在自我这一边。很多时候，个体可能并不明白他那个内在自我到底是谁，只是模模糊糊觉得，他或她无奈地过着谎言一般的生活。这会导致过度追问“我到底是谁？”求解而不得，异化感、焦虑感由此而生，要得到宽慰，唯有个体接受内在自我，而且这个内在自我得到公开承认。而要外部社会恰如其分地承认内在自我，个体只能去想象社会自身发生根本改变。[2]

---

[1] 范小青：《赤脚医生万泉和》，北京：人民文学出版社，2007年版，第114页。
[2] [美] 弗朗西斯·福山：《身份政治：对尊严与认同的渴求》，刘芳译，北京：中译出版社，2021年版，第29页。

而大多数时候，正常的个体对抗在现实中几乎是不可能的，因此，转换到小说场域中，则出现了一系列狂人或傻子形象的文学寄寓。似乎从鲁迅的《狂人日记》开始，慢慢形成了此一写作的精神传统。《赤脚医生万泉和》中，万泉和就有一个特殊的身份——傻子，正是通过这一形象的塑造，历史和人性的荒诞才显得更为荒唐和可笑。范小青的小说有着对滑稽幽默的偏爱，“借助幽默，他们不仅减少了只是看似重要的东西，同时还展现了各种事物真正重要的特质，那些原本被表象、角色、面具遮住和隐藏的特质。”[1]范小青展现的时代的焦虑和灼热、人性的困顿和憎恶，都有着幽默的外衣，而她的幽默也是多种多样的：有语言上的讥讽，有场面上的喜剧化表现，有叙事上的黑色幽默，而这一切都建立在某种令人恐惧的东西之上。而荒诞在其中扮演着非常重要的角色。范小青是当代女作家中，少有的具备幽默感的叙事高手。透过这种范式幽默，我们似乎可以更容易理解：在现实主义的表象之下，隐藏着另外的事物或真相，那也是现实，甚至是比现实更真实、更深刻的存在。

在阅读《赤脚医生万泉和》的过程中，我还注意到它和很多小说的另一不同之处，那就是作者为我们绘制了很多幅万泉和生活的居住图。这些图的变化，当然不是毫无意义的，相反，它包含着一些复杂的信息。这些信息，涉及身份，因为每一次身份的变化带来的就是居住位置的变更，这些信息，也隐含着某种历史的影子，后窑大队的风吹草动都会在这些图上体现出来。但在我看来，这些图隐藏着更大的意图——某种记忆，某种哲学的思考，以及与此相关

[1] [阿根廷] 胡里奥·科塔萨尔：《文学课》，林叶青译，海口：南海出版公司，2022 年版，第 170 页。

的流动的生活。“流动的生活便是一种生活在永不确定环境下的、缺乏稳定性的生活。”“流动的生活，意味着持续不断的新的开端——正因为如此，它也意味着迅速而自然的终结，没有这些终结，也就谈不上新开端，新开端往往是流动的生活之最具挑战性的时刻，也是最令人不安的烦恼。”[1]我们由此再来阅读《赤脚医生万泉和》的开头，就变得更加富有意味。

> 这个位置不只是我在我们院子里的位置，这还是一个人在一个村子里、在一个世界上的位置。如果要想知道我在村子里的位置，还得画一张全村的图，这个村子叫后窑大队第二生产队。如果要想知道我在这个世界上的位置，事情就更复杂了，我们先要知道这个世界叫什么。但那是完全没有必要的，因为世界叫什么跟我们没有关系，更何况，这世界上根本就没有人想知道我的位置。[2]

事实上，每一幅图的绘制，对万泉和来说，都是新生活的开端，是重新自我确认的开始。因此，读《赤脚医生万泉和》的另一感受，是那流动的生活之下万泉和因为“身份”的变化而带来的骚动不安和命途多舛。对于人（万泉和）来说，“你是谁”比“你在哪”和“你正在做什么”更重要。但一切的流动终会归于某种平静，就像《赤脚医生万泉和》在结尾处所写的：“我狼狈不堪地逃回家的时候，

---

[1] ［英］齐格蒙特·鲍曼：《流动的生活·序言》，徐朝友译，南京：江苏人民出版社，2012年版，第2页。

[2] 范小青：《赤脚医生万泉和》，北京：人民文学出版社，2007年版，第1—2页。

看到我爹坐在门前晒太阳，那一瞬间，我被我爹的平静的目光打动了，我长长地吐出一口气，挨着我爹坐下来。我的魂也回来了。我真没有出息，现在村子里的人都不守在家里了，外出的外出，进城的进城，开店的，开车的，反正干什么的都有，我却回来了，和我爹一起，呆呆地守望着村前的这条路。"[1]读范小青的小说，尤其是她的很多短篇小说，你能感受到那是她在有意识地和读者分享她的时代感受和个体之思，其中蕴含着如此多的滑稽、悲怆和泪笑，并由此取得了小说艺术上的胜利。在一次次的危机和灾难中，荒诞已经慢慢变成了一种习以为常和最普遍的麻木感觉。而范小青的小说，就是将荒诞以艺术的方式重新展现给我们。荒诞构成了范小青小说最基础的经验，在当下，没有什么是和荒诞不相干的。她的小说，就是与荒诞的抗争。她的小说越接近荒诞，作品中的人或事就越发可笑。

和《赤脚医生万泉和》一样荒诞的，还有她的另一部小说《灭籍记》。透过小说题目，我们就很容易判断出：这同样是一部关乎"身份"的小说。"我爸说，人就像水一样，要流走的，你要找的人，都在你前面，已经流走了，你追？你踏着风火轮也追不上。"[2]生命就像水流，生活就像水流，不息而不安，无奈而怅惘。追不上的原因或许还在于，有些"身份"本就是虚假的，它的存在只体现于一个词语，而不是鲜活的肉身。就像《灭籍记》中，"籍"（一种身份）是衡量精神事物的尺度，范小青通过"籍"评估自我和他者，展现这流动的现实和晃动的历史。"作为一纸证明，'籍'不仅关联着个人的身份认同与主体性的建构，也通过形塑个人和集体的记忆来建

[1] 范小青：《赤脚医生万泉和》，北京：人民文学出版社，2007年版，第378页。
[2] 范小青：《灭籍记》，北京：北京十月文艺出版社，2018年版，第69页。

构历史。”[1]因此，“籍”的有无，不仅和流动的生活有关，而且关乎生命的记忆，以及由此而汇集成的孤悬的历史境地。《灭籍记》那未被诠释的艺术本质即在于此：它要求我们从另一个角度——不是从常规的人性的角度，也不是从一般的政治的视角，而是从特定的制度观念进入故事，从中呈现它对精神和心灵的关切，对历史和记忆的迷恋，生命的梦想和失落，人性的悲悯和没落，以及与此相关的反思和警惕，也都被一一关涉。

> 他真是鬼迷心窍。他心里明明已经怀疑我的身份了，但他却坚决不问我是谁，这孙子，他怕问出了我是谁，叶兰乡就玩儿完了。
>
> 他既然不问我是谁，我干吗要告诉他我是谁。
>
> 他不知道我是谁，他就不会知道谁是谁。
>
> 活该。[2]

在《灭籍记》中，范小青将这种身份的荒诞、记忆的荒诞推到了高潮。“我”到底是在梦境中，还是在现实中，抑或在历史中，都很难说清楚。在小说中，范小青对生活的反思和历史的质疑，就直指其自身的荒诞性。比如王立夫因为开会打喷嚏暂时离席，就被扣上了“右派”的帽子；比如叶兰乡为了摆脱自己特务的怀疑，虚构出了郑永梅这一人物，而实际上，郑永梅只存在于户口本上；比如郑见桃被嫂子叶兰乡告发，幸好从梦中惊醒才得以逃脱。流动生活

[1] 郭冰茹：《历史追述中的身份探寻——读〈灭籍记〉》，《扬子江评论》2019 年第 3 期。

[2] 范小青：《灭籍记》，北京：北京十月文艺出版社，2018 年版，第 154 页。

中的不幸、荒诞、不安，不仅让人与人之间的关系变得冷漠而无情，而且扰乱了人们的日常生活。《灭籍记》中的人物始终在这样一个荒诞的框架内活动，虽然他们竭力在其精神生活上维持勉力的理性和清醒，但不可否认的是，在源头上已经难免生活衰颓的命运。在现实和历史的穿梭中，在个体命运与时代氛围的纠葛中，在命运的偶然性与生活的必然性之间，在困境和梦境之中，一切的故事既充满了分叉和歧路，也布满了哀痛和忧伤。

事物和生命的意义，就在于它是可以被理解的东西。但当时代变得荒唐，当生活失序之时，我们对事物的理解和事物呈现出来的面貌之间便会产生对立。荒诞的历史是一面镜子，不仅照见自身思想的各种畸形，还能见出自我隐匿的可能或能力。因此，在《灭籍记》中，借助于“籍”，一个人既是自己，也不是自己。“我们都是独一无二的，因为我们一直接触不同的镜像，而且自我抉择。然而，在某种程度上，我们又都是相同的，因为特定群体和特定文化的镜像在很大程度上是共有的。”[1]

> 所以在后来的一些日子里，郑见桃先后是：
>
> 李小琴，一个被丈夫赶出家门的女子。
>
> 孙兰英，一个到县城办事的大队妇女主任。
>
> 钱月香，一个上了年纪的卖桃子的小贩。
>
> ……[2]

---

[1] [比] 保罗·沃黑赫：《身份》，张朝霞译，广州：花城出版社，2018 年版，第 16 页。

[2] 范小青：《灭籍记》，北京：北京十月文艺出版社，2018 年版，第 196 页。

此时，我对米兰·昆德拉的小说《身份》又有了一丝新的感受，“在《身份》中，这种梦与真的混淆就走得远多了。我们见到的不再是两个对立的世界，而是一个世界渐渐地变成了另一个世界，一种‘真实’在人们当时还没有意识到的情况下，开始变化，移向梦的领地（或者，更确切地说，走向噩梦）。”[1]我们在对历史的探求和追问中，在对自我身份的确认和犹疑中，不知不觉中也变得异化而苍凉，人，渐渐获得了一个消失于阔大的狭窄的定义，并让其自身失去价值，从而毁灭了他（人）的意义。

> 人与世界关系的陌生化、人与他者关系的损毁，最终带来的是人与自我之间的危机。身份认同不再是一个可以遵循线性历史发展而得以确认的时间过程，身份既抛弃了过去，也不向往未来。而缺乏未来的维度，认同就只变成了一个在共时性的层面上临时构建的框架，充满了差异化，永远无法完成。更为重要的是，当下性的、即时性的身份认同还具有了一种权力意志，它带着一种理想化的色彩。它虽然是一个永恒的话题，与人的存在息息相关，但只有当身份出现危机、认同产生焦虑时我们才会意识到这个问题的存在。它已然体现了人类存在的脆弱感。[2]

和《女同志》《赤脚医生万泉和》一样，一种无法避免的脆弱

---

[1] [法] 米兰·昆德拉：《身份》，董强译，上海：上海译文出版社，2003 年版，第 198 页。

[2] 赵静蓉：《文化记忆与身份认同》，北京：生活·读书·新知三联书店，2015 年版，第 213 页。

感，始终充斥于《灭籍记》中，不仅没有减弱，相反，却越发强烈。因此，在这个意义上，我们从万丽、万泉和、郑永梅等人物身上，看出了比作者本人试图表现的更真实的东西。也是在此时此刻，我突然意识到，范小青的小说从来不是站在高跷或梯子上的凛然俯视，相反，她是光着脚站立着，就像赤脚医生万泉和一样，用一种平和而友善的眼光去看待世间万物和芸芸众生。而很多时候，我们并不能摆脱这种不平等。“不平等最生动的说明是它像一个巨大的梯子，在这个梯子上，个人或团体都占据一个更高或更低的横档。我把不平等看作是一个迷宫，在那里，大批的人在里面徘徊，他们被由自己建立起来的墙——并不总是故意的——隔开。”[1]《灭籍记》注定了人生终将是一场漫长的“流浪”，无所根系，无所附着。生命的区间是如此短狭，却充满了喧嚣嘈杂和狂暴激烈。一切的存在和幻想，不是源自一种被期望的持久和接续，相反，恰恰来自自身的不确定的过去和未来，以及与此相关的一种脆弱性存在和情感性投入，就像那个只存在于户口本、花名册里的“郑永梅”。

> 我存在在郑见桥和叶兰乡的户口本里，我存在在小学中学的学生名册里，我存在在下放知青的名单里，东风机械厂也有我，大学生名册里也有我。到处都有我的痕迹，照片上的我，虽然经常变换样子，甚至有画出来的，有的被雕空了，那一个洞洞也是我。其实也许那中间根本就没有人，凭空雕了一个洞，给人的感觉就是原来有个人站在那里的，站在父母亲中间，必

---

[1] [美] 查尔斯·蒂利：《身份、边界与社会联系》，谢岳译，上海：上海人民出版社，2021 年版，第 87 页。

定就是我无疑。如果有人问为什么要把头像雕掉，我母亲就推到我头上，那是永梅干的，他要和我们划清界限。[1]

事实上，人与人之间的仇恨是由于彼此切断关联产生的。“籍”的消失，也是人与人或者人与世界关系的某种断裂。就像有时候我们并不想让别人看到自己的内心，因为那里面并不怎么好看。人就是这样在流动的生活和虚假的历史中渐渐迷失，并感觉到一种极端的厌倦和痛苦。“身份永远是一种源自身份持有人与更广泛的环境之间交互的建构。身份可被归类为满或空，开放或封闭，稳定或不稳定。”[2]因此，《女同志》中的“女同志们”，《赤脚医生万泉和》中的“农民们”，《灭籍记》中那些飘忽的人物，都让我们不得不去反思“身份”的意义以及与此倏忽相息的命运。

范小青的小说总是能营造出一种特别的氛围、一种特别的感觉，各种情节和细节在这种氛围和感觉中呈现出一种真正的超现实主义精神。这在新近的长篇小说《战争合唱团》中亦有所呈现。她的每一部小说，几乎都是尝试着在现实与小说之间建立一种新的联系。她的头脑内部，始终有一种创造新颖小说的冲动和设想。在这方面，她的创新、她的意图，以及对于纯小说的不满足，总是在革新的探求中化作一次次艰难的挑战。这种挑战催促她不断地寻找令人感兴趣的主题，尤其是生活在这样一个巨变的时代，那种被近距离感受的变化和痛苦，在她的小说中变成了种种存在着的生活状态。

---

[1] 范小青：《灭籍记》，北京：北京十月文艺出版社，2018 年版，第 337—338 页。
[2] [比] 保罗·沃黑赫：《身份》，张朝霞译，广州：花城出版社，2018 年版，第 36 页。

范小青的小说，现场感、现实感、现代感，种种感觉相互交汇，以一种深邃的炼金术，展现出现实本身的模样。我想，小说的意义之一，就是想象现实、理解现实、改造现实，从而让我们更深刻地生活在现实之中。因此，小说是一定不能脱离幻想的，对于范小青来说，幻想是现实的另一种形式，“正是幻想元素让我们更加关注周遭的世界，我们生活的世界，我们熟知的世界。”[1] 在我看来，范小青小说的意义，就在于通过身份、记忆以及与此相关的幻想，向我们展现了一个困难的、流动的生活世界。

---

[1] ［阿根廷］胡里奥·科塔萨尔：《文学课》，林叶青译，海口：南海出版公司，2022 年版，第 87 页。

回到南方

——余华小说论

南方有故事。所以余华说，回到南方。“我非常怀念过去的世界，因为它把我的童年带走了。我儿时的很多记忆都让我感到痛惜和遗憾。虽然我现在生活在北京，可是我知道自己属于中国的南方，当我坐到写字桌前，我就明白自己要回到南方去了。只有在我不写作的时候，我才能意识到北京是存在的。”余华在《永远活着》中的这段话想必不是一时的心血来潮，他在“阳光明媚”的北京对于“阴雨绵绵”的南方的这番真情表白，当然不是一次毫无意义的文学作秀，而是试图在历史的颤音中完成一次盛大的青春葬礼。

余华的小说有一种吹不散的灰暗色调，暴力之花的肆意盛开，死亡之舞的尽情高蹈，一次次直抵死亡的梦境。余华是一位清醒的说梦者（莫言语），他当然知道痴人说梦的潜在危险。但也因为清醒，损害了他小说的智性和魔力，那种深谙现实力量的理性严重损伤了小说原本活力十足的肌理，而不得不多了一种暗含着恐惧和戏谑的癔症成分。

回到南方。对于余华来说，就是要回到关于江南的记忆之中，这记忆包含着童年的经历、传统文化的熏陶和江南腹地的风土人情，甚至更多的细微的情感烙印。深厚的江南地域文化为余华的写作提供了太多的甚至几乎全部的写作支撑，从成名作《十八岁出门远行》，到代表作《活着》，再到争议之作《兄弟》，余华在唤醒自我记忆的同时，复活了江南大地上沉睡经年的腐烂躯壳，并以一己之力完成了一次文学上的微弱胜利。

回到南方。对于余华来说，这个南方不是想象中那个诗意、唯美、古典的南方，而是现实的、残酷的、现代的南方，与苏童、格非、叶兆言等人对南方的迷恋不同，余华的痴情更多是源于根深蒂固的记忆和浓得化不开的疼痛。“可以说，从我写长篇小说开始，我就一直想写人的疼痛和一个国家的疼痛。”[1]这些疼痛扎根在故乡江南，并通过记忆得以激活和重现。

回到南方。对于余华来说，这个南方是永远回不去的。“十八岁出门远行”，似乎冥冥中预示了一种流落他乡的宿命的开始。那个曾经发生着现在也发生着各种生老病死、悲欢离合的南方，在时间的记忆中正在风化成面目全非的样子，当那个风中的少年完成了他青春的葬礼之后，世事已如烟。

南方成就了余华，余华丰富了南方。余华与他的文学前辈鲁迅、林斤澜等人相比，并不缺乏那种反抗绝望的勇气，甚至对这个世界的认知要更阔大和深邃，但同样的，前辈笔下那种虚妄之感、幻灭之感在这个复杂多变的时代却也变得愈加浓烈，这是一个更加深邃也更加空洞的南方。也或许，余华的意义正在于见证了这个深邃或空洞南方的苟延残喘和持续堕落。

---

[1] 王侃、余华：《我想写出一个国家的疼痛》，《东吴学术》2010 年创刊号。

一、回到南方的“童年”

童年是许多作家无法绕开甚而刻意着力的创作母题。即以近现代中国文学创作和研究来说，不管是鲁迅“救救孩子”的思想诉求，还是周作人“赤子之心”的儿童文学观，都表明了“童年”在文学创作中的重要意义。关于“童年”的创作也大致可分为两类：一是以儿童或童年生活为核心，表现童年世界，这类创作称之为儿童文学，如叶圣陶的《稻草人》、曹文轩的《草房子》、黄蓓佳的《我要做好孩子》等；二是以儿童为视角或叙事人，表现成人世界，这类小说则已经是所谓的成人文学，如鲁迅的《故乡》、毕飞宇的《哺乳期的女人》等。

余华说他之所以十分怀念过去的世界，是因为它把他的童年带走了。这句话意味深长。那被带走的童年去了哪里，成为余华之后一直在追问的创作主题。从《十八岁出门远行》这部小说开始，“童年”就一直萦绕脑际。在中国，“十八岁”是成年和未成年的法律界限，当一个人年满十八岁，便成为法律规定的具有完全民事行为能力的公民，不再享受未成年人保护法的保护，开始享有成年人的权利并承担相应的义务。这一特殊年龄阶段的选定，我想定然不是余华的随意之举。“十八岁”可以看作是个人“基本社会化”的完成：“所谓基本社会化，就是‘生物人’通过社会文化教化，获得人的社会性，取得社会生活资格的过程。基本社会化可以简括为两个方面：一是生理性成熟，即通过人化的生理发育过程，形成完善健全的身心基础。二是社会性成年，即通过社会文化的教化与自我内化，成为具有独特个性与行为能力的社会成员。基本社会化的完成并不意味着个人社会化的结束，特别是现代社会，一个人从青年到老年，还要不断地社会化。这是因为，环境在变，个人也在变。”[1]但这个“基本社会化”的完成仅仅是一个政治或社会意义上的成年仪式，“继续社会化”才是一直持续下去的人生真实状态。

“是的，你已经十八了，你应该去认识一下外面的世界了。”[2]这是一个自由禁闭期的结束，也是一个噩梦般世界的开始。那个随身携带的“漂亮的红书包”里装满了衣服、钱、食品和书，但它并不能为“我”沮丧的遭遇提供些许的帮助和温暖，相反，他成了“我”被打劫的具象见证，以及变得遍体鳞伤的抽象嘲讽。不过是刚刚出门，“我”就从一匹兴高采烈的马变成了一个一无所有的失败者。青春的乏力和生命的虚妄犹如海涛一样扑面而来，让人觉得恐怖、凄凉。更凄惨的是那种束手无策的茫然之感，因此，远行的代价只能是痛苦的回归，回到内心，回到记忆之中。

作为当年先锋小说的代表作，《十八岁出门远行》意义重大，它无意中开创了新时期小说写作的一种新思路，而我所关注的是余华在这部小说中所开启的“童年”失败者的叙事模式。这一模式在余华的第一部长篇小说《呼喊与细雨》（后更名为《在细雨中呼喊》）中被再度运用并达至了顶峰。小说一开头即写道：“1965 年的时候，一个孩子开始了对黑夜不可名状的恐惧。……一个女人哭泣般的呼喊声从远处传来，嘶哑的声音在当初寂静无比的黑夜里突然响起，使我此刻回想中的童年颤抖不已。”[3]这种从小说开头就萌发的恐惧

[1] 刘豪兴主编：《社会学概论》，北京：高等教育出版社，1999 年版，第 177—178 页。

[2] 余华：《十八岁出门远行》，见《世事如烟》，北京：作家出版社，2012 年版，第 9 页。

[3] 余华：《在细雨中呼喊》，北京：作家出版社，2012 年版，第 2 页。

事实上一直贯穿始终，直到最后主人公响亮地喊出“我要找孙广才”才算得到了一定程度的舒缓。这种持续的阴影给余华的小说蒙上了十分灰暗的色调，但也正是因为这种被压抑的紧迫感和窒息感增加了小说的叙事张力。“童年时我的思维老是难以摆脱这噩梦般的情景，一个人睡着后被野狗一口一口吃了，这是多么令人惊慌的事。”[1]

余华有关童年的叙事的意义，还在于颠覆了传统现实主义创作中所掩盖和规避的真实的儿童世界和成人世界。这个世界可以是恐怖的、阴森的，如小说中所描写的：

> 这个我童年记忆里阴森的女人，用阴森的语调逐个向我介绍照片上的人以后，才让我离开她那间可怕的屋子。后来我再也不敢去国庆家中，即使有国庆陪伴我也不敢接近那个噩梦般的女人。直到很久以后，我才感到她其实并不可怕，她只是沉浸在我当时年龄还无法理解的自我与孤独之中，她站在生与死的界线上，同时被两者抛弃。[2]

也因为如此，他才能在小说中与这个世界的真实形态形成一种无意识中的暗合，甚至是一种和解。也因为如此，他能把生与死这个人生的常态命题，通过一种平淡的语调给予哲学般的丰富价值。童年于余华来说，的确意义深远，甚或刻骨铭心。还是在这部小说中，作者写道：“我在两天时间里，经历了童年中两桩突然遭遇来的死亡，先是刘小青的哥哥，紧接着是王立强，使我的童年出现了剧

---

[1] 余华：《在细雨中呼喊》，北京：作家出版社，2012 年版，第 150 页。
[2] 余华：《在细雨中呼喊》，北京：作家出版社，2012 年版，第 200 页。

烈的抖动。我无法判断这对我的今后究竟产生了多大的影响，但是王立强的死，确实改变了我的命运。”[1]《现实一种》的开篇，也写到了童年：“那天早晨和别的早晨没有两样，那天早晨正下着小雨。因为这雨断断续续下了一个多星期，所以在山岗和山峰兄弟俩的印象中，晴天十分遥远，仿佛远在他们的童年里。”[2]

在余华的笔下，童年的生活几乎没有幸福可言，恐惧、残暴、压制、痛楚才是成长的新状态，这在《在细雨中呼喊》中已经表现得最为淋漓尽致。回到童年，只是以记忆的方式实现一次文学的虚构。因此，余华也说：“我要说明的是，这虽然不是一部自传，里面却是云集了我童年和少年时期的感受和理解，当然这样的感受和理解是以记忆的方式得到了重温。”[3]余华以一种决绝的姿态把这种童年的经验进行了夸张式的重构和表现，他笔下的那些童年人物总是被抛弃的、被弃绝的、被孤立的，当然，“余华的特殊之处在于他并没有简单去罗列那些‘弃绝’生活的感性事相，而是去刻画孤立无援的儿童生活更为内在的弃绝感。”[4]虽然后来余华转向了更具有现实感和历史感的写作，如《活着》《许三观卖血记》等等，但是他以残酷的“童年”拓展并丰富了文学意义上的“成年”。

除了上述两部作品，《我胆小如鼠》《夏季台风》《四月三日事件》《黄昏里的男孩》都是关于童年写作的重要作品。其中不少可以看到少年余华的童年轨迹。它们写的都是少年茫然的经历和内心的

---

[1] 余华：《在细雨中呼喊》，北京：作家出版社，2012 年版，第 266 页。

[2] 余华：《现实一种》，北京：作家出版社，2012 年版，第 1 页。

[3] 余华：《在细雨中呼喊·韩文版自序》，北京：作家出版社，2012 年版，第 7 页。

[4] 陈晓明：《众妙之门——重建文本细读的批评方法》，北京：北京大学出版社，2015 年版，第 70 页。

成长，其中既有欲望、天性的善良表达，也有恐惧、不安的扭曲表现，但毫无疑问都给人以虚构的真实之感。成年世界残酷的人性影像，就这样无情却也无奈地投射到那些纯真少年的心灵深处，让他们战栗、抖动，甚至变得残忍和麻木。

马尔克斯把《百年孤独》看作是给童年时期以某种方式触动自己的一切经验以一种完整的文学归宿，从这个意义上说，余华的《在细雨中呼喊》也是以文学的方式对不可能的童年经验的情感拥抱和精神回馈，尽管是以一种不太友好也不够温暖的姿态。

回到童年，就是回到记忆的河流中去倾听时间的蛩音。

二、 回到南方的“传统”

中国是一个诗的国度，这几乎预示了中国文学以抒情精神为主导的写作传统。因此，即便是“当戏剧和小说的叙事艺术极其迟缓地登场以后，抒情精神依然继续主导、渗透，甚或颠覆它们”[1]。陈平原在《中国小说叙事模式的转变》中，把中国文学传统大致分为“史传”传统和“诗骚”传统，在他看来，“正是这两者的合力在某种程度上规定了中国小说的发展方向：突出‘史传’的影响但没有放弃小说想象虚构的权利；突出‘诗骚’的影响也没有忘记小说叙事的基本职能。”[2] “‘诗骚’之于中国小说，则主要体现在突出作家的主观情绪，于叙事中着重言志抒情”[3]，尤其是“五四”之后的小

---

[1] ［美］陈世骧：《中国文学的抒情传统》，北京：生活·读书·新知三联书店，2015 年版，第 6 页。

[2] 陈平原：《中国小说叙事模式的转变》，北京：北京大学出版社，2003 年版，第 211—212 页。

[3] 陈平原：《中国小说叙事模式的转变》，北京：北京大学出版社，2003 年版，第 212 页。

说写作更偏重于此。王瑶先生在《中国现代文学与古典文学的联系》中就说：

> 鲁迅小说对中国“抒情诗”传统的自觉继承，开辟了中国现代小说与古典文学取得联系、从而获得民族特色的一条重要途径。在鲁迅之后，出现了一大批抒情诗体小说的作者，如郁达夫、废名、艾芜、沈从文、萧红、孙犁等人，他们的作品虽然有着不同的思想倾向，艺术上也各具特点，但在对中国诗歌传统的继承这一方面，又显示出了共同的特色。[1]

可以说，“诗骚”传统或曰抒情传统对于中国当代小说的影响，极大地丰富了小说这一叙事样式的主体性色彩，并促成了其叙事模式的多样化。

余华生于江南，江南文化的一个突出内涵就是其抒情传统。可以说，鲁迅等一大批从江南腹地走出去的作家很好地承继并提升了这一传统在中国小说叙事中的价值，我们甚至可以说中国新文学的发展整体上也是抒情传统在发生着主导作用。这一状况在十七年文学和 20 世纪六七十年代虽然有所中断，但到了新时期之后，抒情传统再次得到作家的青睐和承续，尤其是一大批出生或成长于南方的作家，表现出了更加浓郁的个人情绪和抒情色彩。苏童、格非、叶兆言、毕飞宇等都是其中的代表。余华自然也不例外。这位与鲁迅有着极其相似的人生背景，以及几乎相同的地域渊源的先锋小说家，对于鲁迅的青睐仿佛是天然的，当然，对于余华来说，这个时间节

[1] 王瑶：《中国现代文学与古典文学的联系》，《北京大学学报》1986 年第 5 期。

点来得稍微晚了一些，他说，“三十多岁以后我才与鲁迅的小说亲近，我才发现，那个小时候熟悉而不理解的人物，变得熟悉而伟大。”[1]

回到南方的“传统”，在我看来，就是首先要回归到自“五四”以来鲁迅所承续和开创的现代小说抒情传统。作为一种基本的文学反映方式，抒情主要反映社会生活的精神方面，并通过在意识中对现实的审美改造，达到心灵的自由。因此，抒情传统极为强调个人性和自我性，这在小说写作中最直接的表现便是第一人称的使用。余华的成名作《十八岁出门远行》便是第一人称叙事，仅开头一段作者便使用了十一个“我”，其长篇处女作《在细雨中呼喊》和代表作《活着》的开头也大量使用“我”字。这是作者情感表达的实际需要，而非刻意为之。

江南文化的另一个重要内涵是道家、佛教思想的渗透和主导。对于余华来说，回到南方的传统，其次是要回归到自魏晋南北朝时期以来在江南文化中占有十分重要地位的道家传统。当然，余华本人未曾表达过自己的创作与道家传统的关系，但在其小说中，道家传统却有着十分明显的表现。

以生死的描写为例。中国道家历来轻视生死，认为死亡乃世间之自然规律，如同生一样，不必喜，亦不足悲。《庄子·大宗师》里说：“死生，命也，其有夜旦之常，天也。人之有所不得与，皆物之情也。彼特以天为父，而身犹爱之，而况其卓乎人特以有君为愈乎己，而身犹死之，而况其真乎。泉涸，鱼相与处于陆，相呴以湿，相濡以沫，不如相忘于江湖。与其誉尧而非桀也，不如两忘而化其

---

[1] 余华：《三十岁后读鲁迅》，《青年作家》2007 年第 1 期。

道。夫大块载我以行，劳我以生，佚我以老，息我以死。故善吾生者，乃所以善死也。”[1]余华小说中关于“生死”的描述，也基本与这一精神吻合。这种不期然的宿命观从《十八岁出门远行》开始，直至《第七天》似乎一直都是余华摆脱不掉的达摩克利斯之剑。

《老子》有云：“故飘风不终朝，骤雨不终日。孰为此者？天地。天地尚不能久，而况于人乎？”[2]《庄子·达生》中说：“不知吾所以然而然，命也。”[3]《列子·力命》也讲：“生生死死，非物非我，皆命也，智之所无奈何。故曰，窈然无际，天道自会，漠然无分，天道自运。天地不能犯，圣智不相干，鬼魅不能欺。自然者，默之成之，平之宁之，将之迎之。”[4]这些道家传统中的“生死”观念，对余华来说，是他小说创作中十分依赖也让其得以成为余华自己的重要精神资源。

实际上，道家传统与余华小说写作之间能够建立起来的联系还有很多，如无为思想、叛逆精神、崇尚自然等等，这些在余华的小说中也多多少少都有所表现，已经有研究者对其进行了关注，在此不赘。林语堂在《吾国与吾民》中说：“一切优美的中国文学，稍有价值为可读的，能舒快地愉悦人类的心灵的，都深染着这种道家精神。”[5]此言虽有夸张之感，却也道出了道家精神在中国文学写作中的不可或缺和美学意义。

---

[1]《庄子今注今译》（上），陈鼓应注译，北京：商务印书馆，2015年版，第209页。

[2]《老子今注今译》，北京：商务印书馆，2015年版，第164页。

[3]《庄子今注今译》（下），陈鼓应注译，北京：商务印书馆，2015年版，第566页。

[4]《列子集释》，杨伯峻撰，北京：中华书局，1979年版，第203页。

[5]林语堂：《吾国与吾民》，郑陀译，台北：台北德华出版社，1980年版，第51页。

三、回到南方的“现实”

在经历了二十世纪八十年代的先锋思潮之后，先锋作家纷纷转向，重新开始关注历史、书写现实，苏童、叶兆言、马原、吕新、格非等等一大批作家都创作出了许多有影响的现实主义作品。可以说，“回到现实”成为九十年代以降中国当代小说家的共同选择。

对于余华来说，这个现实的世界显然不是北京，而是他生活了三十年的江南。纵观余华几十年的小说写作，可以发现他的故事背景几乎都在江南，那些只能在记忆中一次次复活和呈现的江南小镇，是海盐，也不是海盐。比如在谈到《兄弟》的写作时，余华即说：“至于‘刘镇’，毫无疑问是一个江南小镇，可是已经不是我的故乡了，我家乡的小镇已经面目全非，过去的房屋都没有了，过去熟悉的脸也都老了，或者消失了。尽管如此，只要我写作，我还是自然地回到江南的小镇上，只是没有具体的地理了，是精神意义上的江南小镇，或者说是很多江南小镇的若隐若现。”[1]

但即便是精神意义上的江南小镇，也有着十分深重的现实烙印，小说中虽然没有具体位置的精确呈现，但是从频繁出现的河流、小桥以及各种各样的风俗描绘中，我们依然能寻到余华故乡海盐的蛛丝马迹。可以说，这是对海盐的一次依托于记忆的不准确但着实可靠的真情再现。余华自己就说，“虽然我人离开了海盐，但我的写作不会离开那里。我在海盐生活了差不多有三十年，我熟悉那里的一切，在我成长的时候，我也看到了街道的成长，河流的成长。那里的每个角落我都能在脑子里找到，那里的方言在我自言自语时会脱

[1] 洪治纲、余华：《回到现实，回到存在——关于长篇小说〈兄弟〉的对话》，《南方文坛》2016 年第 3 期。

口而出。我过去的灵感都来自那里，今后的灵感也会从那里产生。”[1]

此言不虚。在余华的小说写作中，与他成长相关的所有经历，几乎都化作了小说中十分重要的文学经验，比如对医院生活的熟识是不是和他对于死亡的青睐有关呢？比如牙医的经历是不是和他创作中冷静残酷的书写有关呢？比如二十世纪六七十年代中的所见所闻是不是和他对暴力的迷恋有关呢？这些其实都值得我们细细思量。可以说，正是在这些复杂、动荡的现实中，余华对于现实、生命的体悟才获得了一种异于他人的独特气质。哈罗德·布鲁姆说："文学的伟大在于让一种新的焦虑得到显现。"[2]余华的写作，尤其是其中后期对于"现实"世界的疼痛书写，的确激活了人们压抑已久的内心苦闷，从而产生了一种与之前时代完全不同的思想体验和精神焦虑。我觉得这也是余华小说的最大意义。

余华从来不是一个形式意义上的先锋作家，他的"先锋"内在于小说结构中，是深入骨髓中的胆识和魄力，也因此，余华小说中处处流露出的荒诞、虚无其实是以另一种形式达至更大的真实，抵达更深的现实。"《在细雨中呼喊》在表现弃绝的同时，也表达了回到真实生活中去的愿望，因为被弃绝，而更加强烈地渴望被接纳，渴望家的温暖和集体的慰藉。在弃绝中经历内心生活，去体验友爱

[1] 余华：《余华作品集》（第三卷），北京：中国社会科学出版社，1995年版，第836页。

[2] [美] 哈罗德·布鲁姆：《影响的剖析》，金雯译，南京：译林出版社，2016年版，第8页。

与幸福，那些微不足道的事实都成为一种至福的依据。”[1]《活着》同样如此，它虽然讲述了一个简单的故事，却以较小的体量写出了一种史诗般的气质，二十世纪中国的全貌几乎得到了全部的呈现。“活着”，这个简单词汇所蕴含的无穷智慧和巨大力量，也使得这部小说天然地具备了一种哲学品质，透露出一种不期然的悲剧性和虚无性。但余华从来也不是一个煽情的浪漫主义者，他的小说最终要回到现实，回到结实的大地上。正如《活着》的结尾所写：“我知道黄昏正在转瞬即逝，黑夜从天而降了。我看到广阔的土地袒露着结实的胸膛，那是召唤的姿态，就像女人召唤着她们的儿女，土地召唤着黑夜的来临。”[2]

在《活着·中文版自序》中，余华曾经这样说道：

我和现实关系紧张，说得严重一点，我一直是以敌对的态度看待现实。随着时间的推移，我内心的愤怒逐渐平息，我开始意识到一位真正的作家所寻找的是真理，是一种排斥道德判断的真理。作家的使命不是发泄，不是控诉或者揭露，他应该向人们展示高尚。这里所说的高尚不是那种单纯的美好，而是对一切事物理解之后的超然，对善和恶一视同仁，用同情的目光看待世界。

正是在这样的心态下，我听到一首美国民歌《老黑奴》，歌中那位老黑奴经历了一生的苦难，家人都先他而去，而他依然

[1] 陈晓明：《众妙之门——重建文本细读的批评方法》，北京：北京大学出版社，2015年版，第75页。

[2] 余华：《活着》，北京：作家出版社，2012年版，第184页。

友好地对待这个世界，没有一句抱怨的话。这首歌深深地打动了我，我决定写下一篇这样的小说，就是这篇《活着》，写人对苦难的承受能力，对世界的乐观态度。写作过程让我明白，人是为着活着本身而活着，而不是为了活着之外的任何事物所活着。我感到自己写下了高尚的作品。[1]

这是关于写作《活着》的初衷和自说自话，但其中所描述的和现实关系的紧张无疑也流露出了他对于南方的另类渴望。余华对南方的现实有一种天然的敏感，“在那个月光挥舞的夜晚，他的脚步声在一条名叫河水的街道上回荡了很久，那时候有一支夜晚的长箫正在吹奏，伤心之声四处流浪。”[2]诸如此类的描述其实还有很多，《在细雨中呼喊》中那空旷而寂寞的雨夜，《活着》中那开篇便断断续续的小雨，不都是南方独有的天然物候吗？当然，这些细小的外部并不是余华的重点所在，但它们却客观地深化了小说的现实感。

钱理群曾谈到过浙江文化对鲁迅的影响：“豁达与坚毅的结合，更准确地说，以坚毅为内核的豁达，正是‘无常’式的‘诙谐’的性格本质。这也是由吴越文化培育出来的鲁迅家乡地方性格的核心，这种地方性格在鲁迅个性上打下了深深的烙印，至少说，构成了他个性的一个重要侧面。”[3]这种“地方性格”对余华来说，更加坚定了他回到现实的决心。他就是要在和现实的对立、冲突中，建构起属于他自己的小说美学。

---

[1] 余华：《活着》，北京：作家出版社，2012 年版，第 3—4 页。

[2] 余华：《夏季台风》，见《我胆小如鼠》，北京：作家出版社，2012 年版，第 34—35 页。

[3] 钱理群：《心灵的探寻》，北京：北京大学出版社，1999 年版，第 253 页。

回到现实，这仅仅是余华小说写作初衷的表象，实际上，他更大的思想野心和精神建构是要回到现实掩盖下那个更深层次的存在本身。因为现实是混乱而芜杂的，是荒诞而虚无的，所以或许只有存在本身才是有意义的。从《十八岁出门远行》开始，或者说从余华最开始的创作开始，对于存在的追寻一直是他的终极目的。

回到现实，其实也就是投入黑暗的深渊。《兄弟》的写作可以视作是投向深渊的实验，只可惜这是一次并不成功的尝试。在小说中，余华之前所积累起来的小说美学有着走向崩塌的危险，这在他的《第七天》中也得到了验证。《兄弟》是一种全新的风格，但也让我们熟悉的余华变得陌生，这是作家的幸还是不幸呢？与国外媒体对《兄弟》的好评如潮相比，国内对这部小说的评价出现了截然相反的两种姿态，好评和差评平分秋色。

回到现实，余华在现实之中获得了一种宣泄和表达的快感，但却失去了艺术的天然美感。说到底，文学并不是时代的见证，也不能被现实所绑架，余华之前与现实的紧张感在《兄弟》的写作中得到缓解了吗？我想未必。文学并不能为这个浮躁、混杂的时代提供任何新鲜的经验和高明的思想，这也不是文学的最终作用。

我还是喜欢那个在南方的想象中踯躅的余华，沉闷、忧郁、孤独、沮丧，这一切文学最美的特质他都有，即便是在微笑中也透着忧伤，即便是在平静中也能读出恐惧，即便是在安宁中也能看到不安，那一切流动的思想，都在南方的夜空下闪闪发光。

命运的召唤，或回忆的诱惑

——评麦家长篇小说《人生海海》

谈论麦家，首先想起的是让他蜚声海内外的谍战故事。谍战塑造了麦家，成就了麦家，但毫无疑问，谍战也遮蔽了麦家。

事实上，麦家的大多数谍战小说，如《解密》《暗算》《风声》，再或者如《刀尖》，并不是纯粹意义上的谍战叙事。麦家在他所展开的激荡的历史风云和波谲的人生网格里，谨慎而努力地隐藏着他的叙事雄心——一种纯粹地对于命运、人心、生活和回忆的探索。

如果说在麦家的谍战小说里，这样的探索依然是在一个个似真似幻的空间之中，是在虚构与真实的交叠相映之下，那么到了《人生海海》中，麦家正企图越过世间的种种陷阱，通过迷人的混乱和暧昧的记忆，直达非虚构的人生场域，在那里，新的叙事得以真正实现。这是不一样的麦家。

麦家在很早的一次访谈中，曾经说道："故土就像母亲，母亲即使把你抛弃了，你还是想方设法去寻找她。这中间没有道理和是非，只有'存在'——海枯石烂都改变不了的东西。毫无疑问，我的故乡不是写光了，而是还没真正开始写。"[1]因此，对于麦家来说，这

[1] 麦家：《人生中途》，杭州：浙江文艺出版社，2009年版，第230页。

是新的写作起点。《人生海海》并非转型之作，它是作为一个个属于“我”的“真实”事件，在一个新的时刻的重演与重写。正如他在小说中所言：“但往事可以活下来，往事——尤其是沉痛的往事——有活下来的自重和惯性。”[1]这是时间的奇异，也是时间的奇迹。

写作，一切有意义的写作，都源于一种自我治疗性的努力和尝试。《人生海海》使麦家找到并拥有了新的写作资源，使麦家重新触到了文学的本质，也使麦家再次感受到了时间的存在与虚无、命运的残酷与无情。

一

《人生海海》是命运之书。小说主要围绕“上校”（太监）这个人物展开叙事，上校跌宕起伏的一生，是他自己的命运，也关联着他人的命运。

“一切都是命。”这句在小说中被反复提及的话，既是小说的主题之一，也是叙事的重要基调。博尔赫斯说，现代小说之优，并不在于人物性格的挖掘，心理多样性的深入，而在于传奇的创造、主题的打造。[2]深受博尔赫斯影响的麦家，似乎在这两个方面都做到了极致。即便是既往的谍战小说，麦家在创造传奇故事的同时，念兹在兹的始终是叙事背后耐人寻味的复杂人性。这是被历史和传奇裹挟的人性。而到了《人生海海》中，传奇的创造仍然让人刮目，但已然不是核心所在，作者心心念念的是不可捉摸的人性和人心。这

[1] 麦家：《人生海海》，北京：北京十月文艺出版社，2019年版，第273页。

[2] [法] 莫里斯·布朗肖：《未来之书》，赵苓岑译，南京：南京大学出版社，2015年版，第176页。

是被复杂之人不断篡改的故事和命运。

生死有命，命运是人生最大的主题，也是人生最大的迷宫。博尔赫斯擅于制造迷宫，麦家同样如此。他们都是迷宫的探索者，也是命运的预言家。评论界常用“幻想小说”概括博尔赫斯，当然，也有学者用“玄想小说”来定位博尔赫斯。“博尔赫斯是个具有玄学气质的小说家。他的幻想更像一些玄想，有些接近于中国的庄子，有充分的哲理意味，同时也有书卷气。”[1]生于江南的麦家，有着十足的江南气质。即便在他的谍战叙事中，依然能够读得到江南文化影响下的思想痕迹。玄学是江南文化思想的一个重要构成，而命运观则是玄学思想的重要内涵。这一点，尤其体现在老庄哲学中。“命运”有其必然性，“死生，命也，其有夜旦之常，天也”（《大宗师》）。也有其偶然性，“游于羿之彀中，中央者，中地也；然而不中者，命也”（《德充符》）。庄子所言的“命运”，包括天命、生命、性命和运命等多方面的含义。麦家的小说，包括既往的谍战小说，始终洋溢着一种命定的气息。这气息神奇而混杂，飘忽而迷人。麦家和博尔赫斯在文学上的亲近，不知道是一种偶然的机缘，还是源于这冥冥之中自有天意的暗合。

但这一次，麦家显然并不想写一部幻想性的谍战小说。其实，如果我们仔细阅读麦家的谍战小说，可能会惊奇地发现，谍战并非麦家所长，在谍战这件华丽而时髦的外衣之下，那一颗颗蠢蠢欲动的“跳蚤”才是麦家的目光所及。麦家真正关心的，不是刀光剑影下的生与死，不是血雨腥风中的泪与痛，而始终是在宏阔的时代和

---

[1] 吴晓东：《从卡夫卡到昆德拉——20世纪的小说和小说家》，北京：生活·读书·新知三联书店，2017年版，第192页。

历史的洪流中前赴后继的那些个体生命的命运流程。从这个意义上说，《人生海海》是麦家谍战小说的变体和转身。谍战是容易写的，最难写的是命运。它的难度不仅在于如何处理好幻想与真实的边界，而且在于如何在“真实”的语境中镶嵌上令人着迷、又令人信服的生命颗粒和命运逻辑。

命运的滋味就像失眠的滋味，“是一种夜色也有重量、形状和气味的滋味，像没睡在床铺上，是睡在黑色的空气上，睡在一堆目不暇接、纷乱和狂热的思绪里。这些思绪互相仇恨，穿着黑衣围攻我，让我虽然一动不动却累得不行，好像血液的流动需要齿轮转动才能带动。每一次，我徒劳又努力地闭紧双眼，却总能清晰地看见黑夜像一面无处不在的镜子在窥视我，在讨厌地看守我，不准我逃离。”[1]这是生命的体验，也是命运的召唤。命运是黑暗的。我们都是黑暗中的梦游者。它恐怖，又遮遮掩掩。因此，命运也是神秘的。“这个夏天像这只香炉一样盛着神秘的分量，弥漫着令人好奇又迷惘的气息。”[2]

上校的一生就像谜一样，状似迷宫，深如大海。自始至终，他都从未真正掌控自己的命运。不管是扑朔迷离的军旅生涯，还是他惨遭批判、批斗的痛苦遭遇，抑或丧失记忆的不堪经历，都流露出一种难以弥合的伤痛和悲苦。人的伟大与渺小、力量与不幸、记忆与遗忘，如此种种，让人感觉到一种前所未有的失望和绝望。时势造英雄，这是命运的鬼魅。英雄的梦醒了，比凡人更失落，因此，失忆顺势成为反抗命运的不合时宜的选择。

---

[1] 麦家：《人生海海》，北京：北京十月文艺出版社，2019 年版，第 57 页。
[2] 麦家：《人生海海》，北京：北京十月文艺出版社，2019 年版，第 123 页。

《人生海海》写的不是一个人的命运，而是一群人的命运。爷爷、父亲、表哥、老保长等等，在同样的时代，却有截然不同的命运。但这些其实都不重要，重要的是我们面对命运的姿态。是与残酷的命运抗争，还是和不幸的人生和解，既是个人的选择，又是时代的成全，更关涉人性的命题。面对这一切，麦家当然不会给出答案。事实上也没有答案。一个小说家的任务，就是热爱命运本身。就是把一切的幻想隐匿在真真假假的小说叙事之中，所有的意味深长抑或轻描淡写只能等待时间的裁决。

麦家在对于童年、故乡以及江南世间种种风物的鲜活记忆中，在对于不可控的命运的书写中，获得了一种始料不及的力量，他虽然无法阻挡时代的发展和生命的轨迹，却能够抵抗时间的虚无，为此，甚至不惜以遗忘的方式。《人生海海》的令人动容和耐人寻味之处，可能就在于命运的未完成性。麦家正在试图摆脱那种营造痕迹过于浓烈的谍战风格，他在渴望转变，在渴望新生，并渴望以尽可能的完整、复杂再现世界的客观存在。这是麦家小说新的开端性。

二

《人生海海》是人心之书。麦家是人心的“猎手”。小说的叙述视角，来自一个十来岁的小孩。在小说的叙述者“我”看来，这个上校太古怪了，古怪的地方可以扳着手指头一个一个数。第一，他当过国民党军队的上校，是革命群众要斗争的对象。但大家一边斗争他，一边又巴结讨好他，家里出什么事都去找他拿主意。第二，说他是太监，可小孩子经常偷看他，好像还是满当当的，有模有样的。第三，他向来不出工，不干农活，天天空在家里看报纸，嗑瓜子，可日子过得比谁家都舒坦。还像养孩子一样养着一对猫，宝贝得不得了！

以上种种，全部关涉人心。人性复杂的表征就是人心。人性是本质的存在，人心则是流动的现代性。麦家自道："我想写的是在绝望中诞生的幸运，在艰苦中卓绝的道德。我要另立山头，回到童年，回去故乡，去破译人心与人性的密码。"与破译人性的密码相比，人心的解码更具挑战性。人性与经济、政治、文化密切相关，和一个人与生俱来的本性相关，人心则更多地涉及生命的自由和个体的尊严。尼采说："每个深沉的心灵都需要一张面具"[1]，人心也是面具。

与既往谍战小说中那些坚定而执着的人物不同，在《人生海海》中，麦家赋予他小说人物的角色——上校——一个"时代孤儿"的遗弃者形象。因此，即便当灾难远去，新的自由来临，上校也打算远离他潜意识中恶的"阴暗地窟"，任由自己浮沉于虚无与遗忘之中，但有时候，时间不能改变一切，就像那抹不掉的伤疤，一辈子残存在生命的记忆深处。《人生海海》写了一个迟暮的英雄，其他所写大都是平凡之人。英雄之心，可歌可泣，但凡人之心，才是我们建立人性认识最重要的起点。不管是让人悲恨交加的小瞎子、聪明一世糊涂一时的爷爷，还是沉默不言却流言不断的父亲，都透着凡人的俗气与勇气。尤其是爷爷，在道德和尊严的诱惑中，终于倒在了人心迈进迈出的门槛上。"人和兽之间，只隔着一团愤怒，像生死之间只隔着一层纸。"[2]这是人性的映照，也是人心的距离。

《人生海海》所道出的，是人心的扭曲和变形。在江南故乡土地

---

[1] ［德］尼采：《善恶的彼岸》，魏育青译，上海：华东师范大学出版社，2016 年版，第 61 页。

[2] 麦家：《人生海海》，北京：北京十月文艺出版社，2019 年版，第 186 页。

上所发生的一件件往事，和麦家过往的谍战故事一样，显露出形形色色的极端人性，他就是在这些“恶”的阴影之下，在人性的荒原上探险，并洞悉纷杂的人心。“天地是雪白，可人是污黑的。”[1]这是自然的描摹，也是人心的写照。因此，麦家内心所期待的与童年、故乡的和解，现实之下，其实更像是乌托邦的心灵幻象，真正的人心坚硬如水。

具体到《人生海海》中，人心所指，自始至终聚焦于上校的身体——这具被人夸大、虚构、咀嚼的肉体，成了许许多多人一生的谈资，并因此改变了许多人的命运遭际。上校从来没有从他这具历史化了的肉体上赢得什么，“从身体上来说，他脱离了外面的世界以及他在外部世界所扮演的角色，扮演该角色所赢得的尊重也没有了。”[2]人们对肉体的迷恋，取代了对灵魂的关注。“肉体所具有的‘伟大理性’（尼采的话）可以动摇存在于脑子里的渺小无力的心智。”[3]到最后，只剩下赤裸裸的怀疑，只剩下无尽的厌倦，这个肉体的符码像钟摆一样，在具象的时空里，在灵魂的时间里，孤独地摇摆着。

古人云，人心险恶。人生海海，我们都是江湖儿女，有时候，我们必然地要在善与恶之间做出妥协。善恶之间的鸿沟，从来就不泾渭分明。麦家写了人性之恶，同样写了人性之善。一切的原谅和和解，都是善。但是现实中，善往往是脆弱的，混杂着各种不甘和不安，同时伴随着各种偶然、意外、运气等等。纳斯鲍姆在《善的

---

[1] 麦家：《人生海海》，北京：北京十月文艺出版社，2019 年版，第 186 页。

[2] [英] 里奇·罗伯逊：《卡夫卡是谁》，胡宝平译，南京：译林出版社，2013 年版，第 98 页。

[3] [英] 里奇·罗伯逊：《卡夫卡是谁》，胡宝平译，南京：译林出版社，2013 年版，第 61 页。

脆弱性》中，已经充分表明人类生活是脆弱的。但作者依然鼓励人们：好的人类生活在于追求真正属于人类的善，而这种追求会受到人们无法或难以控制的外在因素或条件的影响。

麦家的小说，绝非自传，但几乎都有一个他自己。因此《人生海海》中的“我”，几乎可以看作是童年麦家在某个“黑暗”时刻的自我变形和重现。这是属于麦家的时刻，童年的记忆在人心的浮沉中被重新激活。不过，在童年的记忆中捕捉自我，在时间的虚无中发现自我，意义虽然非凡，却也导致局限，一种“我”本身的局限性，以及一种“不可预估”的艺术风险，几乎在所难免。

好的小说，有各种标准，但对于人心的敬畏是小说最大的尊严。麦家对于人心的书写，是渴望找寻到生命的意义和生存的根基，尤其是在一个隐晦不明的历史场域中，我们不得不在一种不安的情绪之中，发出对于人心和自身的疑问：“我们是孤独地待在黑暗中吗？”

三

《人生海海》是生活之书。麦家并非不善写生活，只不过，在宏阔的历史和革命的洪流中，在谍战叙事的艺术“圈套”中，一切关于个体的生活往往被遮蔽、被安排、被控制，以至于被我们忽略不计。但我想，在麦家的文学认知中，真正的生活是关于人的生活，那些细小的事物、细微的生命才是生活本真的模样。小说就是对这种生活的震动和对这些生命的颤动。因此，写作新的小说，写出与谍战故事不一样的小说，对于麦家十分重要。

《人生海海》是麦家对其自身谍战遗产的拒绝。谍战书写给麦家带来了巨大的荣耀，但同时，也成为他写作生涯中的“心魔”。谍战叙事所带来的写作快感和审美套路，正在走进艺术的死胡同，而麦家显然已经在朝另一个方向生长。因此，这一次，麦家把他的笔触落在了故乡。《人生海海》是真正的关于故乡的叙事。对于麦家来说，这是新的内容，也是新的形式。这部孕育了八年时间的小说，与麦家在时间的河流中同渡。“我被根本地排除出我的同时代，我心灵的一切方面均被正在进行的历史所拒斥，我被激烈地、绝望地退回已废弃的历史和过去。对于现实事物，我既不喜爱也不理解，我喜爱和理解非现实事物；我把‘时间’看作‘价值’的一种衰退＝‘怀古主义’或怀乡情结。”[1]《人生海海》，似乎就是麦家怀乡病的初次萌发。

关于故乡，在中国新文学的传统中并不陌生。麦家的前辈鲁迅，以《故乡》追问失落的故土和固执的“国民性”；麦家的同时代作家余华，以《活着》《兄弟》构建起自己的南方叙事和暴力美学。对于故乡，麦家同样有足够的耐心。写作《人生海海》的麦家，让我感受到了他前所未有的“慢”，小说一开始就“慢”，作者用三页多的篇幅描绘了故土一年四季轮回中的风物变化、生老病死，这在麦家以往的小说中，几乎从未有过。这是热的生活，活的生命，它生机勃勃，不信，你听，“声音瓷实、压抑、单调、僵硬，不像人在走，像鹅卵石在走。像死了千年的鹅卵石，有一块——兴许是两块——成了精，活了，从雪底下钻出来，在雪地上跳，僵尸一样的。独有一人走过，声音是出格的不同，不是嚓，而是咔！分明比嚓着力、坚硬，尖利而短促。”[2]天生敏感的麦家，在静谧的世界中对于声音

[1] [法] 罗兰·巴尔特：《小说的准备》，李幼蒸译，北京：中国人民大学出版社，2010年版，第361页。

[2] 麦家：《人生海海》，北京：北京十月文艺出版社，2019年版，第5—6页。

的捕捉，让人超乎想象。这是声音的诗学，又何尝不是生活的哲学。小说的叙事也“慢”，与上校不平凡的人生经历相比，一切关于上校的讲述，都是慢条斯理的，它并不急于越过生活的泥淖，它就是要在真实生活的泥土里扎根、发芽、开花、结果，甚至凋零、腐烂。“慢”，是生活的本真形态，也构成了《人生海海》的一种叙事腔调。这是属于麦家自己的故乡。

生活的本质是各种关系。我们的生命存在于我们和周遭世界之间建立的关系之中。麦家说，《人生海海》的写作，是为了达成与童年和故乡的和解，但在我看来，这更像是对现实生活的拒绝，和对命运的反抗。在《人生海海》中，一切微妙、细小的关系，都是既真实，又不真实的，就像一架颤动的天平，平衡只能是一种理想的状态。时代的失衡，最终会导致自身命运的失衡，而自身命运的失衡，又必然地影响到“我”与庞大的世界之间那虚幻而残缺的关系。

但天平的摇摆成就了小说，就像善与恶的较量，从来都是人性之中必然的矛盾斗争。在《人生海海》中，错误就是生活本身，不管是爷爷为了尊严的出卖，还是为了原谅错误达成的和解，其目的都是建立一种充满生气的关系。麦家尊重这种关系。尤其是面对渺小的生命时，更是如此。“向人类的恶作斗争，我们不应该针对别人，而应该针对自己。和我们自己作斗争，对自己真诚，这是我们影响别人的手段。我们默默地引导别人，为深刻的、出于对自己生命敬畏的、精神的自我保存而努力。力量并不喧嚣，它在那里并起着作用。真正的伦理开始于不滥用辞藻的地方。”[1]

---

[1] [法] 阿尔贝特·施韦泽：《文化哲学》，陈泽环译，上海：上海人民出版社，2017 年版，第 311 页。

小说是反映生活、烛照心灵的写作。但小说不是生活。完美只是生活的一小部分。麦家从来不是一个生活的说教者，他只负责讲述生活。生活本来就是痛苦的，而且总是会令人痛苦。但人类生活的意义却也在于，即使生活不是生机盎然，但我们仍然要寻求属于自己的东西。我们自身与世界的关系，最终要靠自我来完成。“思想并不告诉我，这种或那种生命现象在世界总体中意味着什么，并由此使我认识对世界的关系。思想在内在的，而不是外在的范围内影响着我。通过让我的生命意志把周围的一切共同体验为生命意志，思想使我与世界建立内在的关系。”[1]在《人生海海》中，活着就是与这个世界最为根本的联系。因此，活着，好好地活着，完整地活着，闪闪发光地活着，是《人生海海》所揭示的最为鲜明的生活要义。

四

《人生海海》是回忆之书。回忆是麦家小说写作新的“矿藏”。他在时间的消逝中，试图通过回忆追寻失去的时间。

回忆是小说的本质。通过回忆，人的存在方式本身得以确认；通过回忆，人类的记忆才得以不断延续。关于“回忆”，普鲁斯特的《追忆似水年华》是以文学的方式给予人类和未来的最为生动的诠释。有学者就指出，“回忆”在这部小说中体现为以下几个层次：“首先是一种心理机制和意识行为，小说中表现为‘我’在回忆，整部小说都是回忆的产物；其次，在小说中，回忆同时又是结构情节的方式，是叙事形式，也是一种主题模式，也就是说，作者是靠回

[1] [法] 阿尔贝特·施韦泽：《文化哲学》，陈泽环译，上海：上海人民出版社，2017年版，第306页。

忆来结构小说的，同时回忆也成为一种艺术主题；最后，回忆也是一种诗学方式，它使《追忆似水年华》超越了具体的小说本身，而升华出关于‘回忆’的一些普适的诗学范畴和诗学元素，上升为对人类‘回忆’机制的全方位的探索领域。”[1]与《追忆似水年华》一样的是，《人生海海》中也有两个“我”，一个是往事中的“我”，一个是现实中的“我”。在小说的前半部分，“我”是一个观察者的身份，是“回忆”的一部分，而在后半部分，“我”是一个参与者，参与“记忆”的制造，并在“回忆”中实现关于记忆的新的“回忆”，但“回忆”的主动权已经到了他人手中。因此，在《人生海海》中，“回忆”是叙事的起点，由这个起点出发，不断回溯、回溯，又不断回到“回忆”的起点，从而，“回忆”的复杂性使得小说叙事也变得扑朔迷离。写作《人生海海》的麦家，似乎是通过现在的“我”的回忆找回过去的自己，并通过现在的“我”的自我反思和确认，建构一个新的此在的“我”。这是麦家小说新的可能性。

回忆是确认人物命运的主题。上校的一生，就是在各色人等的回忆中变得混杂而神奇，在老保长的回忆中，在父亲的回忆中，在爷爷的回忆中，在林阿姨的回忆中，甚至在“我”的回忆中，上校的命运甚至已经无形中成了一种“共通”的生活方式，通过对上校的回忆，每一个与上校命运相关的个体，都烛照出自我的生活形态，他们和上校一样，也有着自己的命运。是回忆，让那些围绕在上校身边的生命碎片，得以完整地呈现出来。“她努力想用细节给我重塑上校三十一岁的英俊形象，也试着回忆自己心里第一次装下男人的

---

[1] 吴晓东：《从卡夫卡到昆德拉——20 世纪的小说和小说家》，北京：生活·读书·新知三联书店，2017 年版，第 45 页。

青涩。但上校不配合，大概是做了噩梦，鼾声突然变成惊叫声，把她从遥远的过去拉回来，拉去他身边，跟我听到女儿在梦里惊叫差不多。”[1]回忆还是小说结构自身的方式。《人生海海》是回忆的产物。它不仅涉及回忆的内容，更涉及回忆所形成的结构。回忆是关于时间的流程，但同时拓展了记忆的空间，并赋予小说以情节和张力。热奈特认为《追忆似水年华》的叙述方式属于西方古老的叙述传统，即“从中间开始”，然后再向前回溯。《人生海海》则不同，在我看来，它更像是古代说书人的口述传统，在回忆和讲述中，不断设置悬念，并故意制造迷障，它不是以回忆为起点的往复运动，而是在往复中有预留的突破口，在回忆中制造记忆，在记忆中生成回忆。

似乎是无意中，麦家在《人生海海》中建造了一座记忆的大厦。回忆，让小说中的人物获得了生命的力量；也是回忆，让小说本身赢得了形式美学的支持。回忆，是《人生海海》的血肉和肌理，其中既充斥着真诚和真实，也布满了虚假和谎言。就像写作《追忆似水年华》的普鲁斯特，“他唯能求诸对失去的时间的追寻，怀抱无望的希望，指望以审美方式寻回幻想和经验，然而那寻回的东西，会以一种比他惧怕着自己已受欺骗的方式更为高明的方式来将他欺骗。”[2]因此，写作的悖论又在于，真正的和解几乎不可能。

麦家不仅是谍战世界的捕风者，而且是人性休眠的唤醒者。但不管是谍战世界里的奇特英雄，还是人间百态中的平凡人物，记忆，都是他们赖以存在的方式。只不过，对于前者来说，记忆更像是一件奇妙的工具，得以成就自我；而对于后者来说，记忆是确认自身

---

[1] 麦家：《人生海海》，北京：北京十月文艺出版社，2019 年版，第 280 页。

[2] [美] 哈罗德·布鲁姆：《史诗》，翁海贞译，南京：译林出版社，2016 年版，第 289 页。

存在的一种重要方式，得以成为自我。比如小说中写道："她幽幽地说着，把我的记忆和感伤一一唤醒、点着。往事今情历历在目，如鲠在喉，我受不了，把画放回纸箱，顺势坐回原地，捂住脸哽咽起来。"[1]回忆，既柔软，又残酷；既偶然，又必然。

《人生海海》中，上校一直是回忆的焦点和中心。一切关于上校的记忆和"记忆之物"，都被麦家细心而精巧地捕捉着。上校是时间的怪物，也是时间的英雄，更是时间的弃儿。事实上，关于上校的记忆，除了他在战争中留下的光彩夺目之外，更多的是战争带给他的精神创伤，以及永远无法摆脱的身体烙印。命运的大幕，甚至于说时间的序幕，就是围绕着大校展开的，尤其是围绕着大校的身体所形成的不同的回忆展开的。这更是映射出了记忆的残酷和悲哀，这个具有十足的感官性和身体性的"记忆"，正在绞杀着与大校有关的人的基础情感和本真良知。但身体是从来不会骗人的，"身体在记忆中的作用是不容忽视的，身体的记忆是我们和时间交流的一种手段。因为只有身体才能更具体真切地记录我们关于过去的种种印记。我们的思想可能会欺骗我们，情感则更是常常欺骗我们，但身体则是我们最忠实的伙伴。"[2]大校的身体，是他一生的痛，甚至于为了掩盖这一痛苦，不惜付出生命的代价。但命运的残酷之处又在于，在他遗忘记忆的时空中，这一身体的创伤已然无法成为人性最后的遮羞布。

人生海海，这是命运的召唤，更是回忆的诱惑。

---

[1] 麦家：《人生海海》，北京：北京十月文艺出版社，2019年版，第302页。

[2] 转引自吴晓东：《从卡夫卡到昆德拉——20世纪的小说和小说家》，北京：生活·读书·新知三联书店，2017年版，第45页。

词的黑暗

——评刘亮程长篇小说《捎话》

从《一个人的村庄》《在新疆》，到《虚土》《凿空》，再到《捎话》，刘亮程明确地向我们昭示一个朴素的文学观：写作拒绝任何的模式和形状。我不清楚，这样一种写作是源于作者天然的创作才能，还是对固化的写作流弊的强力反叛，但毫无疑问，他拒绝任何形式的规划，抵抗一切框架的限制。刘亮程的写作，体现了真正的“创造”，创造语言、创造思想、创造历史，由此创造了一个万物有灵的世界。

关于刘亮程的创作，何平说：“从《一个人的村庄》到《捎话》，文体不同，但他都是在‘万物有灵’之上建立对世界的理解和想象。”[1]刘亮程将来自西域的隐秘历史与现代的奇幻世界巧妙编织在一起，在其魔幻、变形、奇崛的语言和叙事背后，跳动着一颗具有非凡想象力和观察力的作家的不安灵魂。这一“万物有灵”的神性思维和神秘写作，“试图将自然与人类世界的个人和社会的历史囊括

---

[1] 何平：《写作者是天地万物间孤独的捎话人——读刘亮程长篇新作〈捎话〉》，《文汇报》2018年8月16日。

在同一部作品中，以便从整体上对生命进行定义”[1]。他笔下的生命，不仅仅包含人类，更涵括世间万物种种，是一种“大”生命。从这个意义上说，不论是散文《一个人的村庄》，还是长篇小说《捎话》，都体现了刘亮程一脉相承的世界观：人类的历史如同自然的植物王国，如同嘶鸣的动物世界。他为当代中国小说写作提供了奇异的路径和独特的灵感，对于小说家而言，还有比这新奇的陌生化体验更令人心向往之的艺术诉求吗?

一、沟通的变奏

刘亮程说：“捎话的本意是沟通。贯穿小说的也是不断的和解和沟通。”[2]《捎话》中，这种“沟通”显然超越了人与人的普通范畴，而是在人与物、神与畜、灵与鬼之间建构特殊的新秩序。这一奇幻的设想，是异于常的人，它以“捎话”的方式，谈论我们逻辑世界里鲜为注意的存在，它以别致的样态向我们昭示了沟通的障碍、界限和可能。

在人类发展史上，真正的“沟通”是很难实现的，各种频发的纷杂争议，以及由此导致的革命和战争，都源于“沟通”的失效。一部人类史，就是“沟通”的历史。自由是人与秩序之间的“沟通”，民主是人与群体之间的“沟通”，科学是人与世界之间的“沟通”。自由、民主、科学，是二十世纪中国的时代主题，而这些主题又都统摄于“启蒙”之下，“启蒙”也是一种“沟通”，自我与他者

[1]［意］卡尔维诺：《文学机器》，魏怡译，南京：译林出版社，2018年版，第53页。
[2] 刘亮程、刘予儿：《我的语言是黑暗的照亮——〈捎话〉访谈》，见《捎话》，南京：译林出版社，2018年版，第330页。

之间的“沟通”，自我与本我之间的“沟通”。

一定意义上，《捎话》是沟通的变奏。《捎话》为我们提供了关于“沟通”的异质化体验。在《捎话》中，沟通的边界不停地在拓展，这种拓展背后，隐藏的是作者一个不易为人察觉的观点：即对于人类行为和世界的不信任。《捎话》中，库捎的话是一头驴子。词（话）与物（驴）之间达成了一种奇妙的反讽关系。《捎话》讲述了一个极具分量的故事，这个故事具有伊索寓言式的隐晦特征和反讽气质。他通过人与驴之间的互相怜悯，影射了人与人之间沟通的巨大鸿沟，并试图以人驴合体的方式，来弥补人性之间的夸张裂痕。“动物显然也能交流、进化、自我改造和使用工具，而我们为何只说人类才能交流、使用语言和创造工艺体系？文化研究显然建立在一个假设命题之上，认为人类与其余有机生命之间存在着一条巨大得无法填平的鸿沟：人类独一无二，浸润于语言之中，通过文化技术的延伸与增长而解除自然属性，因而超然独立于自然秩序之外。”[1]与当下众多的小说相比，《捎话》发出的是另一种声音，表达的是另一种情绪，他重新定义了人与动物、人与历史、人与现实之间的联系，他跳出了凝滞又顽固的腐朽腔调，创造出一种小说写作的理想方式，并以此寻求一种“沟通”的新可能和新方向。

米兰·昆德拉说：“发现唯有小说才能发现的东西，乃是小说的唯一的存在的理由。”[2]读刘亮程的小说，不能不每每发出让人灵魂出窍般的惊叹。这位“自然之子”，以他魔力和奇幻的笔法，为我们

---

[1] ［澳］伊丽莎白·格罗兹：《时间的旅行》，胡继华、何磊译，郑州：河南大学出版社，2016 年版，第 95—96 页。

[2] ［法］米兰·昆德拉：《小说的艺术》，董强译，上海：上海译文出版社，2013 年版，第 6 页。

开掘出人类精神世界之外的另一片风景。他以超人的新感觉，预示了人与人、人与物之间沟通的陷阱。因此，他将目光投入内心，投入灵魂，为我们提供了一幅神、鬼、人、畜魂灵共舞的狂欢画卷。在当代中国的小说写作中，这样的狂想并不多见。他的意象的选择，他的叙事的精妙，既有中国古典小说志怪传统的影响，又有着明显的西方现代小说的痕迹，反讽的手法、荒唐的场景、诡谲的想象，造就的是一部心灵的悲剧史诗。在现实主义大行其道的当下，刘亮程的小说显然是对于传统现实主义小说的背叛，那些荒诞的故事、夸张的叙事、幻觉的景象，都在他极端又敏锐的情感中兑换成动人的笑和泪。

《捎话》对于人类行为的不信任，表现在对于语言有效性的质疑。这种质疑在小说中，也有直接的表现：

> “你每学会一种语言，就多了一个黑夜。”库的师傅深知语言带给人的黑暗。他老人家通晓世间所有的语言，在他看来，那些看似被不同语言照亮的地方，其实更黑暗。就像毗沙语说不出黑勒语的早晨。昆经想照亮世间的黑，可是，经文翻译成黑勒语、毗沙语、皇语和丘语时，都无一例外地被扔进这些语言的黑暗中。[1]

这是方法论意义上的语言否定，也是刘亮程小说创作的独特方式。“语言给了事物光和形，语言唤醒黑暗事物的灵。但是，语言也是另一重夜。语言的黑暗只有使用者知道，只有想深入灵魂的书写

[1] 刘亮程：《捎话》，南京：译林出版社，2018 年版，第 111 页。

者洞窥。”[1]在刘亮程的小说中，语言既重要，又不重要，语言既是对世界万物的定义和结构，同时又是对神秘世界的限制和解构。从这个意义上说，语言的存在使得真正的沟通变得不可能。刘亮程的小说，是对传统语言惯性的反叛和挣脱，更是对封闭的创作思维的野性释放和神性提升，他以寓言的方式揭示了人类“沟通”的暗区和变奏，为传统的人道主义作出了新鲜的注脚，为我们如何理解人间事物绘制了别样的图册。

《捎话》是对一般性词语的抛弃。这种抛弃根源于那种不能产生信任的危机感。“我放弃了‘词语’，也因为它们绝不是新颖的，更不是我自己的。相反，每个人都知道和拥有它们。因此，这与其说是一个‘词语’的问题，不如说是一个在正确时刻使用它们的问题，那时它们的闪光将照亮整个风景；某些事不会发生是因为它从来都没有发生。”[2]刘亮程的写作，是一种自然书写，更是一种神性书写，他在自然与神性之间寻找“沟通”的可能，并收获了文学变奏的可能。在《捎话》中，真正的沟通是通过声音——驴叫——实现的。“正如师傅所说，全世界的驴叫声都一样，无须翻译。师傅在最后时刻叫出无须翻译的驴鸣时，库的嗓子也一下充满了血，他强忍住自己，一直到师傅咽气，外面的驴叫停息，他再也无法克制自己，脖子一伸，头一仰，嘴朝天，‘昂叽昂叽’大叫起来，叫得声嘶力竭，泪流满面。”[3]但更多的时候，是那种无法实现的宿命。“我是一个捎

---

[1] 刘亮程、刘予儿：《我的语言是黑暗的照亮——〈捎话〉访谈》，见《捎话》，南京：译林出版社，2018 年版，第 322—323 页。

[2] [捷克] 伊凡·克里玛等：《地下》，景凯旋编译，广州：花城出版社，2010 年版，第 305—306 页。

[3] 刘亮程：《捎话》，南京：译林出版社，2018 年版，第 179 页。

话人，刚才你说的那句话，我会如实捎给自己。从耳朵到心里的路，也许比从黑勒到毗沙都长。请您给我些时间，我一辈子为别人捎话，现在，我给自己捎一次话。捎到了，我的心认了，我就随你信，否则你就砍了这颗头。”[1]

二、声音的变调

《捎话》中人与驴的神交，让我不期然想起《庄子·外物》中庄子与鱼的对话。

> 庄周家贫，故往贷粟于监河侯。监河侯曰：“诺，我将得邑金，将贷子三百金，可乎？”
>
> 庄周忿然作色曰：“周昨来，有中道而呼者。周顾视，车辙中有鲋鱼焉。周问之曰：‘鲋鱼来！子何为者耶？’对曰：‘我，东海之波臣也。君岂有斗升之水而活我哉？’周曰：‘诺！我且南游吴越之王，激西江之水而迎子，可乎？’鲋鱼忿然作色曰：‘吾失我常与，我无所处。吾得斗升之水然活耳，君乃言此，曾不如早索我于枯鱼之肆！’”[2]

不知道《捎话》是来自刘亮程读了庄子之后的灵感启示，还是后期创作上的一次精神暗合。庄子能和鱼对话吗？人和驴能够合体吗？用现实的眼光来看，当然不能，但从文学的角度来说，这是创

---

[1] 刘亮程：《捎话》，南京：译林出版社，2018年版，第201页。

[2]《庄子今注今译》（下），陈鼓应注译，北京：商务印书馆，2015年版，第810页。

造，因此，它是可能的。小说，是关于不可能的可能艺术。

在一次关于自己创作的访谈中，刘亮程说："庄子、屈原、《山海经》、唐诗宋词、明清笔记，还有翻译过来的一些西方经典，都影响了我。影响最大的可能是庄子，那是我年轻时读得最多的一本书，虽一知半解，那种气息我能感觉到，能心领神会。"[1]刘亮程的小说世界里，不时有老庄的影子在闪现和穿梭。庄子说："物无非彼，物无非是。自彼则不见，自知则知之。"[2]"彼"与"此"、"物"与"我"之间总是相对的，只有跨越彼此，才能知己知彼。《捎话》讲的就是跨越的故事。跨越需要的是沟通。刘亮程的小说就是试图打破惯性的自我立场，去实现一种更宽广意义上的理解，这是真正的沟通，也代表着更高的德行。

刘亮程的写作十分迷恋"声音"。《虚土》和《凿空》都是声音的交响。《捎话》也是一部声音的诗学。在人和万物共存的声音世界里，人语、风声、驴叫、狗吠，都在向彼此传递着不尽的话语和空灵的信息。小母驴谢是小说中最具本领的，能听见鬼魂说话，能看见声音的形状和颜色，还能够猜得到人心。物质世界的声音，和心灵世界的声音，纵横交织，演奏出一段魔幻幻想曲。关于声音，德里达有一个很重要的论断，他说："正是这种普遍性从结构上讲并且有权利使任何意识只要离开声音就变得不可能。声音是在普遍形式下靠近自我的作为意识的存在。声音是意识。"[3]

---

[1] 转引自何英：《刘亮程论》，《扬子江评论》2011 年第 1 期。

[2]《庄子今注今译》（上），陈鼓应注译，北京：商务印书馆，2015 年版，第 67 页。

[3]［法］雅克·德里达：《声音与现象》，杜小真译，北京：商务印书馆，2017 年版，第 101 页。

声音是意识。无声即无意识。因此，鲁迅关于“无声的中国”的批评，是对沉默的国民性的痛斥和揭露，所以，他要“呐喊”，《呐喊》也是一部声音之书。不同的是，《呐喊》所要唤醒的是国民沉睡的灵魂，而《捎话》要唤醒的，是被人类忽略的万物之灵。何英在谈到刘亮程的写作时就说：“他的玄虚、滞留于一事一物的耐心，他与万物通灵的细微知觉，都使他的文学具有了谜一样的质地，仿佛驱灵的巫师被他物的灵所附体，刘亮程常常能发出非己的声音。”[1]鲁迅的呐喊，声音是自己的，刘亮程的“捎话”，声音是非己的。这是两种不同的声音，就像两种不同的水果，散发着各自独有的异香。当然，我们也可以把《捎话》看作是《呐喊》的当代变调，刘亮程要创造一个“有声的世界”。不同的是，来自新疆的刘亮程更痴迷于他独属的领地的真实声音，虽然在很多人看来，这不过是一个荒诞的梦。刘亮程说：“声音成了我和遥远世界的唯一联系。夜里听一场大风刮过村庄，仿佛整个世界在呼呼啸啸地经过自己。我彻夜倾听，在醒里梦里，那个我早年听见的声音世界，成了我的文学中很重要的背景。”[2]

《捎话》中，声音无处不在。小说一开头，就写到了嗡嗡的诵经声，并以小母驴谢的眼光描述了一个神采飞扬的声音世界：“天蒙蒙亮，昆门徒在塔下扫树叶的唰唰声，像一片片大叶子在飘。昆门徒知道自己在扫声音的叶子，他们不急，一下一下地挥动芨芨草扫帚，让每一声都圆满而去。东边村子的鸡鸣像衲衣的细密针脚，每个黎

---

[1] 何英：《刘亮程论》，《扬子江评论》2011 年第 1 期。

[2] 刘亮程、刘予儿：《我的语言是黑暗的照亮——〈捎话〉访谈》，见《捎话》，南京：译林出版社，2018 年版，第 321—322 页。

明的鸡鸣给寺院纳一件声音的金色纱。北边毗沙城的狗吠是块状的，‘汪、汪’的狗吠在朝远处扔土块，扔到西昆寺上空变扁了，成叶片儿，在诵经声塑起的层层高塔间飘，在眼看亮起来的沙漠旷野上飘，飘到快没声时被下面村庄的狗吠接住。”[1]这真是一曲绝妙的声音之歌。声音在动静之中，在远近之间，缥缈玄远，显示出一种绵密的纵深感和肃穆的神圣感。刘亮程写的是一个自然之子对于声音不可言说的天意，这声音不是人的，不是驴的，而是万物之灵的秘密呼吸。

《捎话》中最让人惊异的声音是驴的。“驴说。人真是个好牲口啊。”[2]“在声音的世界里人是驴的驮畜。”[3]刘亮程通过驴的视角，通过对于声音的精心建构，为我们塑造了一个新的抒情主体，这个主体从人间的秩序中勘探出新的关于伦理和审美的向度。这种建构当然不是从《捎话》开始的，其实更早，在《虚土》和《凿空》中，刘亮程已经呈现了抒情主体对于声音世界的独特感知。“《虚土》中不确定的疑惑：谁的叫声让一束花听见，在《凿空》中听到了回声，一种来自心灵幽暗深远处的回响。这个感觉主义者彻底将感官舒展开来，在这部几乎以听觉语音完成的小说中，呈现出一个外观出奇、内里却超真实的声音世界。”[4]《捎话》中的声音世界，显然比之前的更加丰富、迷离。

刘亮程在声音中寻找“沟通”的可能。声音的混杂，体现的是精神的参与。在现实和梦幻的连接处，在人与物的节点上，刘亮程以“声音”的方式，言说那不可言说的精神暗区和世界黑夜。卡尔

---

[1] 刘亮程：《捎话》，南京：译林出版社，2018 年版，第 1—2 页。

[2] 刘亮程：《捎话》，南京：译林出版社，2018 年版，第 28 页。

[3] 刘亮程：《捎话》，南京：译林出版社，2018 年版，第 153 页。

[4] 刘大先：《剩余的抒情》，《中国现代文学研究丛刊》2017 年第 2 期。

维诺说："对于一名作家来说，真正的挑战是利用一种看似缥缈，可以产生一种幻觉的语言，来解释我们所处的环境的错综复杂，就像卡夫卡那样。"[1]在刘亮程的小说中，声音就是这种语言的幻觉，既真实，又神秘，但却在种种现实和梦境的荒诞中彰显最为本真的对于世界的体验。小说中的捎话人库，是一名翻译家，精通数十种语言，但这些语言，在驴的世界里，是完全无效的。小说中写道："库突然觉得他听了一辈子的驴叫，也许真的是一句话，他几乎听懂全世界的语言，却从来没有想去听懂身边的驴叫。现在他似乎懂了，他所听见过的所有所有的驴鸣，一句摞一句地在天空中垒成一部声音的书。只是，那些垒在空中的声音又在说什么呢?"[2]

是啊，这些声音在说些什么呢?

三、语言的变形

汪曾祺说，"写小说，就是写语言。"[3]和小说一样，语言也有自己的命运。从甲骨文、文言文，到白话文、普通话，汉语自身有一条自我构成的秘途。但语言之外，是各种纷杂事物的侵扰和浸染。卡尔维诺在谈到意大利语时就感叹道："至于语言，它已经受到一种瘟疫的袭击。意大利语正渐渐变得愈发抽象、矫揉造作和模棱两可。即使是最简单的东西也从未得到直截了当的表达，人们越来越少用具体的名词。首先受到该疫情影响的是政治家、官僚、知识分子，

[1] [意] 卡尔维诺：《文字世界和非文字世界》，王建全译，南京：译林出版社，2018 年版，第 127 页。

[2] 刘亮程：《捎话》，南京：译林出版社，2018 年版，第 173 页。

[3] 汪曾祺：《林斤澜的矮凳桥》，见《汪曾祺全集》（第四卷），北京：北京师范大学出版社，1998 年版，第 103 页。

接着更加普及，在思想政治觉悟层面推广到越来越多的民众当中。作家的任务就是治疗这场瘟疫，让作家们以往写作的根源——日常用语——能够存活下来，保护其不受感染。”[1]很长一段时间以来，甚至说一直以来，汉语也面临着这样的困境和命运，也做着同样的努力与探索。

远在新疆的刘亮程，对于语言有着独特的理解，他说：“语言是黑暗的，我们却只能借助它去照亮。这是书写的悖论。我希望《捎话》的语言，是黑暗的照亮。但是，我也知道所有被照亮的，都在另一重黑暗里。”[2]刘亮程关于语言的这番阐释，让我想到了福柯在《词与物》中关于语言的解析，他说：“语言是相似性和记号之重大分布的组成部分。因此，语言本身必须作为大自然的一个物而被研究。同动物、植物或星星一样，语言的要素拥有它们自己的类似和适合的法则，它们自己的必然的类推。”[3]刘亮程的小说语言，是独特而迷人的。它是在风中诞生的，并在自然的呼吸中吐故纳新。这种独特在小说中随处可见，仅举一例：“天上在落土，地上的土往天上蹿，人浑身满脸的土，分不清敌我，只有靠喊声，喊声里也是土，好多个语言的声音埋在土里，土把太阳月亮都遮了，分不清是白天还是夜晚，两军相遇时好像天还亮着，只是灰蒙蒙的，后来就什么都看不见了。”[4]刘亮程文字的独特和新疆的关联其实不多，但却呈

[1] [意] 卡尔维诺：《文字世界和非文字世界》，王建全译，南京：译林出版社，2018 年版，第 125 页。

[2] 刘亮程、刘予儿：《我的语言是黑暗的照亮——〈捎话〉访谈》，见《捎话》，南京：译林出版社，2018 年版，第 323 页。

[3] [法] 米歇尔·福柯：《词与物》，莫伟民译，上海：上海三联书店，2016 年版，第 37 页。

[4] 刘亮程：《捎话》，南京：译林出版社，2018 年版，第 248 页。

现出一种陌生化的审美享受。这些文字是动的、活的、灵的，混合着自然和生命相互交织的气息。

刘亮程的小说语言，展现的是真实、梦幻和生机勃勃之间的关系，他致力于在人与物、人与灵之间建立一种新的联系，他的语言，带着日常用语的朴素诗性，也散发着生机盎然的灵气，他的小说腔调，是语言的变形和重塑。这种变形带给我们的是一种愉悦的不适和平衡的调和。这种变形和外在的因素关系不大，它更像是一种内在经验通过语言实现的一次灵感着陆。正如福柯所说："我们是在语言的存在中，在其与世界总体性的关系中，在它的空间与宇宙场所和形象的交叉中来探寻语言的功能。"[1]这种交叉在刘亮程的小说中，体现为对于时间的脱离和逃逸。刘亮程十分迷恋"黑暗"，《捎话》中，几乎所有的时间概念都和黑夜相关。

> 盲昆门用力握了下库的手，然后缓缓松开，库听见他抬头的声音，库也仰起头，盲昆门正死死地看着他，库浑身一怵，盲昆门的眼睛比夜黑，比他枯坐的身体更黑，那是一种所有光亮都照不进去、没有黎明的黑。
>
> "你的路也是黑的。"盲昆门用毗沙语说出"黑"时，库心里所有的黑暗一时间覆盖过来。"黑"这个词在他所知的几十种语言里同时出现，仿佛几十个夜晚的黑同时压在一个人心上。……[2]

---

[1] [法] 米歇尔·福柯：《词与物》，莫伟民译，上海：上海三联书店，2016 年版，第 40 页。

[2] 刘亮程：《捎话》，南京：译林出版社，2018 年版，第 110 页。

刘亮程的小说语言是黑色的，就像古代的黑釉瓷器，有一种巧夺天工的质感。词的黑暗，与物的书写，它们在一个共同空间里相互缠绕，这是语言的宿命，也是文学的命运。刘亮程说："我喜欢写黑夜，我在夜里可以看见更多。大白天，万物都肤浅地存在着。"[1]

静默的黑夜安放着寂寞的灵魂。刘亮程的小说，是寂寞的歌唱，是灵魂的礼赞。同时，黑夜也成就了刘亮程独特的小说语言。在刘亮程的小说里，语言与人是紧紧相关的。"捎话"，就是人与语言的合体。语言的问题是人的问题，更关涉到思想的问题。"在独特空间中揭示出语言的重大作用，这恰如终止一种在前一个世纪构建起来的知识方式一样，可能都是迈向全新思想形式的决定性飞跃。"[2]福柯关于"语言的返回"的思考，同样适用于今天我们面临的语言困境。语言的返回，是人性的返回，是生命的返回，更是思想的返回。《捎话》中，语言的重要性不言而喻。但与其他小说家的语言不同，刘亮程使用的是一种变形的语言。如果说黑暗是语言颜色上的变幻，那么另一种变形则是语言形态的变换。《捎话》中写道："更恐惧的是师傅翻译的语言被两边的记录官写成了文字，师傅最害怕那些随口说出的话变成文字。一旦变成文字，那些话就躺在纸上死掉了。师傅说。"[3]从这个意义上说，"捎话"是对死去的文字的一次诗性招魂。正如小说中另一段所言："上天把真言给过人，被人传歪。唯独

---

[1] 刘亮程、刘予儿：《我的语言是黑暗的照亮——〈捎话〉访谈》，见《捎话》，南京：译林出版社，2018 年版，第 328 页。

[2] [法] 米歇尔·福柯：《词与物》，莫伟民译，上海：上海三联书店，2016 年版，第 310 页。

[3] 刘亮程：《捎话》，南京：译林出版社，2018 年版，第 178 页。

驴叫没有走形。”[1]直到此时，库才恍然大悟，为什么昆门捎到黑勒的话，怎么会是一头驴。“库脑子里所有所有的驴叫变成话，一句摞一句，一段摞一段，一片摞一片地垒起来。像他小时候跟师傅到西昆寺读经，他仰脸看一部部摞到屋顶的昆经。现在他看见摞在天地间的驴叫。”[2]刘亮程不仅挣脱了时间的牢笼，而且赋予时间以奇妙的形态，语言的变形，是意识的跳跃，是精神的复活。

在刘亮程的小说世界里，“语言是那个拯救自身并最终开始倾听真实言语的世界的构型。”[3]他用语言结构真理的形象，用语言超越空间的缠绕，并致力于恢复词与物之间的统一性。“相对于他同时代的人，作家应该能够讲出更多的事情。他应该为自己的时代创造出一种更加完整和尽可能具有功能性的语言，而不是心存感激地去模仿那些方言，因为方言中尽管充满了趣味、活力与智慧，但也包含着不得不容忍的伤害、强加于它们的局限，以及一些无法摆脱的习惯。”[4]卡尔维诺的这段话，对于当下中国的文学写作，同样适用。一直在语言惯性上滑行的中国作家，或许是时候调整语言思维了，这可能比讨论小说的题材、内容有着更为本质的革命性意义。

四、 世界的变异

刘亮程创造的“万物有灵”世界，是对于变异的世界的一种对抗和修补。在这个变异的世界里，语言是失效的，沟通是艰难的。

[1] 刘亮程：《捎话》，南京：译林出版社，2018 年版，第 310 页。

[2] 刘亮程：《捎话》，南京：译林出版社，2018 年版，第 310 页。

[3] [法] 米歇尔·福柯：《词与物》，莫伟民译，上海：上海三联书店，2016 年版，第 39 页。

[4] [意] 卡尔维诺：《文学机器》，魏怡译，南京：译林出版社，2018 年版，第 14 页。

在这个世界里，你感受到的是无尽的幽暗、精神的盲区，但也只有进入黑暗，才能让自己在成为黑暗的一部分时获得一种挣脱的力量。

世界的变异，源于多元的纷争和文明的冲突。“随着文化范围的拓宽，人们更加频繁地旅行，失去与故土和家庭的关系，在一个不太安全的世界里更多地依靠自身的资源，变得更谨慎、更自私、更加愤世嫉俗。”[1]这是人的异化，更是世界脱缰的跑马。刘亮程显然要逃离这辆时间的现代列车，他要让小说慢下来，静下来，所以话要捎过去，思考要停留在黑夜。

《捎话》以一种十分奇特的方式，让我们体验、经历、想象这个世界的非比寻常。比如他在写到战争的残酷时，这样描述：“路上全是喊魂的，有的人只找回来一个头，家人捧着头喊身体的魂。有的只运回半截身体，拿着带血的衣物喊头回来。主人家的儿子算是幸运的，全身回来了。”[2]一个死字都未涉及，却有着血淋淋的直视感和毛骨悚然的震撼状。汉娜·阿伦特说：“现代的标志是世界异化，而非马克思所设想的自我异化。”[3]《捎话》中的确不太着力关注个体的异化问题，它关照的是整体性，是人类这个命运共同体，甚至于是超越于人类命运之上的万物世界。

> 往回本来的人马把鬼魂吓坏了，纷纷逃往两旁。鬼魂的幽光远远围着毗沙军，奔走的马队比夜暗一层，马蹄声更黑暗。

---

[1] [美] 马修·梅尔科：《文明的本质》，陈静译，北京：中国社会科学出版社，2017 年版，第 81 页。

[2] 刘亮程：《捎话》，南京：译林出版社，2018 年版，第 32 页。

[3] [美] 汉娜·阿伦特：《人的境况》，王寅丽译，上海：上海人民出版社，2009 年版，第 203—204 页。

四周亮着的鬼魂在围观一场黑暗处的戏，那些沉睡百年的人的魂，驴和马的魂，草木和石头的魂，死亡星星的魂，都被吵醒，睁开眼睛。整个旷野幽亮起来，只有行进的毗沙军是黑的。[1]

《捎话》中呈现的世界，奇特而神秘，所有一切的脆弱和不安，不仅仅体现在活的生命之中，而且连死亡的魂灵都逃不脱。刘亮程为我们创造了一个魔力的世界，这个世界中的一切，显示出一种自然而本真的孤独情状，他要做的是去唤醒，去探索世界原来的样子。《捎话》是以寓言的方式隐喻现实世界。在他的意识中，一切的人和一切的物，都具有普遍意义。人与物之间的排斥、吸引，不协调与协调，其实都是关涉到思想领域的重大问题。《捎话》是异化世界中的精神创作，刘亮程深陷其中，把自己变成了世界的一部分。《捎话》是一部现代小说，它有着现代小说先天的反讽性。这种反讽关涉世界万物，这种反讽很多时候是通过驴的视角和思考来展现的。

驴知道跟人走着走着，人就跟着驴走了。

看看街上的驴和人，都这个样子。年轻人牵着缰绳急死慌忙走在驴前头，以为有啥好前程要奔呢。中年人并排儿走在驴身边，手搭在驴背上，像夫妻像兄弟一起过日子。老年人慢腾腾跟在驴屁股后面，驴领着人，回家呢。人一辈子围着驴转，最后转到驴屁股后面时，人就快死了。[2]

---

[1] 刘亮程：《捎话》，南京：译林出版社，2018 年版，第 77 页。

[2] 刘亮程：《捎话》，南京：译林出版社，2018 年版，第 29 页。

这一反讽的场景真算得上是一次绝妙的抒情。在小说的层面上，“反讽给一种话语添加的，并不仅仅是复杂性、多样性或丰富性，它比所带来的要多得多。……反讽还传达了另外的东西：一种态度或一种感觉。”[1]刘亮程通过反讽所传达给我们的，也不仅仅是对于共同的现实世界和人生命运的隐喻，而是一种情感和伦理的锋芒，一种在反讽话语之中暗含的不可捉摸的观者目光。再比如下面这段描写：“谢能看出人的死活。那个秃头昆门徒也能看出。库看不出，他知道许多死和活的深奥道理，却看不出谁死了谁活着。他骑小毛驴走在高头大马队里，觉得矮是安全的。谢却看到了不祥，在谢微眯的眼睛里，前面黑压压的队伍中一半是死人，他们不知不觉地奔跑，没有累，没有白天黑夜，没有恐惧和瞌睡。”[2]在刘亮程小说的反讽世界里，有温柔目光的打量，有细腻情感的波澜，它虽然带着魔鬼般的口吻和印迹，但却充满了脆弱的善意，这尖利的刀锋之上，奏响的是灵魂的共鸣。

世界在强制变化，不可抗拒。因此，刘亮程通过小说所呈现的万物有灵的世界，是在时间的层面上，达致一种生命的统一。这自然让人联想到中国古代哲学中的“天人合一”观念，这一观念涵盖下所形成的世界观，与刘亮程的小说世界形成一种莫名的同构。“天人合一”强调的就是人与天之间的相互认同、协调。当然，这一观念的内涵也不断发生变化，但就其实质而言，是人与自然的相互渗透、转化和依存。马克思曾提出“自然的人化”，这一观点应该可以

---

[1] [加] 琳达·哈琴：《反讽之锋芒：反讽的理论与政见》，徐晓雯译，开封：河南大学出版社，2010 年版，第 42 页。

[2] 刘亮程：《捎话》，南京：译林出版社，2018 年版，第 75 页。

作为刘亮程万物有灵世界的理论基础。“外在和内在两方面的自然在这个意义上都获得了‘人化’，成为对照辉映的两个崭新的感性系统，这才是新的世界、新的人和新的‘美’。”[1]刘亮程的《捎话》，以小说的方式，实现了一次哲学意义上的理论升华。因此，这部小说同时凸显出极强的世界性。

从《一个人的村庄》到《捎话》，刘亮程不断地给中国文学制造奇迹和惊喜，他是少有的语言和精神的守望者。他的文字始终在突破寂寞和沉默，冲撞着思维的围墙和桎梏，他用声音的世界，与这个变异的现实世界进行决绝的告别。“小说是一种无法在已经开垦的土地上生长的植物，它必须找到一块处女地来扎根。小说已经不能再奢望为我们提供关于这个世界的信息。然而，它必须而且能够发现方法，几千种、几十万种方法，这些方法体现了如何加入这个世界，并逐渐对新的生存状况进行表现。”[2]从这个意义出发，刘亮程《捎话》的最大价值不仅仅是创造了一个独特旖旎的新王国，而是创新了一种文学创作的方法论。

---

[1] 李泽厚：《中国古代思想史论》，北京：生活·读书·新知三联书店，2008年版，第340页。

[2] [意] 卡尔维诺：《文学机器》，魏怡译，南京：译林出版社，2018年版，第108页。

时间和生命的综合

——评胡学文长篇小说《有生》

长篇小说《有生》[1]是胡学文的新作。《有生》是一个有关“记忆”的故事，小说借祖奶的一天一夜，讲述了她的百年人生，就像乔伊斯在《尤利西斯》中，借用布卢姆荒诞的一天，来象征人类可笑的发展历史。《尤利西斯》中有一句令人十分难忘的人物独白：“历史是一场噩梦，我想要从中醒过来。”在祖奶一天的“基本感觉”中，她一生的卑微与荣耀、孤独与空虚、希望与绝望，甚至悲悯和怜悯，在短暂的记忆瞬间，被一一回溯和激活。

《有生》延续了胡学文一如既往的现实题材创作思路，但在人性的展示和形式的探索上，却有着十分强烈的“现代”意识。在这个意义上，我把《有生》看作是胡学文小说写作向内转的一次艺术探险，一种精神上的渴求和自足，使得小说获得了从世俗生活中超脱出来的生命力量。祖奶在自己一生的过往中，将自己和他人一段段隐蔽而矛盾的生活坦诚地展示给众人，并试图建立起一种关于生活和命运的基本信念。《有生》是祖奶的时间史、生命史，也是关涉人

---

[1]《钟山·长篇小说专号》2020 年 A 卷。

的精神史。

一

读《有生》，印象深刻的首先是胡学文对世间万物的情感知觉和美学洞察。他对于朴素事物的爱，对于动植物的爱，反照出了一个小说家的敏锐和多情。蚂蚁、乌鸦、蜜蜂、喜鹊，他借着北方乡土大地上这些可见的物种，在个体和历史交织的时空中传达着自己独特的声音。胡学文是一位十分迷恋“声音”的小说家。《有生》这部小说，透露出一种迷人的声音的诗学。

小说开头即写道：“我已是半死之人，但我的耳朵依然好使。我能听见夏虫勾引配偶的啁啾，能听见冬日飞过天空的沙鸡扇动翅膀的鸣响，能听见村庄的呓语，亦能听见暗夜的叹息。”这是自然的声音，万物的响动在祖奶的身体中映射成一种生命的“现实感”。也是在这声音的奔突中，拉开了祖奶现实与记忆并行的叙事帷幕。《有生》始终有一种躁动的声音在蹿升，它似乎用声音启示我们：这就是现实世界的喧嚣，这就是生命不息的回转。胡学文通过祖奶在记忆中的流走，捕捉着她和她那个时代的声音，并通过小说使之成为人们认识自我、生命和世界的生动记忆。

而比自然的声音更复杂的是人类的声音。《有生》写出了人与人之间不可或缺的情感共鸣和真挚之声。比如如花和钱玉、宋慧和毛根、罗包和安敏等等，都让人印象深刻。

> 钱玉挠挠她的鼻尖，他们懂什么，一群只知吃喝……给我说说，花开是什么样的声音？
>
> 如花眼睛没湿，心却浸没到清水里，她听见水泡化开的声

响。她的丈夫仍然是她的同谋。

宋慧再粗心也听出音儿了。还没有谁说她的脸比金子还贵，杨八叉没有，麦香没有，她的儿子都没有。不，她自己都不认为她的脸是金贵的。……可毛根竟然说她的脸比金子还贵。宋慧在最初的震惊过后，觉得好笑。……他实在不会夸人。宋慧嘴角已经绽出笑，实在太可笑了，可忽然之间，她感觉胸口有什么在奔在涌在冲撞。她本想止住的，都咬牙了，非但没止住，身体随之战栗。我的妈呀——她痛声号哭。

那声音不高，而罗包正沉浸在畅游的快乐中，但他听到了。他立即停住，竖起耳朵。又是同样的话，我能进来吗？依然不高，透着胆怯，且慢吞吞的。罗包愣怔了一下，那声音圆鼓鼓的，像一粒粒豆子。

在这个抒情衰变的情感粗疏时代，这样的声音并不常有，因此便显得温情而动人。在胡学文的笔下，那些最为平常的感情，最不起眼的举动，往往包含了最为真实而可贵的情感价值。那种被外界世界所辖制的情感，被一种具有真实意义、不为任何人知道的孤傲所取代，纯洁而令人迷醉，并给予我们精神上的震颤。

鲁迅在《无声的中国》一文中说："只有真的声音，才能感动中国的人和世界的人；必须有了真的声音，才能和世界的人同在世界上生活。"[1]《有生》带给我们的是一个"有声"的世界。这个世界，

---

[1] 鲁迅：《无声的中国》，见《鲁迅全集》（第四卷），北京：人民文学出版社，2005年版，第15页。

声音密布，自然的声音、人类的声音，甚至还有毫无声响的意识的声音——一种意识的流动。记忆就是意识的流动，因此，记忆也是有声音的。声音意味着记忆的鲜活可触，声音让人感受到世界的安然阔大。就像胡学文在《我和祖奶——后记》中所写：“没有话的时候，我和祖奶就默默喝酒。不觉沉闷，更无尴尬。偶尔会传来驴的叫声，母猪的哼声，赶牛人的吆喝，女人呼喊疯跑的孩子，让人体味着世界的宏阔，生机，静谧、安详。”这是声音的意义。

声音的意义得益于语言的魅力。小说是一种“杂交”形式，它构造的是一个“杂语”世界，这个世界里“多音齐鸣”。胡学文说：“好的小说，语言是有味道的，有声响，有气息，读来令人迷恋。一句话、一个眼神、一个动作，人物的形象便跃然纸上，而这样的一句话、一个眼神、一个动作需要语言来表达。可以说，文学的深度就是语言的深度。”[1]胡学文深得汉语之精妙，他总能通过听觉上的敏锐，和心灵的细腻构成一种内外的相和，声音在来回运动，就像生命在时间的流逝中不断地反复。胡学文的小说语言是蔓延的，枝蔓缠绕，自成一片阴凉。事物的沉默和神秘，在他可见的文字里，抵达一种不可求的简单和自然之境。

古人云：言为心声。语言是心灵的声音。美国语言学家爱德华·萨丕尔说：“可以把语言看成一架乐器，能奏出不同高度的心灵活动。”[2]胡学文的小说，不仅善于用抒情的语言表现生命的细节和情感的温度，而且有着诸多灵魂的独语和对话，那是一种饱含亲切

[1] 耿凤：《写作永远在路上——对话胡学文》，《当代人》2019 年第 12 期。

[2] [美] 爱德华·萨丕尔：《语言论——言语研究导论》，陆卓元译，北京：商务印书馆，1985 年版，第 13 页。

感、清晰感和现实感的活语言，从而每每能够把历史的场景、人置身的情景以及与人相关的复杂情愫和盘托出。比如写到罗包对麦香的痴迷，“如果时间就此停滞，哪怕罗包变成石磨，他也乐意。但时间不肯。罗包有本事磨豆腐，对时间却束手无策。”读到此，每一个细心的读者想必都能在情感和理性上获得一种思考的刺激。胡学文的小说语言朴素而有金石的质地。巴赫金说：“写小说，要在他人的语言里找出自己的语言，在他人的视野中找出自己的视野。小说中，需把他人语言所包含的思想演绎出来，需要克服他人的扞格不入的东西，其实这种扞格不入只是偶然的表面的错觉的现象。对历史小说来说，典型的做法是从积极的方面使内容现代化，消除时间的隔膜，从旧事中找出永远有现实意义的东西。”[1]

小说是整体的语言链。小说的魅力之一是创造一种语言的秩序。它穿越时空，并将自己锁起。《有生》是语言的历险。萨丕尔说：“每一种语言本身都是一种集体的表达艺术。其中隐藏着一些审美因素——语音的、节奏的、象征的、形态的——是不能和任何别的语言全部共有的。这些因素有时把自己的力量融合于上文所说的不知道的绝对语言——这是莎士比亚和海涅的方法，有时组成一种独自的、技术性的艺术织物，把一种语言内在的艺术提净了或升华了。”[2]胡文学的小说语言，有一种魔力，诗意之外，是“词语的鸣响”。这是一种来自心灵深处的异动和声音，并成就了小说家对于事物的超凡理解和想象。对于当代小说家来说，汉语这一方“美的资

---

[1] [苏] 巴赫金：《长篇小说的话语》，见《巴赫金全集》（第三卷），钱中文译，石家庄：河北教育出版社，2009 年版，第 150 页。

[2] [美] 爱德华·萨丕尔：《语言论——言语研究导论》，陆卓元译，北京：商务印书馆，1985 年版，第 201 页。

源”，仍然有着巨大的开掘潜力，不知道我们的作家是否能够在“借鉴外来资源、采纳古语和面向民间”[1]的多维语言路径中，创造出优异而独特的小说文体呢？

二

胡学文的长篇小说，形式感十足。《天外的歌声》的音乐曲式，《红月亮》的多重并置，《血梅花》的章回体设计，及至《有生》的伞状结构，都代表了胡学文小说清晰的形式实验。“小说从本质上说就不可用范式约束。它本身便是个可塑的东西。这一体裁永远在寻找、在探索自己，并不断改变自身已形成的一切形式。”[2]而小说形式的不断革新，不仅使当代小说获得了新的叙事形态，更重要的是使得小说在现实性之外，具备了丰富的文化哲学意味。胡学文的形式探索，给中国当代长篇小说写作提供了一种有意义的提示，那就是当代作家完全可以利用独特的汉语和超拔的想象创造出丰富的小说文体。

在《有生》中，胡学文致力于摆脱一种过去的既定叙述套路，从而寻找一个能够把个人与历史、生命与现实、激情与平庸、希望与绝望等融为一体的庞大织体。伞状结构，就是他苦苦觅得的灵感叙事模式。他利用这一新颖的具有诗学效应的形式，巧妙地把历史与当下、永恒与瞬间连结在一起，在历史化的个人经验中，不断地

---

[1] 张卫中：《新时期小说语言探索的三个维度》，《中国当代文学研究》2020年第1期。

[2] [苏] 巴赫金：《史诗与长篇小说》，见《巴赫金全集》（第三卷），钱中文译，石家庄：河北教育出版社，2009年版，第536页。

开掘与当下个体密切相关的精神冲突和内心困顿。在这个结构中，祖奶无疑是最为重要的存在。在她热切的激情和神秘的本能中，作者始终赋予她一种超越性的自我观照和灵魂审视，因此，在祖奶动荡而平凡的一生中，始终贯穿着一种对生活的沉思，我认为这是胡学文小说难能可贵的智慧和品质。

《有生》的叙事切口很小，小到一只蚂蚁在爬的轻微，作者都能极其敏锐地感觉到。但是，就是在祖奶拉拉杂杂的讲述中，宋庄以及一个庞大的北方乡土世界却被波澜壮阔地展现了出来，映射出了一个世纪中国人的性格和命运。《有生》写的是乡土大地上的事情，尤其写出了大地上活人的难处。其对于当代乡村儿女生存的艰难与精神的惨烈有着真实而深刻的表现。但他不是嬉笑和批判，而是痛惜、怜悯、热爱。《有生》写出了一个漫长时代的复杂世界，这个世界的全部秘密就藏在祖奶的回忆之中。祖奶被奉若神明，但她不是神，而是人，因此，胡学文借祖奶之口说出的，都是人的真诚的声音。

祖奶是胡学文在小说中塑造并想象的一个叙事中心，这个中心就像伞的整体支架，而其他一切事物都以一种或向心、或离心的方式绕其旋转。在这个意义上，祖奶成了一个具有持久生命和特征的审美对象，从而确立了她源源不断的吸引力和感染力。《有生》是形式的探险。伞状结构，具有精致的具体性和深刻的空间性。在祖奶这里，时间是紧缩的，仅一天一夜，且是不可倒转的，在一个圆周内完成，因此才出现了第一章和最后一章开头一段的完全重复，这是一个现实的时间，却极具象征意味。在祖奶的记忆中，还有一个被个体拆分的历史的时间，一切的事物都被卷入生活的运动之中。这是两个不同形态的时间，但胡学文利用伞状结构将其完美地链接在一起，让两者在一个个特殊的空间中交叉相遇。《有生》以其巧妙的形式，为当代小说写作提供了一种回忆过去的独特方式。

在《有生》中，祖奶充当了很多角色。她一会儿是全知全能的，一会儿又是半隐半退的，“与戏剧不同，小说表达一般总是同时涉及‘叙述者’和‘感知者’，有时两者合二为一（如自看自说的全知叙述），有时则相互分离（如中心意识）。”[1]祖奶于小说中的现实世界来说，既存在，又不存在，她用记忆的力量进入历史和现实生活内部，却也如同置身于身外的世界，她和她之外的所有人一样，渺小而卑微。她给历史和事物以重量，使时间和记忆得以确立，但同时，那种生命中不可视的内在情绪，也无可奈何地在时间的流逝中失衡、扭曲。祖奶有一颗“升腾的灵魂”，但她仍然是孤独的。胡学文借着祖奶之口，在她的记忆和对现实的各种感觉中，拿捏着叙述节奏的张弛，并最终完成了一次对自我叙事的美学颠覆。

《有生》中有一个细节十分重要，那就是贯穿小说始终的那只一直在爬的蚂蚁。蚂蚁在爬。这不单是一种动物行为的简单重复，而是祖奶心境随时间而变化的内在折射。博尔赫斯在他的小说中，经常表述的一个内容就是记忆或感觉的“重复”。在博尔赫斯看来，时间是非连续性的，但是在历史的长河中，一切事件的发生似乎都有着一种冥冥中的暗自联系。博尔赫斯同样十分喜欢在一部小说中重复同一句话，比如在《曲径分叉的花园》中，“未来提前存在”，这句话就重复了多次。这可以看作是文字的游戏，也可以当成是文学的象征，不论哪一种，都是对现实和时间的超越。蚂蚁在爬，在我

---

[1] 申丹：《叙事、文体与潜文本——重读英美经典短篇小说》，北京：北京大学出版社，2018年版，第86页。

看来，就是源于父亲死后尸体被蚂蚁洞穿的恐怖，那是祖奶一生都无法摆脱的阴影和沉重。如果在这个意义之外作进一步的延伸，则如顾城所言，“人可生如蚁而美如神”。人虽然像蚂蚁一样渺小，但是心灵却可以像神一样美。从这个向度上，《有生》写到了不同寻常的生命内部。

巴赫金说：“小说家需要某种重要的形式上体裁上的面具，它要能决定小说家观察生活的立场，也要能决定小说家把生活公之于众的立场。”[1]《有生》的叙事视角是祖奶，但这不仅仅是祖奶的一生，而是一方土地上众人的生命本相，以及他们所遭受的时间和命运的“劫持”。平庸的心灵麻木不仁，自私愚昧，清醒的心灵则相反，它战胜诱惑，爱世上的一切。《有生》借着祖奶——一个接生婆——这个独特的角色，表达了一种接近于神的对人类自己的理解和深爱。这种理解和深爱，在当代的小说家中并不多见。“社会巨变时期正是典型人物涌现的时代，作家有责任去发现和塑造。对典型人物不能用传统的观念、尺度去衡量，而应该用现代思想观念去解读、去塑造。”[2]深陷于时代裂变和庞杂现实中的作家，从不乏写作的激情，却独独缺少一份可资依赖的精神热源和一种超拔的文学观念。

长篇小说写作的难，可以列举出很多，但最难的其实是结构。比如我们熟悉的《追忆似水年华》，其为人所称道之处有很多，但结构上的严整性，无疑是它伟大的魅力之一。我在想，胡文学在伞状结构的荫蔽下写作《有生》时候的快感，应该不亚于普鲁斯特在写

---

[1]［苏］巴赫金：《长篇小说的时间形式和时空体形式》，见《巴赫金全集》（第三卷），钱中文译，石家庄：河北教育出版社，2009年版，第350页。

[2] 段崇轩：《变革人物观念　创造新的形象——关于人物和典型问题的思考》，《中国当代文学研究》2019年第3期。

作《追忆似水年华》时那种无以言说的乐趣。中国作家对形式的探索，似乎缺乏那种对内容的过度执着。事实上，内容和形式从来就是不可分割的。黑格尔就十分强调内容与形式的相互结合，他说，“内容之所以为内容是由于它所包括成熟的形式在内”，“只有内容与形式都表明为彻底统一的，才是真正的艺术品”[1]。

三

王蒙说：“长篇小说不仅是长篇小说，而且是生命，是宇宙，是历史和地理，是书信和日记，是病案和机密，是金木水火土和心肝脾胃肾。”[2]于胡学文来说，长篇小说就是北方世界和个体生命相互融合下的艺术自觉。读《有生》，我们很自然地感受到一种来自乡土的历史和个人经验，事实上，这一切都来自胡学文的故乡——宋庄，它构成了胡学文小说的地理和文化因素。他小说中对于植物、动物的情感描绘，以及人与植物、动物的深情交流，都源于这方土地上所孕育出的心灵感应。胡学文借助于“口述”笔法（祖奶担当了说书人的角色）和“蚂蚁”这个独特的象征物，在北方的土地和历史的长河中，小心地开掘着一个个小人物的个体经验和不安情绪，并深刻地指向人类生活的种种症候。它的目光尖锐而热切，“照亮了我们这时代人类良心的种种问题”。

胡学文的小说有一种北方的朴素，这份朴素是诚恳而动人的，是忧郁而善良的。在他的小说里，没有居高临下、盛气凌人的说教，有的只是对不幸人生的深情凝望。他们的悲哀和卑微，他们的苦楚

---

[1] ［德］黑格尔：《小逻辑》，贺麟译，北京：商务印书馆，1980年版，第279页。
[2] 王蒙：《回眸琐记》，《文艺研究》2001年第4期。

和枯败，他们的粗俗和簇拥，关于这一切的朴素表达，同样映照出了作者写作态度的诚实。他的小说还有一种北方的硬朗，一切的残缺和苦难，要通过生活的改善和精神的提升来化解。他写的是北方小人物的人生世相，有着浓郁的世俗色彩，一种既熟悉又陌生的氛围，在作家简洁的语言与朴素的叙事中，得以诗意地产生。小说中那些最为简单的日常生活，胡学文总能以道德的和人情的方式进行修辞的观照。总体而言，胡学文的小说，表现出一种区别于南方风格的“北方观念”。

如果说南方小说带给人的是流水的气息，那么北方小说却始终散发着土地的味道。胡学文的小说也不例外。胡学文对人生百态，始终葆有一份理解和热爱。那些包蕴着温暖的善心和朴素的诗意的情感，是他自然天性的一部分。人是土地之子。胡学文的纯真之心，在祖奶的引领下，越过大地和天空，去参悟人世更为彻底的精神慰藉。胡学文的小说写满了人之常情。在艰难的岁月中，那乡土大地上的一个个生命永远树立着对生活的希望。就像一棵棵坚忍不拔的树，以各自的方式倔强生长，奇崛而苍茫。正如小说中写的：“人活在世上，要感恩的很多。一滴水、半碗粥，清醒时的夸赞，抑或糊涂时的两个巴掌。若不是产妇的叫喊，我早已命丧黄泉。她，她们，不但把我从死亡的边缘拽回，还一日日地喂养着我，使活着成为必须，坚不可摧。”

胡学文的小说充溢着一种积极的“情感态度”。这种“情感态度”，既包含温柔的爱意、强烈的同情，有时候也不拒绝委婉的嘲讽和温情的批判，就像契诃夫对他笔下的人物所体现出的情感态度一样，这其中充满了生活的启示和巨大的力量，以及丰富而优雅的美好。在胡学文理性而克制的情感态度里，一个复杂的、充满了多种可能性的世界呈现在我们面前。那个被奉若神明的祖奶，确实如神谕一样显示出一种不可思议的魅力。这是一种北方式的情感，乐观、清朗而充满热情和阳光。

《有生》还体现出了长篇小说所青睐的“史诗”倾向。王家新在评价加缪的《鼠疫》时说：“《鼠疫》的独特不凡，还在于它朝向‘史诗’的努力。这不仅指它叙述的是一种包括了所有人的集体经历，更值得注意的是，它还在试图确立一种把现代社会的人们重新融合在一起的那种史诗的情感。”[1]在这个分崩离析、灾祸不断的现实世界里，加缪试图通过《鼠疫》来重新确立一种个人与历史之间的关系。在《有生》中，我似乎也看到了作者这样的冲动和努力，祖奶身上就闪耀着人类休戚与共的内在情感，它很平常，但却夺目。

胡学文的小说也美。有诗的激情之美，有科学的精确之美，也有魔幻的飞扬之美。他从不拒绝情感的勃发，但是往往在激情澎湃之处，给以智慧的观照和美学的创造。美国作家索尔·贝娄有一部小说叫《更多的人死于心碎》，小说中写了一个与植物有着神奇的沟通能力的植物学家，但现实中，他却要面对屡屡失败的婚姻以及由此而带来的孤独和绝望。我在《有生》中也嗅到了类似的命运的味道，人性的天真四处碰壁，却不肯低头、义无反顾。人因对自己本性的忠诚而变得狼狈、独特。小说中写了许多奇特之人，比如如花、麦香、罗包等等，在现实的世界里他们像中了魔一样，在别人异样的眼光中过活。赫拉巴尔有一个短篇小说叫《中魔的人们》，按照他的说法，中魔的人，是这样一种人，他们富有灵感，他们说出的话

---

[1] 王家新：《在灾难岁月中生活的艺术——读加缪的〈鼠疫〉》，《北京教育学院学报》2004 年 3 月第 18 卷第 1 期。

被那些理智的人看作是不合情理的，做的事情是体面人不会去做的。因此，中魔的人竭力追求的是禁止的事物。一个中魔的人，可以和自己交谈。他提供一些消息，讲了一些事情，这些事情的意义是夸大的，似是而非，次序颠倒，因为中魔的人用灵感的钻石孔眼把现实进行了过滤。

胡文学借着《有生》这部小说，亲手为我们打开了一把时间馈赠的雨伞（或遮阳伞），他像祖奶一样，用了足够的耐心向我们讲述百年人生的庞大和细小，他让我们睁大眼睛或者竖起耳朵，认真看、仔细听，以便从这虚妄而真实的人间中发现不易为人所察觉的自我和自卑、残忍和残酷、狂妄和狂喜。胡学文是时间的舵手，他追踪和摆弄记忆，用并不复杂的线条和框架，为我们勾勒出最为复杂的精神和事物——那些真实的、闪着光的生命碎片——并将其一点点打捞起。

什么是好小说的标准？想必是仁者见仁。但好的小说一定会让人们在它铺设的故事和塑造的角色中，发现我们每个人真实的自己。《有生》结尾部分写到的祖奶的绝望，让我想起了卡夫卡那无名的哀叹："我虽然可以活下去，但我无法生存。"祖奶和死神之间最后的对话，可以看作是人与时间之间无法摆脱的深重隔绝，人无法抓住自己的命运，越努力越抓不住，在这个过程中，人的生存的荒诞性和悲剧性，被一点点呈现出来。在历经了百年的沧桑之后，作者并没有让祖奶抵达内心世界的安静一隅。相反，一切的痛苦和记忆尚未安排妥当，它仍然要经受死亡的考验和时间的跨越。

胡学文在《我和祖奶——后记》中说："不管我如何挂念祖奶，告别是必然的，祝福她。"是的，记忆的尽头是死亡。生命的逝去是时间的使然，任谁都无法抗拒。然而，令人仍然欣慰的是，胡学文通过《有生》这部小说和祖奶这个形象，为我们留下了一个时代的“精神样本”和“精神遗嘱”。也正是在这个意义上，小说成为时间和生命的最高综合，并借此去追忆和复活逝去的旧时光。

第 二 辑

精神的建筑

——汤成难的小说和小说观

汤成难的小说，源于“建筑”的冲动，甚或是一个建筑师的本能，“是一种让别人知道我们是谁并在这个过程中提醒我们自己不要忘记的渴望”，而石头、树木、砂石，钢材、砖块、混凝土，棉花、麻绳、布匹，既是材料和装饰，也是语言和张力，正如汤成难自己所说：“可你并不喜欢这种主旨先行的方式，你更倾向于搜集材料过程中，面对一块石头的诚意。而这些真诚、天真、诚恳的部分，正是你当初从事小说创作的原动力。”

建筑师想把建筑变成什么样？这当然不是一张图纸就能解决的问题。在这两者的对立和平衡中，建筑师可以有很多决定。“建筑师的主要职责在于仔细衡量得失，做出决定。它必须决定什么可行，什么有可能妥协，什么可以放弃，在何处和怎么做。”[1] 小说家也如此，在一定的审美范畴之内，小说是对不同生活和未知世界的好奇及探索。你可以有很多种选择，每一种都能在技术上做到无可挑剔。只不过，如果完全按照建筑的科学精神，可能只有极少的小说能向

---

[1] [美] 罗伯特·文丘里：《建筑的复杂性与矛盾性》，周卜颐译，南京：江苏凤凰科学技术出版社，2017 年版，第 69 页。

我们传达出确切的诗意。好的小说，和好的建筑一样，是艺术而非科学。

因此，建筑师必须是一位艺术家，如若不然，就只能是蹩脚的建筑工。没有精神的覆盖，小说便如同呆若木鸡的建筑，毫无审美的意义。我们感觉一部小说不吸引人，类似于我们感觉一幢建筑不吸引人，那是因为我们不喜欢它模糊难辨的外表，以及这外表之下所隐藏的不讨人喜欢的美学气质。“那么该如何防止建筑以及艺术风格沦为恶意关联的牺牲品呢？我们只需谨记，在绝大多数情况下，时间是它们重新焕发魅力的最重要的因素。”[1]就像汤成难所认为的那样：“一座建筑，必有其使用年限，一篇小说也有其生命长度。”那么构成这样一种生命长度的内在力量是什么呢？毫无疑问，是它耀眼的精神光芒。我们心仪的好小说，和我们喜欢的建筑一样，能够透过其原材料、外形或颜色，表现出令人赏心或震颤的积极品质。大多数时候，“我们对美的感觉与我们对美好生活之本质的理解是纠缠在一起的。”[2]

不同的小说风格，就像不同的建筑风格，诉说着对生活不同的理解。汤成难的小说，向我们展示出生命的某种真谛：当下生活中一个个孤独的个体，其实都需要一个家的最深刻的同情。就好比我们需要一座幸福的建筑，来补偿我们精神的脆弱，来安放我们异己的肉体，以阻止真正自我的迷失。《小王庄的往事》如此，《我的舅舅刘长安》如此，《箜篌》亦如此。

---

[1]［英］阿兰·德波顿：《幸福的建筑》，冯涛译，上海：上海译文出版社，2009年版，第94页。

[2]［英］阿兰·德波顿：《幸福的建筑》，冯涛译，上海：上海译文出版社，2009年版，第96页。

《箜篌》主要讲述的是保姆王彩虹与乐器厂的琴师陈笠之间隐秘复杂的婚外情感。写的是日常的逃离和归家，“不奇异，不瞩目，不惊动”，然而，在小说叙述口吻的从容吐纳中，流动的是逃离的短暂喜悦和终不能逃离的永恒忧伤。读汤成难的这部小说，不期然地想起了加拿大的女作家艾丽丝·门罗。比如她的小说《沃克兄弟的放牛娃》，就是以一个小女孩的视角讲述了父亲的“婚外情”，但叙述中充盈的音乐气息和单纯味道，让这个故事丝毫没有道德上的违和感。和这位善于描写日常生活的女作家一样，汤成难也喜欢从平庸而热烈的人间中寻找生命的裂缝，她笔下的婚外情感，同样复杂而温暖。

好的小说和美丽的建筑，都是能够提升我们精神的审美力量。小说取名“箜篌”，当然是象征的隐喻，它意味着对美的欣赏和接受，尤其是在那些生活消沉的至暗时刻，对美的渴望总会不请自来，而“建筑”的渴望也由此而生。箜篌是中国古代的一种传统弹弦乐器，唐代十分流行，但明代之后基本失传。唐代诗人王昌龄、李贺等，都曾以“箜篌”为题作过诗，由此展现了箜篌自身所具有的那种浪漫唯美的悲剧性情调。而这一乐器的情感属性，也奠定了这部小说的叙事基调。

汤成难的小说里，始终密布着无言的惆怅和感伤，但这感伤并不热烈，也不那么地令人灼痛，而更像是欢愉与忧郁的奇怪混杂，如同王彩虹和陈笠之间错综复杂的情感。生活是何等的不完美，作者深知其味，但又不甘心如此，于时，才有了小说中这些低微形象的高贵塑造，以此来观照周遭世界的平庸呆滞和枯燥乏味。无论生活多么艰辛，人性多么复杂，汤成难总能用她建筑师的敏感心灵，捕捉到人们内心深处那些隐秘的阴影，以及阴影之下隐约的欲求和憧憬，并以诗意的形式将人性的光芒呈现出来。

汤成难的小说结构不复杂，也没有多少形式上的创意，甚至于是有些过于简单了。但这恰恰符合她自己的小说观："完全新颖的主题可能缺少最重要的要素——普遍性，几乎每个人的生活均具有某些共通性，所以不要尝试着去建一个完全新颖甚至违背自然规律的屋顶，你大可在人字坡屋顶、平顶、拱形屋顶、尖顶等等的永恒的范围内探索更多的因果、理智，和秩序。"在一个尚新求新的写作时代，汤成难的小说似乎显得有点不合时宜，甚至"落伍"了。但是，一部好的小说，犹如一座有魅力的建筑，有它内在的规则，也离不开既定而单一的秩序。事实上，对秩序的执着，既是对生活的执着，也是对生命的执着。"虽然我们也倾向于认为，建筑也像文学一样，一件重要的作品应该是复杂的，但是有很多迷人的建筑在设计上却出奇地简单，甚至是重复的。"[1] 在这个艺术形式不断翻新的时代，小说或许要像古典建筑一样，"应该具有甘愿稍显乏味的信心与善意。"[2] 汤成难的小说，用的都是日常的建筑材料，甚至可恶到同一个人名可以重复出现好多次，但是这些一定的材料，在她的笔下，经由新的排列组合以及这一奇妙过程的情感发酵，却产生了不定的艺术效果。对于一个优异的建筑师来说，即便是最为普通的材料，也会激发出质朴而野性的诗意创造，就如她自己所说："突然，你看见一些短木头，它们是某次建筑完工后的边角料，看似无用，但以你目前的专业知识和经验，重新发现了它们的价值，你将短木头清

---

[1] [英] 阿兰·德波顿：《幸福的建筑》，冯涛译，上海：上海译文出版社，2009 年版，第 184 页。

[2] [英] 阿兰·德波顿：《幸福的建筑》，冯涛译，上海：上海译文出版社，2009 年版，第 186 页。

理出来，测量，测试，修整，打磨，开孔，隼接，进行力学计算，你居然用它们制造出非常牛掰的木结构桁架柱梁。材料的独特性，使得这座建筑也与众不同。”其实，对于小说写作来说，离不开生活的边角料，甚至于大多数时候，不过是对开裂的人生缝隙的修修补补。

人生活在庸常之中，会面对许许多多难以摆脱的困境，小说家有时候也束手无策，就像建筑师对整体责任的负责并不能完全排除建筑有无法解决的难题。然而，正是问题的存在和意义的产生，才使他们的作品成为超越日常的精神产物。《箜篌》中，王彩虹和陈笠这两个陌生个体之间让人困惑的情感就是其中的难题之一，而“箜篌”似乎就是作者试图释难的解码器，它像一个快乐的音符，以理想向生活的平凡致意。而对破败生活中纯粹情感的真实渴望，使小说获得了优雅的艺术品质。音乐是“流动的建筑”。“箜篌”就是建筑中的柱梁，支撑起整部小说的结构。作为一种乐器，“箜篌”按十二平均律七声音阶降C大调定弦，这很容易让人想起巴赫的十二平均律与赋格。建筑是“凝固的音乐”。作为一部小说，《箜篌》体现出了巴洛克时期古典音乐的某些特征，其结构有着巴赫般的严谨整饬，但情感没有贝多芬悲壮的雄浑，也没有莫扎特天真的欢愉，而更多海顿的平和、内敛，有些失之深度却不乏神采飞扬。

小说是精神的建筑。小说和音乐、建筑一样，其最迷人之处，还是隐藏在其有序的建筑外观之下的复杂性与矛盾性。“能深刻有力地满足人们心灵需求的简单之美，都来自内在的复杂性。”[1]生活看

[1] [美] 罗伯特·文丘里：《建筑的复杂性与矛盾性》，周卜颐译，南京：江苏凤凰科学技术出版社，2017年版，第25页。

上去是那么简单，但每一个简单的日子背后，都隐藏着无数的幸福和悲欢。《箜篌》中所描写的两个家庭卑微而日常的现实，其实是无数个不同家庭的时代折射和精神映照，其中深含的困惑和痛苦，很多都是相同的，具有一种直白而深刻的“普遍性”。但小说的魅力，是在于其溢出日常生活秩序的部分。诺瓦利斯说：“在一件艺术作品中，透过秩序的面纱必须有非秩序的闪光。”生活同样如此。秩序应该是有限度的，如果没有非秩序的闪光，一切生活都将是暮气沉沉。具体到小说的写作来说，不同角色的穿插和腾挪，多种情感的澎湃和接续，既要遵照一个总的规则，又要施之以特异的差别，从而在和谐与冲突之间实现美和力的平衡。

平衡是小说的艺术，也是建筑的美德。这美德由建筑师来调停。在建筑中对平衡的推崇，其实是某种生活状态的暗示，就如同在小说中崇尚精神的健康。作家对脚下的土地负有投身的责任，他们写出的小说，至少不能劣于我们生活的这方热土。同样地，作家对人间的生命亦负有探知的义务，他们用小说给予人类认识生活以最真诚的许诺。小说的魅力，离不开“建筑”之美，而“美存在于秩序与多变之间”。《一个女建筑师的小说认知》，可以看作汤成难温和的小说宣言。这宣言中，包含了简单和纯粹，也酝酿着复杂和矛盾，它的真谛就在于这种兼容的整体性。建造一座既有秩序又有活力的建筑，如同写作一部既不沉闷又不混乱的小说，需要一种秩序和混乱之间令人欢欣鼓舞的美学张力。

文章写到这里，似乎可以结尾了，一间房子已经大功告成。但是，我还是想对这间毛坯房进行一番修饰，以让大家能够更好地认识汤成难以及她的小说。事实上，除了建筑师的身份，汤成难还可以是一个餐厅的老板，一个业余的画家，一个热衷于西藏的驴友。

这些，既可以说和她的小说无关，却也无时无刻不在影响着她的小说写作。

汤成难小说的底色是江南的诗意和日常的卑微。她写人生的无奈，写日常的苦乐，有着实录般的俗世影像，但她小说的动人处，则是在烦恼与愁绪的纠葛中对灵魂和彼岸的精神遥望。她对现实生活的展现，像一个画家，把世俗生活的哀与乐、惶恐与安慰，一点点描绘出来，在白色的纸张上留下复杂又迷人的命运轨迹，在这个意义上，她的小说可以看作“人间的写真”。而意义的复杂以及由此引起的不确定性和对立性，也是绘画的显著特点。汤成难的小说，让我们看到了小说和绘画之间存在的交相辉映的神奇力量，这种力量使得她的小说始终弥漫着诗画般的朦胧美妙，以及不可言说的肃穆意境。她的前辈作家汪曾祺，就深得绘画之妙，并将此巧妙地运用到了小说中，才有了如诗如画的《受戒》和《大淖记事》。因此，我想，她小说的诗意和美好，也定然离不了绘画的艺术熏陶，线条和文字之间，是精神和美学的神韵互通。

汤成难是日常生活的朴实书写者。她是对日常生活发问，她习惯于追问日常的隐秘和生命的困顿，并有思想的暗影覆盖其上。《箜篌》以及汤成难之前的大部分小说，都有一种别样的忧郁之美，这忧郁之中同时隐含着精神的自尊。阅读小说，就是在阅读他人的命运，但又何尝不是阅读自己的可怜。对于生活中的那些不起眼的小人物，汤成难似乎有天然的亲密感。她用最简单的笔法，写出了我们以及生活的复杂。她不喜欢杂色的铺染，而倾心于单纯的素雅的写真，她笔下那简单而简洁的速写，展现出的是真实生活的原色，她笔下的生活，平淡而隽永，有静水深流的温暖。在汤成难所描写的日常的单调和丰富中，存在着许许多多平凡和不朽的时刻。

虽身居闹市，但汤成难笔下的人物，都是那些在日常生活中艰难跋涉，清贫而密布着烟火气的形象，鲜活动人，清晰可感。汤成难的小说给人以寂寞的感觉。清寂的孤独似波澜泛起，伸展到无边的内心深处，但这寂寞并不带人走进空洞的幽暗之中，而是留有淡淡的希冀。她是人间苦海的歌唱者。阅读汤成难的小说，会想到汪曾祺，会想到扬州的烟花三月，它们都有自己的世界，一个与他人有关，但又不干扰他人的世界。在汤成难的小说里，“事事物物皆是对的，正正当当的，投身，和音，入这明亮的一体中去”（里尔克语）。

在绘画的肃穆和幽静之外，汤成难的小说里，还有一股飞动的能量。她的小说释放着奔腾的灵感，有时甚至是忘我的燃烧。《一棵大树想要飞》《奔跑的稻田》如此，《箜篌》也回荡着这种情感的激越。在江南水乡的一隅，汤成难的小说却显示出了令人无法琢磨的西部风情。这种地域上的文化暗示，似乎让她与传统意义上的诗意写作有所不同。在她诗意而残酷的日常里，有着西部的雄浑和壮丽。汤成难的小说是混血的。她的小说里，还有一些梦话的气息。这气息除了天性中隐含的精神因素之外，想必与遥远的西藏也有潜在的联系。汤成难有着强烈的西藏情结，西藏已经成为她生活和生命中的重要一部分。她一次次地驾车奔赴西藏，去到那个可以生长灵感，可以使精神飞翔的地方。

我在想，汤成难驾车行驶在西藏山路上的感觉，以及那些印刻在天路上的万物的低语，其实是生命和命运的另一种表达。里尔克说：“艺术作品总是一个人于险象环生中的结果，是身体力行走遍所有路途，至于山穷水尽，再无可更进一步的结果。”她的小说，仿若人的灵魂奔驰在西部道路上发出的持续的灿烂声响，缭绕于那蔚蓝而广袤的天空上。好的小说是思想的奔流，能在生活的无意义处，泉涌出温暖的爱意；好的小说也是精神的火把，能在生命无尽的暗夜里，点亮凡俗的星空。因此，即使在汤成难小说最为萧索的生活画面中，我们依然能看到诗韵的流光，她在流动的时空里，以飞翔的姿态，展现了生活中的温柔和暴烈。

汤成难说："小说中张力产生的主要途径是人物关系的变化，人物关系的变化推动故事和情节的发展。尤其是人物的关系中的利益关系，欲望与能力，现实与梦想，实力与境遇等等的表面张力，除此之外，还有更深的隐性张力，譬如感性与理性，自由与孤独，爱情与死亡，超我与本我……历史上所有的伟大作品，无一不是在隐性张力上达到了空前的高度。"写小说，从根本上说，就是写人与人之间的关系，一切张力由此而生。《箜篌》的本质也是关系，保姆与琴师的关系、男人与女人的关系、复杂情感之间的关系。但没有一种关系是会单独存在的，一切的关系都有交叉，因此，人与人之间的相互理解或者不理解，其实是灵魂的碰撞和焊接之后的不同结果。而结果和张力的不同，是作者价值观的折叠和反映。归根结底，一切的写作都源于程度不一的对关系的惶恐，而文学的其中之义，就包含了对这莫名惶恐的暗示和安慰。对汤成难来说，建筑、绘画、西藏、江南给了她以诗意，给了她以理解各种关系的神秘之钥，她小说中的简朴、朗然与阔大，静静地涌动在她荣辱与共的一切日常之中。于是，在汤成难的笔下，小说被改写了，而一起被改写的，还有这失格的人间，以及一个个庸常之人不确定性的命运。

阿兰·德波顿在《幸福的建筑》中论及美丽的建筑时说："我们可以将真正美丽的建筑定义为赋有足够多先天的优点，足以经受住我们不论正面还是负面的心理投射的建筑。它们赋有真正美好的品质，而非单单令我们想起这些品质。它们因此能够超越其时间或地域的起源，并在它们最初的观众早已消失之后仍能传达出它们包含的意图。不论我们要么过于慷慨要么过于苛刻的联想如何消长起落，它们都能一如既往秉持自己的品质，岿然不动。”[1] 好的小说，同样如此。

[1] [英] 阿兰·德波顿：《幸福的建筑》，冯涛译，上海：上海译文出版社，2009年版，第95页。

孙频小说二论

孙频小说论

一个作家被贴上标签，到底是好还是不好，其实不太好说。贴标签是风格化的一种体现，是一个作家一定阶段创作的稳定和成型，但这种稳定和成型也容易成为一个作家进一步突破自己的障碍和难度。

孙频自 2008 年开始创作，至今已经十余年。十余年里，写了两百余万字，出版了若干部小说集，已然小有成就。孙频的小说以中篇为主，并以善写身体、情欲，以表达孤独、绝望，以寻求突围和救赎，自成一格。

但正是对女性和身体的过度书写，孙频不自觉地成为被“标签化”的一位作家——一位女性作家。关于孙频小说的风格，评论界颇多争议。赞同者有之，持不同意见者亦有之，这其实都不重要。争议从一个方面来说，都只是代表着一种个人的趣味和偏好，当然，也代表着作品自身所具备的开放性和丰富性。其实，如何写，写什么，除了作家本人心知肚明，和评论家，甚至和读者又有多少必然的关系呢？

梁漱溟在《东西文化及其哲学》一书中说，“文化这东西，点点俱是天才的创作，偶然的奇想；只有前后左右的缘，而没有因。”写作，就是如此。稀有的天分和突降的灵感，有时候可能真的是说不清道不明的，却也容不得你否认。

孙频的小说像一道道伤口，恰如她在一篇小说中描述的，这伤口露着猩红色的里子，红色之下是若隐若现的几点雪白，那是骨头。想来，有些凛然；读罢，却是“刻骨铭心”。

我认识孙频，源于我家老婆。她十分喜欢孙频的小说，并写过一篇短评《她与世界短兵相接》。她在文章中写道：“孙频拒绝对生命虚无本质的漠视与淡化，她近乎残忍地将人性的幽微晦暗、猥琐卑贱一刀一刀刻画出来，她带着原生的骄傲对庸常的幸福嗤之以鼻，她敢于放任自己笔下的女人在罪孽中层层受苦，并通过‘看’与‘被看’这种审视的方式，探索和剖析自己内心的黑暗，认识并承担自己的罪，渴望借此获得复活与重生。”她十分准确地把握了孙频小说的意图和本质。

后来，孙频从山西调到江苏作协做专业作家，我们就此成为同事。2018年，省作协给孙频召开了研讨会，也是筹备这次会议期间，我开始阅读孙频的小说。但我的阅读顺序，是逆时针的，最先从《松林夜宴图》读起，然后再读她早期的作品。读过这些小说，我渐渐厘清了对孙频创作的认识和理解。她的小说固然存在着模式化和理念化的弊端，但好比一件件构造相同的武器，外形大同小异，威力却截然有别。

孙频的小说有独特的意味。孙频的独特，得到了不少评论者的关注。“孙频的小说创作带有独特而瑰丽的特征。其独特在于她对偏执者的精神世界进行不懈的开掘，从而把人性中的丑陋、下贱与卑微的一面，淋漓尽致地表现出来。同时，这些偏执者的遭遇与生活，总是在旷世奇缘的牵扯下，彰显出瑰丽的一面，在自在的内心，营造出某种高人一等的不屑、高贵与尊严的感觉。因此，警策、冷峻、惕戒，还带着怨气、仇恨与忧郁，却又无往而不萦绕着伤感、凄楚与救赎的希望，就构成了她小说的独特气质。”“孙频小说中的苦难不仅让我们震撼，面对苦难的反抗，乃至于那种‘置之死地而后生’的决绝，也让我们看到了一种顽强的自我救赎的力量。这种苦难与反抗的‘高密度’构成了一个力量角逐的场域，孙频就背负着‘生命中不堪忍受之重’，在这个场域中探讨‘怎么活下去，靠什么活下去，究竟什么才能支撑一个人活下去，究竟什么样的爱才是真正的爱，是对苦难的爱还是对上帝的爱，还是对人类的爱，究竟什么是人类真正的苦难，真正的疾病，真正的拯救，什么才是存在？’”

苦难、卑微、存在、救赎，这些都是辨识和理解孙频小说的关键词。但是要完整地理解一个作家，就不得不追根溯源、按图索骥，不得不在她的时间脉络中寻找开启她创作的蛛丝马迹。尤其对于一个已经有十余年创作经历的作家来说，这样的追问显得十分必要。

孙频似乎对这个世界存在着一种天生的恐惧，她对这个世界和人性的追问，应该就源于这种恐惧和不安，她要抚平伤口，抚慰灵魂，虽然最后发现，一切终是徒劳。但是，孙频的厉害之处在于，只要和这个世界产生紧张的关系，她的小说就有着耐人寻味的品质。这种紧张通过身体、灵魂、黑夜、屈辱等等，一层层地剥展开来，血淋淋的令人不敢直视。比如《乩身》中，人性的压抑惨烈到极点、窒息到极点，似乎世界就在一瞬间崩坍，毫无希望可言。可是，作为作家的孙频，有着她卑微的怜悯。正如她自己所说：“我写的每一个人物，不管他丑陋还是让人怜惜，我都对他付出了绝大的深情还有真正的同情。人对人最高的同情是什么？就是怜悯。”因此，她的小说还给人留以希望，哪怕是短暂的、渺茫的希望。还是在《乩身》中，常勇和幻影在黑夜中喃喃对话，互相拥抱。这时，孙频写道：“这种虚幻的崇高感紧紧地裹着她，有如给她塑上了一道金身，她在黑暗中感到了自己此时的祥和、宁静、美丽。她的泪哗哗往下流，就为了能与这些幻影拥抱，她真的情愿再不醒来，她情愿就在梦中要一个个长长久久的拥抱，情愿她自己也只做一个没有肉身的幻影。”这希望是如此地卑微，又如此地渺小，却也如此地令人感动，令人无地自容。这就是孙频，以个人之痛触摸人性之痛，以个人之伤抚慰灵魂之累。

孙频当然不愿沉湎于这些痛苦之中，她渴望笔下的人物能够自救和得救，而她的写作也是向那些在这个世界上认真、执着、坚强地活着的人致敬。救赎的方式是什么？在孙频大部分小说中，希望往往指向了宗教性的旨归。“在宗教性的处理中，浮显着孙频难以将息的焦躁灵魂。而让我们略感隐忧的是，这般回应现实症候的急切心态已渐有凝固为思维定式的迹象。在孙频的大部分构思中，故事的核心元素总体变化不大：生来便历经不幸的女人、城与乡对主人公命运的一重或双重围剿、现代主义色彩厚重的幽森开头、浪漫化或宗教化的激越结尾，而结尾又常常同引发官能强烈刺激的死亡气息如影随形地捆绑在一起。只要我们计数孙频的近作便会发现，个中的死亡频率已达到了一个颇为惊人的数值，而在结构上具备相似功能的还有伤残、疯癫等极端奇情的想象。”在一个没有宗教信仰的国度，这样的宗教性处理，的确引人深思，同时，也引起了十分大的争议。以我个人的观点来看，这样的处理既有其合理性，又有其限制性，合理性在于获得了精神的提升和灵魂的安落，尤其是具体到个别的文本来说，产生了切实的艺术价值和审美效力，限制性在于，这样的处理在不少小说中有了同质化和模式化的意味，因此，也便值得作家反思。

孙频喜欢写爱情，当然，哪个作家不喜欢写爱情呢。只是，在孙频的笔下，爱情，源于那些最不起眼的暧昧和欲望。与此同时，连同着卑微的肉身，一同构建起她早期小说的美学风格。但如果仅仅以此来认知孙频的作品，仍有失偏颇。孙频的小说，不仅有小的微茫的个体，更有大的宏阔的时代。个体的微不足道，终究要靠时代和历史来凸显。《乩身》中，常勇之死，与其说是个体自身的覆灭，不如说是趋向时代的死亡。孙频是用个人的细小无常折射我们这个时代共同的精神状况。

孙频喜欢写死亡，孙频对于生死的痴迷，其实比她对肉身的探求更加深入。与卑微中的坚持相比，死亡中的重生似乎更具有一种耐人寻味的哲思力量。爱得刻骨铭心，死得痛彻心扉，这就是孙频对于这个世界的真实体验和沉痛想象。在孙频的小说里，爱令人绝望，死令人震撼，希望如同灰烬，绝望恰如重生。还是在《乩身》中，“在一切苦难之后，所有的人都会再次相见，再次拥抱。在即将失去意识的最后一秒钟里，她的盲眼在金色的火焰里第一次看见了她自己的身影，一个女人袅娜的身影站在一条金色的大河边，一头拖及脚跟的长发，衣袂纷飞，她正低头看着自己在河中的倒影，如临水照花。”常勇，终于在死亡来临的最后时刻实现了自我的“复活”。这是孙频式的决绝和勇敢。孙频的小说是对人性与灵魂的审判。这审判是惨烈的，如盐入伤口，浸入骨髓，这审判是彻底的，陷自我和他者于万劫不复。这样的写作，于孙频来说，太过于凶猛了，甚至是对自我生命的透支。所以，就有了大家对她创作转型的期待。

还好，这样的期待，时间并不长。小说集《松林夜宴图》出版了。该小说集收录了孙频的三个中篇：《万兽之夜》《光辉岁月》《松林夜宴图》。非常巧合的是，这三篇小说的题目都和“时间”有关，不管是有意或者无心，我想，孙频应该是一个“时间性”很强的小说家。小说，一定意义上，就是时间的重演。孙频在关于《光辉岁月》的创作谈中说，“这曾经的时代无论是好的还是坏的，对于向死而生的人类而言，都将成为光辉岁月。”不管这时间是指向过去、当下或者未来，时间性“把如此这般作为存在着的有所当前化的将来统一起来”，好的小说就如同不可捉摸的时间一样，始终是个谜。

孙频说，这三篇小说是她的转型之作。这种转型，在我看来，是她试图摆脱被一种过于“个性化”的风格奴役着的尝试和努力。这种尝试在《万兽之夜》《光辉岁月》中有点浅尝辄止的意味，至少变化不是特别明显，但到了《松林夜宴图》中，孙频可谓是完成了自我创作的风格“异变”。写作《松林夜宴图》的孙频，少了彻底决绝、勇猛激进，多了宽和从容、荡气回肠。她不再一心痴迷于人类那具沉重的肉身，而是向生活的更深处、向生命的更细微处、向历史的更不确定处，探求一种与灵魂、与人性、与时代的对话。《松林夜宴图》的写作，预示着孙频在小说写作的艺术探索中漾出了一片新天地。

英国著名诗人、评论家 W. H. 奥登说，艺术风格的变化总是反映出社会想象中神圣事物与世俗事物之间的边界的转移。于孙频来说，也是如此。她正在从抽象感官的情感世界中抽身而出，投入到五彩缤纷的日常和历史之中。具体到小说写作来说，我觉得有四个方面的转变：一是试图摆脱一种惯常的情感表达的束缚；二是努力寻求一种比较深刻的医治精神创伤的方式；三是对于肉身的迷恋，正在从一种本体的存在，变成一种审美的虚构；四是开始重视小说形式的意义。

孙频是个“问题”意识很强的作家。这种问题意识在她早期的小说中表现得十分明显，甚至太过明显，从而影响到了小说的艺术质地。可能正是这种过于突出的问题意识，限制了孙频小说写作路向和风格多元，以至于受到评论家关于她作品“同质化”的批评。我想，孙频对此，一定早有察觉。因此，也才会有《松林夜宴图》的惊艳问世。《松林夜宴图》中的故事，显然已经超出了孙频个人的经验世界，她通过介入历史的方式——这个历史也显然不是她所经历和熟悉的历史——试图构建出个人与历史、与时代、与世界之间的一种错综复杂的生命面相。

可是，我仍然怀疑，当代小说还能表现出新的情感体验吗？还能开辟出新的情感空间吗？英国作家 D. H. 劳伦斯在《小说之未来》一文中说：“它应该有不用抽象概念解决新问题的勇气，它必须向我们展示新的、真正新的感情和整个儿全新的情感轨道，从而使我们摆脱旧的感情套路。”在情感世界中摸索了十年的孙频，似乎也正在寻求一种新的情感可能。尤其是她对于女性情感世界一如既往的执着，使得这种摆脱显得更加必要。孙频的小说人物主要以女性为主，并每每以女性肉身的饥渴欲望作为情感的出口，来表现个体与时代的对立与撕裂。这肉身是沉重的，有着不可承受的生命之重。但在《松林夜宴图》中，孙频为自己打开了肉身的另一扇窗，从而以一种有别于饥渴的饥饿之感重新来打量、感受这个世界。而尤其可贵的是，这种虚浮的饥饿感，不是孤立的，而是与内心的空虚、精神的渴求建立了一种互文的转换，由此才不至于让这司空见惯的饥饿状态失去了“历史”和“记忆”的填充。小说在关于外公的一段描写中写道：

> 他看起来内里总是很渴，很饿，很空，无论扔进去多少东西都填不满，都能马上听见空荡荡的回声。好像他患上了一种奇特的类似于饕餮的疾病。然而就在那些刚刚吞咽下食物的清醒瞬间里，他仍然会哆哆嗦嗦地拉住她的手，催促她去看伦勃朗的画册，他说，侬一定去看他那些无与伦比的光线，伦勃朗光线，真正的艺术家啊。就是画不出，侬也总可以去向往的。人其实就是在活那一点向往。

饥饿，看似轻描淡写，却道出了生命最为迫切的本真状态，它比饥渴更加致命。实际上，《松林夜宴图》背后隐藏的就是饥饿状态下的人性扭曲和灰暗世界。这在孙频之前的小说中，并不多见。也因此，“画里弥漫着一种奇怪的不安气息，很紧张，近似于恐惧”，才显得合乎逻辑。而那一点向往，看似无足轻重，却是《松林夜宴图》所象征的美和徒劳，也正因为有了这点向往，人生才“并非一切皆尽”。读孙频的《松林夜宴图》，无意间想起了古代的一句诗：“黄鹂知饮惬，枝上送佳音。”而主人公李佳音之名，想必也暗含着作者小说叙事上的一点隐秘。一定意义上说，孙频的小说没有那么的让人绝望了。孙频在关于《松林夜宴图》的创作谈中说：“就在那些时刻（到人大艺术系旁听西方美术史，作者注），你会觉得，欲望与名利真的没有那么重要，起码它们不是人生里最核心最重要的部分，它们也不足以支撑起一个人的骨架与魂魄。但是，生而为人，我们都软弱、自私、贪婪、痛苦，需要被认可需要被赞美，我们就是这样一种生物，我们终其一生在与自己的弱点搏斗，终其一生要不停完善和修补自己冲突的、分裂的人格。艺术是什么？艺术就是让我们活在世上能不那么苦痛的东西吧，哪怕它只是一种幻觉。”有了“松林夜宴图”，李佳音有了游走世界的勇气和希冀，有了《松林夜宴图》，孙频让人看到了她小说中所追求的天际的光辉。别尔嘉耶夫在《俄罗斯思想》一书中曾指出：“关于生活的意义问题，关于从恶与苦难中拯救人、人民和全人类的问题在艺术创作中是占优势的问题。俄罗斯作家没能停留于文学领域，他们超越了文学界限，他们进行着革新生活的探索。”当代中国作家，需要的也是这样一种精神高度和思想气魄。

如果从文学史的角度来看，对于“身体”的呈现和迷恋，应该始于二十世纪九十年代以来一批年轻女作家的精神探索和艺术尝试。她们大都以第一人称来叙述，以自我经验为标本，来展开内心世界的独白，来呈现现实的残酷。她们以自我的经历，写出了中国的历史变迁。她们展现的是个人的命运，同时应和的也是时代的遭际。对于孙频来说，她所面对的世界和现实，比起上个世纪末来说，更加破碎、更加寂寞、更加不安。孤独、虚无、苍凉正在成为一种日常的情绪和感觉，侵袭着每一个人的精神世界。个体的存在，也成为历史语境下的巨大疑问。由此，孙频开启了她在新的时代境遇下关于灵与肉的艺术思考。

肉身无处安放，灵魂如何可能？肉身与灵魂这两个不同的叙事维度，在孙频的小说中呈现出一种混杂而莫名的张力。她一方面痴迷于肉身沉沦的蛊惑，一方面又执着于精神突围的可能。由此，也形成了孙频小说虚无而幽暗的神秘气氛，以及滞重而压抑的审美风格。孙频的小说，透露着与她这个年龄段所并不完全契合的“凶猛”

和“暮气”，同时也让我再次确认，一个人的审美趣味和思想深度，和对一个人生理预期的判断并不是一回事。而这本身也是研究孙频小说的一个秘密通道。

孙频在其他两部中篇小说《万兽之夜》《光辉岁月》中，时刻在向我们呈现着这个时代的巨变和精神的沦陷，这是一个物的时代，网友的时代，欲望的时代。历史的车轮在滚滚向前之时，同样在生命与人性的增长过程中留下了现代性的明显烙印，以及一种裂变式的内在创伤。孙频的小说，一直在试图医治这些创伤，以宗教的方式、以沉沦的方式、以遗忘的方式，终至于在《松林夜宴图》中以死亡的方式。不，她不是以死亡的方式，是以时间的方式，“1995年7月2日深夜”，孙频以时间的重演，幻灭了历史的烟云，以生命的死亡，昭示了一种不可实现的可能性。《松林夜宴图》是历史之谜，是人性之谜，也是时间之谜。

但毫无疑问，肉身和性爱始终是孙频小说人物确认自己存在的方式。“只有在性爱中她（李佳音，作者注）才不再是一个人，在这个过程中她亲眼看着自己从我变成了我们，我们被创造出来。她的绝望和孤独就在那一瞬间得到了最大程度的稀释和解救。这种解救是如此的庞大，以至于她无法从中逃脱。”然而，她得救了吗？她逃脱了吗？没有。《松林夜宴图》中对于肉身的描绘，正在变得虚无和抽象，它不再是确切的感官欢愉和精神坠落，而是以一种虚构的形式上升到接近于哲学的层面，于是，在经历了肉身的沉沦之后，她“却越发觉得所有的肉身之下其实都不过是累累白骨”。在这里，肉身正在变成一种幻象，正如时间也在变得虚无缥缈一样。孙频从肉身的沉迷，走入了时间的永恒。她似乎意识到了，在这一具具毫无生命力可言的肉身之上，已经很难孕育出健康美好的灵魂之子。唯有时间，归于永恒。

在孙频作品研讨会上，黄德海说，孙频写的是非常严格意义上的现代小说，不适于用现实作品的框架来评价。孙频不仅现代，而且浪漫，孙频是一个浪漫主义作家。阅读孙频，我们会发现，浪漫主义是她作为一个作家的天然的生命底色。但似乎很长一段时间以来，孙频始终沉浸在虚妄的现实之中不能自拔，体现在创作上，就像是被束缚住了手脚，很难破茧而出。正如 D. H. 劳伦斯所言，“现代小说家被陈腐的‘目的’或自我观念所约束，从而让灵感屈就了目的和观念。”幸运的是，《松林夜宴图》，让我们看到了灵感在孙频写作过程中的肆意和勃发。说到底，一个小说家的天分决定了她的精神层次和艺术高度。比如下面这段关于白虎山的描写：

> 从美院毕业被分回榆中的那个夏天，她又一个人来到白虎山上。西部的落日硕大而金碧辉煌，仿佛是从一种无生命的深渊里长出来的凶猛植物，只是不停分泌出金色的光线，再把这箭镞一样的光线掷向每一棵树的生，每一道黄色土地的生，每一道沟壑的生，每一道嶙峋峡谷的生。它像一种无生命的生命，蛮横有力，强暴万物。白虎山上的黄土吸饱了这样浓烈凶悍的阳光，变得通体金黄剔透，天上地下，这么大规模这么浩瀚的金色汇聚在一起，天真单纯而扫荡一切。无论是曾经在那三江汇聚的甬城，还是后来在北京深秋的银杏林中，她都再没有见过这么多这么大规模的金黄色。黄沙之下露出的白骨像埋在这土地里的种子，不知道将要长出怎样奇异的人形植物。她坐在沙丘上，眼看着自己如旷野里的一座佛陀被夕阳镀上了一层金色。

在孙频的小说中，我真的很少发现这样带着正常体温的肉身的自然呼吸，它似乎还有一点点的迟滞，但是已经与自然世界的勃勃生气相互交融和交流，一种接洽中国“抒情传统”的可能性，也在她绵密而富有弹力的语言节奏中滋生开来。也因为有了这种情感的铺垫和舒缓，那白骨也不再骇然，而是如种子般有了希望的期冀。当然，这个肉身也是虚妄的，也是想象的，一种自我的沉湎，但它不是沉沦，是世俗的超拔，是浴火的重生，此时此刻，它代表了虚构的“肉身”的一切意义。

最后，再谈一点孙频对于小说形式的领悟。事实上，关于孙频“同质化”写作的批评，一方面源于其写作题材和内容的大致雷同，另一方面则是小说结构和形式上的过于单一。这个问题在孙频的小说写作中，的确是存在的。实际上，在中国当代小说史上，绝大多数中国作家，并不十分重视形式的意义，即便是当年风起云涌的先锋小说，也不过是中国文学史上的一次突发意外，短短几年，便昙花一现。但形式对于一个作家来说，十分重要，形式决定意义。陈晓明说，“作家对他要写的一部作品，如果没有获得形式感，没有获得语感和结构，是无法建立其虚构的语言世界的；也就是说，其作品不能给出高于生活的文学形式，那样的文学作品其实是无效的，其实并不存在——实际没有自身的存在。在这意义上，文学作品的形式具有决定意义，即它决定了此一作品的文学性形状，它的完整性和总体性，一句话，它的文学性在世方式。”《松林夜宴图》显然是孙频创作历程中具有形式意义的里程碑之作，它通过孙频的艺术之手，获取了一个独特的小说形式，特别是以真挚的情感、深度的思想和温情的意念，让它获得了一种形式上的真实生命。而那些外在的形式技巧，最终不过是作品确定和完成自己的一种艺术方式。

孙频正在通过新的尝试和探索，寻求小说形式的完美构造，丰富自我写作的精神内涵，从而写出生命体验更加本真的复杂性和可能性。W. H. 奥登说，我倾向于相信，当一个人身体和精神处在一种愉悦状态中，特别想要驱散小心谨慎的心灵探寻，就像驱散病态的烦乱，这个时候才应该读卡夫卡。当一个人精神低迷，就应该对卡夫卡敬而远之，除非伴随着卡夫卡作品中经常出现的内省的是一种相同的对美好生活的激情，不然这种内省很容易退化为柔弱无力的对自身罪和孱弱的纳喀索斯式迷恋。在此，我并非把孙频与卡夫卡相提并论，我只是想说，读孙频的小说集《松林夜宴图》，我们也应该怀着一种有别于对孙频既定认识的精神愉悦和肉身放松，因为，这是一个不一样的孙频，一部不一样的《松林夜宴图》。

美的时刻，和它的秘密

——孙频近期小说读札

孙频的小说一直在变。从《松林夜宴图》到《我们骑鲸而去》，再到《以鸟兽之名》，甚至更近的《诸神的北方》，这种变几乎是看得见、摸得着的。如果说，在《松林夜宴图》中，孙频试图通过艺术抵达历史的景深，在《鲛在水中央》中，通过叙事的轻描淡写，去对抗一种巨大的悲伤，那么在《我们骑鲸而去》中，则是借助于“戏剧”探寻真实和虚构的关系，在《以鸟兽之名》中，又一掉头，把视角伸向了人与山林——一个更大的关于人的存在的命题，而《诸神的北方》将这一命题做了继续的想象和深入。

与早期小说中那横冲直撞的“凶狠”相比，孙频近期的小说越发平和而忧伤。她好像忽然之间又掌握了小说的新魔法，在一个个让人生死攸关的时刻，赋予生命以美的力量和诗的意义。比如《诸神的北方》中，对于母亲的自杀，小说写道：“找到她的尸体是在第二天上午，她在昨晚卧轨自杀了。她独自一人踏着月光，在旷野里走了十里路，然后坐在铁轨上耐心等着那辆半夜过路的火车。火车准点来了，在黑暗的旷野里，远远就能看到一个呼啸的火车头带领着一串明亮的小房子奔跑而来，那群小房子快乐极了，驮着旅人们的各种梦境。她死的时候只穿着一只鞋，另一只鞋并不在铁轨旁边，应该是她在旷野里赶路的时候，那只鞋就已经丢掉了，只是她浑然不觉，继续在月光下赶路。”

孙频的这段描写，让我不期然想起托尔斯泰《安娜·卡列尼娜》中卧轨自杀的安娜。这是两个截然逆反的女性角色。一个因爱而生，一个为尊严而战；一个为爱失去了理性，一个与生活展开着搏斗；一个以死向世人宣誓，一个通过死获取尘世的安慰。但她们也有共通的地方，她们都善良，充满了同情心，她们都受制于道德的牵绊和情感的内疚，而选择了一样的死亡方式。托翁笔下的安娜是迷人的，孙频笔下的“母亲”，同样让人动容，这是一个中国式的女性形象。她的死，凄凉而唯美，那一寂静的时刻，连同她的秘密，一起被带走了。这是孙频小说走向心灵内部的“情感”时刻。在阅读过程中，也正是从这个时刻开始，我感觉到孙频小说内部的结构开始发生了新的位移，一切的矛盾、纠葛、爱恨几乎都变得心照不宣起来。孙频深谙一个小说家的职责，就是用其情感、思想、技法去建立一个个美的时刻，并由此建构起一个个小说的秘密世界，而不是去呈现某种虚假的真实，或者缔造某种人为的“神话”。

但对于小说来说，要具有一种顽强的生命力，仅仅有人物是不够的，它还要求创造一个关于世界的幻象，并在这种虚构中去实现时间的感觉。对于自己早期的小说创作，孙频也一直在反思。她最近的一系列小说，可以看作是反思自身的强烈实践。孙频似乎对她早期的小说经验、叙事手法和思想表达不停地进行反驳和改造，以期实现一种自我革新或者脱胎换骨。这是一个艰苦、煎熬的时刻。也是在这样的时刻里，美开始发酵，秘密开始呈现。她对世界的认识开始告别一种痛痒的直接碰触，而转入一种理性的、阔大的想象视域。她依旧清醒而固执，但显然已经走出了情绪的困顿天地。

读孙频的小说集《以鸟兽之名》，我们似乎可以轻易地认识到，小说是一次次持久而有力的审美颠覆。这是小说的艺术之道，也是价值所在。集中诸篇《以鸟兽之名》《骑白马者》《天物墟》，从整体的小说构架，到具体的叙事执行，再到思想的艺术表达，都透着一种不达目的不罢休的写作真义。这三篇小说，有着许多共同点，可以当作是孙频小说思想性的一个新的系统表现。是的，思想性，这是孙频小说十分重要的品质和特征。正如何平教授在谈论《我们骑鲸而去》时所言："思想性或者说哲思，我们现在很少用来谈论小说，尤其是对年轻作家的小说，但这可能却是孙频最近这些年有意为之去尝试的。"那么，孙频小说的思想性是如何达成的呢？在生与死中展开、实现。这是写作的基本主题，也是孙频多年执念的东西。《以鸟兽之名》，有一张凶杀案的外衣，但内里还是关于生和死，关于人的痛苦和命运。《骑白马者》，依赖于我对"田利生"的寻找，其实还是探讨的人的生命与存在、艰难和自由。《天物墟》，则是在废弃的村庄中，去发现文明得以生息、万物得以生长的秘密，以此来实现对于自然、历史、生命的综合思考。可以说，正是在关于生与死的思想性演绎中，孙频继续并丰富着她的小说之旅，这是她的小说摆脱几乎静默的心理空间，开始走向更为纷杂的“孤独”的“思想”时刻。这样的时刻在小说中比比皆是。“夕阳开始慢慢落山，光线变得迟钝而柔和。一个枯瘦的老汉披着一身霞光回头看了看落日，脸上被染得金光闪闪，他长叹了一声，又把一天用完了呵。众人如石像一般，沐浴着晚霞，都久久不动。只消片刻，落日便完全坠入山谷，暮色变得苍茫起来，众人陆续起身，开始慢慢回巢。”（《以鸟兽之名》）“我恍惚间有一种时光在倒流的错觉，觉得自己正朝着过去走去，也许在这深山里走着走着便碰到了过去的自己，还或许走着走着便碰到了我的父亲，他那么年轻，还没有受到生活的任何摧残，而我还只是那个七岁的小孩子，一切都还来得及。”（《天物墟》）

从城市走入山林，孙频的转向让不少人着实吃了一惊。但细数孙频的小说之路，从《松林夜宴图》开始，她其实已经在做着一些有意的探索和尝试。只不过，到了小说集《以鸟兽之名》中，这种小说艺术的整体性更为凸显。孙频开始迷恋山林、向往自然，她笔下的风景和人也突然变得诗意盎然，这在早期的小说中并不多见。“森林从车窗外成片成片地掠过，一幕又一幕，连接成了一部流动的绿色电影，不时有鸟叫和花香扑面而来，走着走着，前面的峭壁上忽然跳出一枝火红色的野花，倚在陡峭处，妖媚地斜视着我们。河流若隐若现，时断时续地跟着我们。在开阔处，河流会忽然钻出来，两边芳草夹岸，河流在阳光下闪着金光。在山林茂密处，河流会忽然隐身不见，但就是在见不到河流身影的地方，依然能听到漫山遍野都是淙淙的流水声。”（《以鸟兽之名》）“河流在视野里若隐若现，即使钻进了河柳丛里踪迹全无，仍然可以听到哗哗的流水声就在咫尺。走着走着，河流冷不丁又冒了出来，活泼泼地在阳光下闪着金光，河流两边青草夹岸，蒲公英携伞飞行。偶尔有白色的巨石挡在河道中间，河流也是欢快地侧身而过，并不上前挑衅。”（《骑白马者》）这样的风景描写，在小说集《以鸟兽之名》中几乎是随处可见的。孙频从未像现在这样，对景物的描写充满了美学的耐心和诗意的想象。各种自然事物相互交织，成为小说的叙事背景，也成为一种虚构的经验幻象。这些基本的幻象吸引着读者，去与现实、生命进行对接，以使这些具有暗示性的词语超出其本身的意象，而具有了另一种复杂的情感内容。

我相信，孙频是试图在自然中让人获得某种解放。“自然的解放，就是重新恢复自然中促动生命的力量，就是重新恢复在那种徒劳于永无休止的竞争活动中不可能存在的感性的审美性能，正是这些审美的性能揭示出自由的崭新性质。”[1]但事实上，在这些自然的、美的时刻背后，仍然有它的秘密。这秘密就是，人被时代遗弃之后，那巨大的孤独几乎是无法消解的。故乡的重返，是为了摆脱孤独，但荒谬的是，在故乡的流浪中，更深重的孤独一阵阵袭来。不管是作为叙事者的“我”，还是他人，都无一能够幸免。“他简直像个国王一样，每天晚上等所有的人都下了班，这整栋楼都成了他一个人的疆域。他办公室里的那点灯光一直压迫着我，我担心他写着写着会忽然变成一只庞然大物，然后绝尘而去。而我则被遗弃在原地，变得越来越颓败平庸，最后彻底淹没在人群里。”（《以鸟兽之名》）“夕阳落山之后，夜色从旷野里升起，渐渐弥漫到了胡同口，老王站起来，把剩下的棒棒糖又戳回嘴里，然后背着两只手，慢慢朝玉林

[1] [美] 赫伯特·马尔库塞：《审美之维》，李小兵译，桂林：广西师范大学出版社，2001年版，第122页。

苑走去。其他人也陆续开始回巢，有人叹了一句，租房子做小买卖的不好过吧，住楼房领退休金的也不好过。”（《诸神的北方》）

但我不会因为孙频把写作的视野转向了山林，就贸然将她归入自然主义文学或当下热门的生态文学队伍中去，我想，孙频还是现代的，一种坚实的“流动的现代性”品质，永远是她小说的精魂。不过，孙频的独特之处在于，她对“现代性”同样充满了颇具现代意味的警惕和思考。这种警惕在《以鸟兽之名》中，是对自然世界的敬畏和信赖。“对山民来说，大山是一种宗教般的存在，山上所有的鸟兽草木，所有的风俗习惯都是我们的避难所。”在《骑白马者》中，是对历史浩茫的迷人想象和洞察，“这时候我已经敢肯定，这个村庄是有秘密的。不过，在这大山里，每道褶皱里都可能隐藏着一个秘密。有的秘密如林间草木一样，从长大、凋零到腐朽，都不会有人知道它们曾经存在过。有的秘密如山间蛰伏的猛兽，即使离得很远，你也能从空气中嗅到它们身上的气味。”而在《诸神的北方》中，则是对传统“秩序”的留恋，“我甚至开始想念这里的秩序，在我年少时候曾十分鄙弃的那些秩序和风俗，我后来一一开始怀念。这里不止有日月星辰的运行，还有各种神灵与鬼魂的出没，一个神灵、人、鬼魂共栖的空间不仅显得热闹，还十分浪漫，就像个大家族一样，墙上挂着各种规矩和禁忌，因为有了禁忌，便可生出不少敬畏。”

事实上，在喧嚣的时代背景中，由故土消失、家族分裂所带来的陌生情感让我们变得更加恐惧和不安，这种不安对艺术包括小说提出了一种想象力的挑战，就是我们如何在一种艺术的形式中去表现、体现、消化这些情感。小说在当下的意义，可能也在于此。它试图去创造一个更加广阔的虚幻空间，去容纳这些消化不良的情绪和情感，它形式可以灵活，简单的、复杂的，结构可以多变，线性的、复调的，它是发展的、丰富的，它以各种“现代性”的特征为生命提供真诚、主题和可能，并推动生活幻象的当代再现。孙频在一次和罗昕的对谈中说道：“我认为小说的可贵之处，在于它是有真诚可言的，在于它是有心跳和体温的生命体，有真正动人的东西凝结在里面，而不是经过粉饰的扭捏作态的‘假声’或‘圣徒’。我在生命的不同阶段看到了不同的风景，这些风景未必都尽如人意，而且并不是一种固态的存在，但都有着独特的生命力，我愿真诚地把每一个阶段有限的认知都写出来。”

孙频的小说与之前相比，还有一个变化就是强化了“动”的可能性，不管是小说题目“我们骑鲸而去”“骑白马者”，还是小说中人物的不停游走，都具有这样一种品质。她让我们更深刻地认识到这个世界的变动不居，以及人在各种力量围困之下那同样变幻莫测的孤独命运，和这些命运所显示出的各式各样的华丽而凄美的舞姿。“一个真正的艺术幻象，一个‘各种力’的王国，在那里，发散着生命力的纯想象的人们，正通过有吸引力的身、心活动，创造了一个动态形式的整体世界。”[1]

孙频的小说向来充满了争议。但我们要承认，在“80后”作家中，孙频是少有的对“自身”进行反抗的小说写作者。她敢于放弃自身营造的各种紧迫性，甚至完全离开惯常的审美维度，义无反顾地鱼跃到更加广阔的精神地带之中。她似乎深信，在小说的写作实践中，一定存在某种别样的叙事方式，可以唤醒一件事物，可以成为一种声音，可以实现一个时刻。

---

[1] [美] 苏珊·朗格：《情感与形式》，刘大基等译，北京：中国社会科学出版社，1986年版，第209页。

我们站在虚空的边缘
——评郭爽小说集《月球》

在任何情况下，我相信我们时代的忧虑就本质而言与空间有关，毫无疑问，这种关系甚于同时间的关系。

——福柯

我们的日常生活、我们的心灵体验、我们的文化语言，都被空间范畴而非时间范畴所支配。

——弗雷德里克·詹姆逊

一

在进入郭爽的小说文本之前，我可能首先要做一点声明，即承认写作本身更像是一种空间化的艺术形式，而不完全是时间的记忆。尤其是在全球化时代的空间混乱和时间焦虑中，一种绘图形式的小说写作方式似乎是某种可能的审美想象和叙事实践。

写作一定意义上源于困惑，源于我们在万物之间的迷失，而困惑和迷失似乎就是我们“存在着”的基本状态。或许正因为如此，郭爽在这本小说集的每一篇小说里，都给我们准备了一幅“地图”，以备这些迷失的人们按图索骥，寻找生命的归途。于郭爽来说，写小说就是另一种意义上的探索、寻找和旅行。不同的地方，不同的风景，不同的人物，不同的境遇，不同的结局。郭爽说，阅读小说，是独自一人的冒险。然而，小说创作，又何尝不是一个人的精神历险呢？

《月球》（上海文艺出版社 2021 年版）是郭爽的第二部小说集。2018 年，她的第一部小说集《正午时踏进光焰》出版，也是在这一年，她还写出了《我愿意学习发抖》——一本书写普通德国人心灵和童年生活之作。而更早地，2013 年，她以米亚这个笔名，出版了一本专栏集《亲爱的米亚——在广州遇到的 79 个故事》。事实上，从郭爽的这些写作中，我们已经感受到某种清晰的空间意识，从广州到德国，从生活之路到“童话之路”，郭爽在一段又一段的现实与想象相结合的旅行中，打开着生活的边界，开拓着生命的疆域。

郭爽的小说有一种独特的空间感。这种空间感在《正午时踏进光焰》中表现得并不明显，相反地，这本小说集流露着忧伤的时间记忆，正如郭爽在小说集的后记《要爱就爱活着的肮脏的人》中所写的：“我凝视他们，像声器之中，时间投下的影子。但说到底，影子因光而生，有了光，我们才能领受这世界。”[1] 而到了小说集《月球》中，这种空间感逐渐鲜明起来。这本小说集共收录小说六篇，每一篇的篇名，几乎都和空间有关，《离萧红八百米》《挪威槭》《月球》《换日线》《消失的巨人》《峡谷边》，尤其是《月球》《换日线》《峡谷边》诸篇，带给人一种醒目的空间感受和自觉的地理想象。

小说集《月球》的写作，恰如郭爽自己所言，是在生活的某些

[1] 郭爽：《正午时踏进光焰》，北京：新星出版社，2018 年版，第 296 页。

时刻的灵魂顿悟，但具体到写作本身，又俨然如同一场自身的生命修行。

> 海滩之旅结束，我很快写出《月球》，接着是《消失的巨人》《离萧红八百米》。2019 年 11 月，父亲再次入院，很快，新冠疫情暴发。内忧外困，我开始写《挪威槭》《换日线》。小说写作的魔力在于，即使在困境中，它仍赋予写作者重建的能力。重建盼望，重建理想，重建美。写作小说这一持续的、长久的行为终究改变了我，即使在困难时刻，我仍在敲打键盘，靠写作支撑自己。直到某一刻，月球从心的湖面升起。它沉默自在转动，是庇护所，是心的终端，是界外。(《月球·后记》)

郭爽的生活和写作困境伴随着现实的纠葛和情感的羁绊，但更多的是内心所受的压迫以及由此而来的片刻崩塌，而写作就是反抗、突破的过程，反抗自身、突破漩涡，就像那升起的月球一样，获得一种自由的空间，这是比物理空间更为广阔的心理世界、情感世界、想象世界。在这个意义上，郭爽的小说少有当下青年写作中肆意的灰颓，相反，她小说的情绪是上升的，就像那跃然升起的月球，给人以美和希望。

空间意味着边界，但空间同样提供了虚假、虚无、虚空和虚构的尺寸，一东一西，一南一北，一内一外，新世界和旧世界，纠缠在一种被刻意分割的空间里，现实和幻想，亲人和自我，有时候分明，有时候模糊，有时候清晰，有时候恍惚，处处是诱惑，处处是危机，也处处是希望。我在想，郭爽小说中这一独特的空间感源于何处呢？是源于自身记者职业的思维惯性，还是来自童年深处的某种刻骨记忆？是产生于全球化时代个体的变动不安，抑或是缘起于生命自身的某种不确定性？事实上，当我们读完郭爽的小说及其后记之后，这疑惑便也迎刃而解。

> 还是个孩子时，我就着迷于房屋的剖面图。我喜欢看到铺着桌布、整饬一新的客厅隔壁，热气未散的床铺。早餐煎蛋在平底锅里“滋滋”作响，而水池里堆着前一晚狼藉的酒杯。等我长大了一些，明白了“家中院墙藏匿的秘密，比中国长城还要多”时，这种想象与观察就有了更多的意味。（《我愿意学习发抖·后记》）

> 十七岁时，我考上大学离开家。老家房子里，我的房间四壁写满字、画满画。离家这么多年，房间还是老样子，家人保留了它的原貌，也让我得以审视，从父母家里自己的房间，到伍尔夫所说一间属于自己的房间，我走了多久、走了多远，而又是什么让我跟四壁上的文字和图画，跟这个房间里曾经的我紧紧相连。（《月球·后记》）

这两本书的后记，几乎已经昭示了郭爽生命中那种根深蒂固的空间感受和地理意识。此时，作为作家的郭爽成了一名绘图者，而叙事是绘图的一种文学形式。对于郭爽来说，“在许多方面，绘制地图就是讲故事”[1]。郭爽十分喜欢使用地图，包括“地图”这个词本

[1] [美] 罗伯特·塔利：《空间性》，方英译，北京：北京大学出版社，2021 年版，第 5 页。

身，这在她的六篇小说中都有所表现。几乎每当她要触及一个事物，想象一个空间的时候，就会想到这个词。

> “我看看啊，喏，地图提示，直线距离八百米。”琳琳的脚丫在空气中碰了两下，翻身朝向他，“我们离萧红八百米。”（《离萧红八百米》）

> 儿子又穿上了铠甲。从头盔看出去，这次开的地图是中国。（《月球》）

> 界限失控了。地图画出来，是为了能让人既形象又抽象地认知，但地图一旦无限接近现实世界，人的认知和现实之间的界限，或者说秩序，就被打破了。（《换日线》）

此时，地图是郭爽小说写作的一个载体，是认识世界的一种方式，是生活的开端，是“心的终端”，同时也是想象本身。也由此，《月球》可以看作是郭爽依托于地图之上的一次次精神旅行。

二

当然，任何的写作可能都无法与空间进行割裂。但对于空间的感受和阐释却也会因人而异，而人的存在的意义有时候又深深地依赖于这一由空间感受建构的“地方感”。在我有限的观察中，当下青年小说写作的弊病之一，就是空间的封闭性——物理和心理空间的双重封闭——以及与此相伴生的“地方感”的消失、“现实感”的顿挫，和更深重的阔大情感的缺位。一个铺天盖地的信息化时代，我们自身却不得不处于一个密闭的混沌空间之中，而同样地，这一境况反映在小说之中，就是人始终无法翻越不停垒建的信息和心灵围墙。郭爽的小说，似乎试图推倒遮堵了人们视野的这面坚固墙壁，也因此，她的小说，呈现出一种空间的张力和开放性，在小说集《月球》诸篇中，我们能看到地理意义上的边界渗透，也能感受到边界视域中的情感融合。郭爽是一个强大的“空间”制造者。这个空间有现实的，也有想象的，有虚构的，也有虚拟的。比如《离萧红八百米》的开头：

没有鸽子，没有云，也没有飞机、飞艇或热气球刮起一丝风。天空只是空白无物的拟象。可以猜测蚁群的呓语或城市下水道的呜咽，但千万人口及鸟木走兽的声响都只来自想象。从几万公尺的高空直坠，道路、河流与房屋高倍扩大，从色块变成高清像素颗粒。比例尺拉回1：1000公例，又瞬间跃升太空，大天使或超级英雄的飞翔也不过如此。（《离萧红八百米》）

这是一个完全虚拟的游戏空间，小说借由这个虚假空间进入接下来的现实空间。而现实的空间则是：

他所住的小区在城市北面，城里地势最高处。往南一路下坡二十公里，去到最低处就是珠江边。今天他没有往南边去，鼠标在自己家附近逡巡摇摆。再往北些，往城外围去些，三万一平米的价格是不是就能降到两万？可银河园横亘在公路对面，截去了北去的风景。银河园是墓地，再往北一片荒凉。（《离萧红八百米》）

而紧接着这个空间的，是小说主人公所住的房子。郭爽在这篇小说的开头，以扎实的小说技艺为我们展现了她的空间构造能力。从虚拟到现实，再到具体的人物现场，空间关系也层层推进，由外向内，由开放渐趋收缩，直到聚焦点击穿人物的内心。人被空间包裹，被空间影响，更被空间封锁。人的所有的快乐、忧伤、痛苦，都被这空间之网笼罩着，八百米之外的萧红，是历史和现实碰撞之后，在人的内心深处结出的心灵之网，它就地重生，试图摆脱孤独，并承托住和她发生命运关联的人的沉重肉体。《离萧红八百米》体现出了我之前提到的那种空间的开放性，虽然萧红生活的时代和当下已经相去甚远，但过去和当下之间的壁垒是如此的粗糙，以至于充满了空隙，让彼此的渗透成为可能。因此，《离萧红八百米》的一个重要意义，是以一种新颖的绘图方式来斟酌生命、重塑现实、理解世界。

这个空间，在《挪威槭》中变成了远渡重洋的莫斯科，女儿带着父亲开启一段俄罗斯之旅。郭爽对生命的理解，就是置身于流动的社会关系和空间关系之中。小说中，一组组莫名其妙的人物关系，在“她”看来，确实是令人啼笑皆非的。但是因为在异国他乡，这样的关系又变得格外复杂多义。“几乎瞬间发生的边界跨越和再跨越，伴随着眼花缭乱的金融和交流模式的发展，导致了一种在世界中的空间焦虑感。”[1]而这种焦虑感是关乎人的内心的。就像“她”在小说中的自我发问：“她问自己的皮肤、头发和心：人和人，一个人和另一个人之间真正的对话可能吗？如何在各自的特性不受损失

[1] ［美］罗伯特·塔利：《空间性》，方英译，北京：北京大学出版社，2021年版，第17页。

的同时，彼此自由地沟通?”（《挪威槭》）因此，在郭爽的小说中，空间不仅仅是故事发生的场所，它更像是人的依存之地，是人的内心的敞开之所。

到了小说《月球》中，这个空间变得更加虚幻和缥缈。它一会儿呈现为虚拟的游戏世界，一会儿转换为现实的人生世界，而一会儿又切换到遥远的想象之域——月球，为我们勾勒出一幅广阔的空间地图。在小说中，月球是一个想象的世界，但是在现实中，它正在代替那个真实的世界——一个适合小说主人公安置自身的地方。“她继续画图，画月相。上弦月，望月，下弦月，朔月。四轮月亮周围环绕着更多不规则形状的小月亮，不是阴晴圆缺的说法可以想象和概括的。一切都来得及。”（《月球》）“一切都来得及”，几乎赋予了整篇小说一种积极而铿锵的能量。郭爽的所有小说中几乎都有这样一种充沛的抒情能量，阔大、深厚，而又生机勃勃。但这抒情中，也有冷静，甚至冷峻，就像“月球”这个意象本身，除了美丽、希望、永恒的象征之外，还有一种冰凉的感觉。而这种冰凉的感觉，又使得郭爽的小说具有了一种“冷峻的风格”。我想，冷一定是比热更容易持久的，就如同那个内在的自我，一定会比外在的自我更强大一样。在《月球》中，我们可以看到面目不同的自我：一个自我，在巨大的现实和溃退的时光中不断地退缩，最终，隐没在一片虚假的符号后面，还有一个自我，在陌生之地进行着某种可疑的抵抗，只为达成一种虚妄的希望。由此，“月球”在小说中具备了一种形而上的象征意义。

《换日线》这篇小说，就像它的名字一样，最能体现郭爽小说对于空间的迷恋。全球各地都以自己所看到的太阳位置作为确定“一天”的标准，把自己所在地方相应的地球另一面的一条经线作为

"日期变更线"，这样就有许多条"日期变更线"，使用起来很不方便。为了解决这个问题，于是规定了一条全世界共同的、可供对照的"日期变更线"，这条"日期变更线"就叫"国际日期变更线"。换日线就是国际日期的变更线，也就是地球仪上的180°经线，也叫日界线。《换日线》的名字即来源于此。《换日线》中，令曦和盈盈在香港、日本、北京、法国等等诸多地区和时区穿梭，显示出了复杂的时空转换。"上一次联系时，跟往常一样，令曦给她发来的照片里，还是世界各地不同的风景。令曦仍在地图上移动，在国界、边界上不断往返，是她确认的令曦这十年来的生活态度。"（《换日线》）但是，这些人为制造的时间边线，终究无法给人一种安全感。而她们的漂泊、游走，则已经预示了当今时代人的关系的内在裂变。"流离失所，或许比扎根于一个地方，更能强调空间关系在我们试图解释和改变世界时的至关重要性。"[1]郭爽的小说有一种与众不同的对空间的敏感性，她在日常和理想的边界上探索某种隐匿而虚空的真相。正如小说结尾所写："火车过罗湖时减速，车厢近乎静止，窗外的风景像超低速播放的录像，时间并非匀速，而她们再一次靠近边界。"（《换日线》）福柯说，"空间生产了我们"，而我们也终要在空间的弥散中确认自身，就像小说中，令曦通过自身流动的生活来定义自我一样。

《消失的巨人》好似和空间无关，但事实上，也是一个关于空间的故事。我猜想，这个故事可能是在郭爽的德国之旅中就早已经开始孕育。那个现实中的巨人，和想象中的巨人，其实之间的差距并

---

[1]［美］罗伯特·塔利：《空间性》，方英译，北京：北京大学出版社，2021年版，第17页。

没有想象中大。故事在城市和山里来回穿梭，“我”和吴珍珠也在这两个空间中来回穿梭，然而，我们的角色是不一样的。“我”的朋友吴珍珠，她既是我想象中的巨人，但也是现实中的无奈之人。尤其是当大家慢慢长大，内心渐渐封闭，心灵渐渐枯萎，巨人也随之消失。那巨人消失的地方，其实是人心的边界。

在《峡谷边》中，这个空间变成了巨大的梦工厂。“我起身，光脚在房间里走了一圈。房东贴在墙上的世界地图已有些泛黄，但并不妨碍我在上面迅速找到了自己的坐标。在珀斯，语言、季节甚至色彩，都提醒我这是国外，但有些时候，比如现在，我又会因珀斯跟北京处于同一时区而恍惚。在刚才的梦中出现的所有人，包括被隐去的我和母亲，此刻都应在睡梦中。自然，除了父亲。我不确定他现在是否需要睡眠，或者他所在的世界还有没有睡眠这回事。”（《峡谷边》）郭爽通过梦境，通过梦境中自我的恍惚，充分发展了她对于空间的审美认知，可能于她来说，这一变化的轨迹并无多少科学的依据，但正是基于这样独特的世界视角，郭爽的小说体现出别样的内在经验性和对话性，以及一种与此相应的“关系的诗学”。

空间是关系的总和，是网状结构的世界。而梦意味着恍惚，预示着空间的稳定性在遭受破坏，而这也显现出了它的脆弱，一种虚空的状态也伴随而来。因此，郭爽的小说的空间性还体现在它要人们紧密关注生活的每一个时刻，而生活本身就是由那一个个转瞬即逝的时刻组成的。无法把握那些时刻，人也便无法把握自身。由此，即便是回到现实中，我们也同样无法摆脱站在这虚空边缘的怅惘宿命。当然，这虚空的边缘不是世界的终结之处，相反，它是世界开始延伸的地方，是走向更为宽广的世界的开端。《月球》这部小说集的另一个意义就在于，它向我们展示了我们与周围世界的某种新的联系。

三

这是一个前所未有的网格化时代，网络四通八达，信息铺天盖地，但由这些密集的网络系统所构建的物理空间，貌似并没有加深和密切人与人之间的内在关系，相反地，人与人之间、人的内心世界似乎比以前更加收缩和封闭了。而这种自我的封闭，导致了想象空间的受挫和受限——我们可能依然能够发现各自道路上的障碍、陷阱，但已然无法建立和达成某种生活的共识。

郭爽小说中的空间建构和相关叙事，则是在努力摆脱这种逼仄的局促感，它是跨越性的，是开放而统一的，给人一种走出封闭的希望。这个空间得以让我们有呼吸的自由，也带我们体会远离焦虑的牢笼的美妙时刻。《月球》中的每一篇小说，都流露出郭爽对于封闭空间的对抗，并试图在反抗中建立可信赖的“空间”的诗学——一种开放的、流动的“广阔性”。“广阔性就在我们心中。它关系到一种存在的膨胀，它受到生活的抑制和谨慎态度的阻碍，但它在孤独中恢复。一旦我们静止不动，我们置身别处，我们在一个广阔的世界中梦想。广阔性是静止的人的运动。广阔性是安静梦想的动力特征之一。”[1]一个作家的孤独，其强烈往往超出想象。但也正是作为一个作家，他必须竭力保持和信赖这种孤独——一种难以被理解的感觉。写作就是孤独的自我绽放——以一种外向的、广阔的优美

[1] [法] 加斯东·巴什拉：《空间的诗学》，张逸婧译，上海：上海译文出版社，2013 年版，第 237 页。

姿态。

意大利艺术史学家吉利奥·卡洛斯·阿尔根在其《欧洲的都城，1600—1700》中早有对新都市空间概念的阐释和理解，他说，“在都城，现代人不是生活在熟悉的、一成不变的不安静中；相反，他们被卷入一个关系网络，一个视角交叉的综合体，一个交流系统，一种永不停歇的运动与反运动的游戏。在这一超出他们所知范围的连接于一体的空间中，他们的位置既是中心又是边缘；同样，在‘世界舞台’上，个体既是主角，又是临时演员。”而两种身份的意义影响各不相同。每个人都喜欢作为主角的成功和愉悦，但真正的问题在于，当自身处于边缘之时，我们是否依然懂得热爱生活和生命，是否还会承认我们与这个世界之间那种几乎无法阐释的矛盾关系。巴什拉说，“对每个对象来说，遥远的就是在场的，边缘和中心具有同样的实存。”[1]这一深刻的看法，在现实中，能否被我们认同和采纳呢？其实，不管是在地图上，还是在具体的空间里，角落和边缘不计其数，有些角落总是很容易被人遗忘，而人的存在的意义往往在边缘上被确认。比如《离萧红八百米》中的萧红墓，现实中又有几人能记起呢？萧红，一个现代文学的精神遗产，一个偏于静态和边缘的文学传统，侵入到当下的空间之中，并与当下生活中的人们形成一种情感的共鸣，这是她与普遍人性的某种亲缘关系。此刻，她既是边缘的，也是中心的，是实在的，也是虚空的。而我们，就站在虚空的边缘上，努力去感受作者这想象和虚构的一切。

当然，小说不是要穷尽空间的事物和人情，但毫无疑问地，小

---

[1] [法] 加斯东·巴什拉：《空间的诗学》，张逸婧译，上海：上海译文出版社，2013 年版，第 262 页。

说是小说家内心空间无限性的延伸，它在地理和精神的层面上，都应具有一种宽广的品质。郭爽的小说有着巨大的空间，她的小说世界和思想世界通过这个空间达成某种愿景。当然，这种空间的巨大，最本质的来源还是内心，一种不可测量的生命景深。郭爽的小说并不拒绝时间，它是一种时空的综合，抒情的灵魂在宽广的世界里游走，并自得其乐。读郭爽的小说，你会体会到“人是一个宽广的存在”（波德莱尔语）。这种宽广更大程度上还是和空间有关，这在《换日线》中体现得尤其明显：

> 虚构的地理学线条让他们陷入奇妙的氛围，仿佛有什么东西在带领他们突破时空，去更自由的地方。（《换日线》）

> 所幸。列维提供了空间，让她可以安置自己远未定型的人生。或者说他提供了一个答案，让她明白自己到底需要什么。她开始认真考虑要不要留下来，这样松弛的关系给她安全感，打消掉对未来的诸多顾虑。（《换日线》）

在《换日线》中，郭爽把意象、异乡和人生之间的空间张力表现得淋漓尽致。“想象的旅行是诗的灵魂，表达了把地点和时间结合起来的独立自主性。它证明了他对所有此处和现在突破者的灵感幻想的力量。”[1]空间的变化，预示着感知时间方式的变化，也预示了人——终将要置身于一种流动迁徙的状态。但不是“流荡”，更不是

[1] ［德］约亨·施密特：《荷尔德林的诗（代序）》，见荷尔德林：《荷尔德林诗集》，王佐良译，北京：人民文学出版社，2016年版，第16页。

“流亡”——更多的时候，更像是一种分裂的聚合，一种让人生疑的存在。

空间的开放和宽广，也会关涉人的情绪和心态，郭爽笔下的人物，很少有那种情绪爆发式或极端化的倾向，它总是制造或维持着一种平静、一种平和、一种安详。《月球》的开始，有一种宽广的视角，而结尾，又给人一种崭新的明亮。一个人追逐着一个巨大的梦想。一种遥远的事物从月球发来信号，它穿越了非现实的空气，尽显光芒、温柔和智慧。“当梦想者真正体验到广阔这个词的时候，他就会看见自己摆脱了他的烦恼、思想和梦想。他不再禁锢于自己的体重。他不再是自己的存在的囚徒。”[1]

小说是诉说，是痛苦的诉说、情绪的诉说、内心的诉说、思想的诉说。而一切的诉说，又必然包含着某种难以启齿的心事浩渺。郭爽小说的忧伤可能即来源于此，难以言说，又不得不说，有一点冷峻，有一点冷酷，但似乎又有一点令人温暖的冷静。仿佛这忧伤并不是要让人痛苦和落泪的，相反，它是敞开的，指向某种奇妙而清醒的幻想。这让我想起对郭爽小说写作产生影响的波兰作家维托尔德·贡布罗维奇，他的《横渡大西洋》就是一部幻想的故事。“除了所讲述的故事，《横渡大西洋》没有什么主题。这只是一部小说，只是一个得到述说的小世界——这个小世界也许值得注意，因为它显得滑稽、色彩斑斓，有揭示性质，有启发性——这是某种具有光泽、闪亮的、不断变化的世界，有多重的意义。”[2] 也因此，郭爽的

---

[1] [法] 加斯东·巴什拉：《空间的诗学》，张逸婧译，上海：上海译文出版社，2013 年版，第 251—252 页。

[2] [波] 维托尔德·贡布罗维奇：《横渡大西洋·作者前言》，杨德友译，北京：人民文学出版社，2021 年版，第 4 页。

小说，并不过度竭力于对自我的审视，在她的小说中，过去，并不是抵抗当下的绝对，相反，它是自我妥协的源泉。

> 一个人对另一个人的了解，能到达什么程度？就算是跟她共同生活的父亲，她又了解多少呢。（《挪威槭》）

> 陶叔叔走后，父亲再没有一起消磨，不，浪费时间的朋友了。成年人守着自己的堡垒。她现在多少可以理解父亲的沉默。从某个时候开始，跟最亲密的朋友巨细靡遗的分享，似乎被年龄或其他更钝重的力截断。她也一样。（《挪威槭》）

> 现在她的某些能力却丧失了，包括在父亲面前哭出来。他们能看见彼此的局部，更大的部分却被淹没。就像一根笛子上的孔洞，他们各自敞开、闭合，却栖身于同一根笛管之上，由同一株竹子所造。（《挪威槭》）

此时此刻，郭爽小说的空间是向人的内心拓展的，而这种强烈的拓展则预示了人的存在的一种强度。在约翰·伯杰看来，“是空间，而不是时间，使我们无法看见各种结果。今天，若要对事物作出预知，惟一必要的，是需要了解男人（和女人），因为他们在整个世界内并不平等。对这一方面的紧迫性熟视无睹的任何当代叙事，都是不完整的，其结果就是导致对一个故事的性质的过分简单化。”[1]因此，

---

[1] 转引自［美］爱德华·W. 苏贾：《后现代地理学——重申批判社会理论中的空间》，王文斌译，北京：商务印书馆，2017年版，第34—35页。

郭爽的小说经常会指引我们不得不去思考自身与世界之间那错综复杂的“边缘”关系，以此指向我们对新的生活的反思和重塑。“现代生活的这种重构牵涉到对‘叙事方式’的一种基本重组，这是因为产生了一种新的意识，即我们必须考虑‘诸种事件和诸种可能性的同存性和延伸性’，这样我们才能理解自己所观察到的事物。”[1]

郭爽小说的空间性，决定了她写作视角的开阔。她的小说总有一种静观的诗情和快乐。这种快乐有时候会扩张，但有时候也会收缩，就像一个人心脏的跳动，由此，郭爽小说的外在空间和内心空间都是有弹性的。也是在这个广阔的空间里，种种情感被释放和表达出来之后，悲伤得以缓解，沉重得以减轻。因此，读郭爽的小说，你能感受到一种“势不可当的慰藉”（苏珊·桑塔格语）。当然，她的小说并不输送廉价的温暖和鸡汤，相反，她也揭示，也批判，也深深地自省，但从不放弃赞美和希望，哪怕生活已经千疮百孔，哪怕世界已经面目全非。正如她所畅想的：“每个人都可以去自己的月球，只要你开始想象它。”（《月球·后记》）

四

最后谈谈郭爽小说的语言。郭爽很在意语言的把握，尤其是不太喜欢使用那些受小说习惯限定的词语，它语言的精细，不知道是记者生涯写作的“后遗症”，还是她细心斟酌之后的刻意为之。郭爽的小说语言，有一种优雅的轻松，但却极为准确，她善用比喻，且不时地为我们抛出美妙的金句。

---

[1] ［美］爱德华·W. 苏贾：《后现代地理学——重申批判社会理论中的空间》，王文斌译，北京：商务印书馆，2017 年版，第 35 页。

她的五官并未移位，只稍稍显出苦相，曾经的甜美和灵动被锈层覆盖，像不知为何扔在小区草丛里的一口铁锅，被雨水与暴晒过早做旧。（《离萧红八百米》）

狮鼻女人声音又高了起来，倚着老人撒娇，五官挤在一起像揉皱的漫画。（《挪威槭》）

月光镀人，人如新铸成的银币。（《月球》）

而正常人们，在几十年里，间或被钱冲散家庭，走向他们没有想过的离婚或噩运。如白炽灯泡里的钨丝，某一刻忽地断裂、黯哑了。（《挪威槭》）

他被令曦迷住、改造自己的那段时间，像被时空的吸尘器吸走了。（《换日线》）

醒来即意味着梦的结束，也就是我被踢出了那个世界。它觉察了我的企图，像拖动一个文件夹一样把我放进别的磁盘分区。（《峡谷边》）

几乎在郭爽的每一篇小说中，都能发现这种金光闪闪的漂亮语句。在这些令人惊叹的修辞中，有的比喻是惊人的探险，它们在逃避一切有害的模仿，给读者以措手不及的审美打击，而有的比喻则透露出朴实无华的井然，只依赖于最基础的生活感受和情感经验，以此告诉读者，这就是语言本来的样子。郭爽的小说语言十分凝练、干净，但又不是一种过度和刻意的简洁含蓄，那种恰如其分有一种天然的朴素，由此而显得真纯、清澈。

当下小说写作的弊病之一，是语言与经验、叙事的脱节。语言就像一个人的呼吸，它要与自身的生命相和，小说的语言与自身的经验世界同样要相互匹配。写作《月球》的郭爽，像是一位词语的调解员，试图让每一个词语都有合时宜的自由。而《月球》诸篇，共同形成了郭爽小说轻快明晰、精炼简短的词语风格，以及与此种语言风格相匹配的明确、扼要、干脆的叙事方式。她正在努力放弃那些矫揉造作的华丽修饰，用她自身的生命情感和生活经验来支撑和丰富她的一切表达。

此外，郭爽的语言还是一种充满生机的空间话语。

> 这算是他的长进吗？在漆黑中慢慢看清了自己？正如在电子图中不断缩小又可无限放大的那个黑点，那属于他的坐标，是片刻，对他却是永恒。（《离萧红八百米》）

> ……河流和瀑布像地球本身一样古老，靠近它们，琐碎的哀喜似乎能被时间的绵长带走。（《月球》）

> 我把视线放在山起伏的绿色线条上，追寻着风或时间的脚踪。山峦在上升，跟随这上升不止的灵魂。（《消失的巨人》）

郭爽的语言带有一种悲喜交加的特质，让人读来觉得有点不可思议。语言里既能催生出某种悲伤的情绪，但也升腾着一种活泼泼的希望。从郭爽早期的小说和非虚构作品中，我们其实已经能够觉察出这种内在的张力，而正是这种张力驱动了她的想象和审美。与空间相对应的，郭爽的小说语言，还有一种纯正的性质。事实上，在一个单词日趋贫乏和枯燥的社会里，一种精确而纯正的语言努力本身，就足以证明生活和生命中有着某种绝对的意义值得写作者去坚持。

但是这些纯正的语言，并不是生活简单化和单纯化的旁敲侧击，相反，它们一起指向某种复杂性。生活、生命、生存的各种无法辩驳、无法定义、无法预料的复杂性。卡尔维诺说："在任何空间，我们都可以碰到迷宫。我们不要忘了，迷宫是一部为了走出去的机器，可以说它是一扇有点复杂的门，是我们必须要穿越的某种东西。"[1]而为了做到这一点，郭爽寻找的一定不是一个词语、一个意象，或者某种局部的意义，她要想办法用语言来弥补这突如其来的生活断裂，从而实现对某种不确定性的穿越。

每次当我们自以为和置身的世界更亲近的时候，郭爽就用小说告诉我们，那种无意义（虚空）的感觉其实一直存在，甚至于这种感觉慢慢地有了更深一层的含义——空间自身并没有意义——除了能将这种无意义淋漓尽致地表现出来。那些置身空间中的人们，不管是得意者，还是失落者，不管是中心者，还是边缘人，都不过是虚空世界中的一张时光剪影。但活着的意义可能依然在于，人们总是有机会超越自身的境况，让自我的生命得到扩展，一切的拆开和重组，从一种状态到另一种状态，不再仅仅限于重复，也不再仅仅是一种将过去无限拉长的有限和有隙。

---

[1] [意] 卡尔维诺：《我生于美洲》，毕艳红译，南京：译林出版社，2022 年版，第 671 页。

或许，从一个生命降临到这个世界的那一刻起，人生就充满了某种源发的意义，既无法拒绝，又无法解脱。而一切的生活，包括写作，不过是通过人物和情感的不断闪现来映照人所面临的最深刻的问题，以及面对这些问题时所做的自省和追求。

必要的幻觉，或抒情的延伸

——项静短篇小说集《清歌》读札

项静的小说是抒情的。有感而发，几乎是她一切小说叙事的开端。这种情感的例证，在她小说集《清歌》八篇小说的题记中尖角初露。其中，她分别引用了赫尔曼·黑塞、伊丽莎白·斯特劳特、乔治·奥威尔、北岛、苏轼、高适、兰波、海子的诗句和语句。这些题记一定程度上暴露了项静小说写作中某些知识影响的“焦虑”，但更大意义上则显露出了她小说的情感谱系，或思想美学，一种抒情的、朴素的，有着内在活力的正义和生气。

作为小说家的项静，首先是一个批评家。我们可以在她近些年的相关评论中，捕捉到许多她自身批评体系中的关键词。比如《从故乡到“南方”：在世界的两端——谈小昌近作》《绵密的人情、地方感与流动的时间》中的“故乡”，《非虚构写作中的情感表达》《市井、职场与大众情感——滕肖澜小说读札》中的“情感”，《野生动物与不在场的花朵——评韩少功〈修改过程〉》《小说来自于历史的缺陷》中的“历史”，等等。我是否可以就此断言，这些偏于知识化的批评概念，与项静的生命记忆在某个重要的时刻进行了一场审美的遭遇，结果就是她作为批评家自身那种社会的、理性的、历史的

“知识”，“积淀”成为作为小说家的更为个体、感性、直观的情感表现。

在我看来，小说集《清歌》的一个重要意义，是项静试图在个人生命史与社会发展史之间建立起某种恰当的联系。傅村虽是虚构的存在，但无疑也包纳了她诚挚的、朴素的家乡的似水流年，以及这似水流年中与己有关或无关的人生记忆。个人与历史、个体与整体，就这样坚实地绑在一起，需要我们新的直面和正视。因此，项静的小说不全然是想象的，而是有一种与自己生命相关的实感在其中。她小说的抒情意味可能就来源于这种实感，并通过实感将自我与小说中那些卑微的生命放置在一起，随着时间沉浮，伴着时光游走。她一定深知，他们一样，又不一样。一样的是无法摆脱的命运的牵制，不一样的是各有各的生机，也各有各的结局。

那么，就让我们跟着项静的小说理路，一篇篇看过去。看她在傅村这个微小而驳杂的世界中，为我们呈现的日常的丰盈和乏味、历史的隐秘和显在、人物的快乐和绝望，以及那些被这个小世界所温润的情感、所压抑的冲动、所激发的抒情。

《清歌》：绝望的忧伤

《清歌》是一首清醒之歌。这歌清亮、清丽，既有对刘老师的低咏和礼赞，也有对逝去时光的留恋和哀叹。作为傅村小学的民办教师，刘老师在这个学校、这个村子经历了从被尊重，到被轻视，再到被接纳的过程，但这个过程于刘老师并不重要，对他来说，重要的是内心那种无法安放的孤独，因此，他在傅村的“挣扎”和“沉沦”，是自我选择的结果。这个过程中，凝结着一点绝望，还有无法言说的忧伤。小说中有一段对话，可以说将这种“绝望的忧伤”表达得淋漓尽致。

> 刘老师带着王芬送梁宁回家。他跟梁宁说："我没什么学问，没考上大学，跟王芬的妈妈一样高中毕业，说不定还不如她呢。"梁宁说："我不信。""由不得你信不信，我们这些在一起的人，有什么高低贵贱？只有离开这里的人才有自由，你们以后要到远方去看看。"梁宁问："什么是自由？"刘老师头也不回地走了："我没见过。"……

在刘老师的回答里，有一种叛逆的色彩，这色彩是透明的，因而也是不易察觉的。虽然自己已经被傅村的大多数所接纳，但于他来说，依旧是一个"异乡人"，他始终是被拒绝的。这也造成了他对傅村的情感排异。因此，在傅村生活了一段时间之后，他开始抗拒起自己以为已经习惯和热爱的地方。而最后，刘老师还是离开了傅村。但项静对刘老师的离开并不十分关心，她更在意的是刘老师的内心和姿态。刘老师和傅村的疏远感早已蔓延，但即便是分别，他还是要以某种优雅的姿态面对最后的傅村，就像他在和大家最后的合影中所表现出的气势和风度一样。

当然，刘老师的死去，不管是对傅村，还是对读者来说，都是情感的致命一击。项静决然地以刘老师的死为这部小说画上一个悲伤的结尾。死是最能激发人的情感的，也是最能触发人的精神世界的。它让人难忘，也让人看到黑暗的深处。而通过死亡的描述，既能看到人们对于生命的同情，也能见出其中不可抹灭的冷漠。

《壮游》:“人生贵安逸，壮游亦奚为”

“壮游”二字，有一种活泼健壮的生机在其中，它不是走马观花的思接千载，而是以生命的成长和丰富为目标的精神漫游。杜甫曾写作《壮游》一诗，当时他卧病夔州，以这首自传性质的叙事诗，将自己从少年开蒙到漫游齐赵，从洛阳失第到长安十年，从经安史之乱到滞留巴蜀的生活，一一展现出来，有哀伤、有不甘，但更有一种孤绝的勇敢。对于古人来说，读万卷书，行万里路，本就是一种壮志和情怀。而明代诗人高启同样有诗云：“人生贵安逸，壮游亦奚为。”则表现出了另外一种关于“壮游”的理解，一种闲散、慵懒的本性与出走世界之间的矛盾跃然纸上。

我们暂且不去理会“壮游”二字的来由，首先回到小说本身。《壮游》讲述的是老人刘月清在傅村的孤独生活。这种孤独没有被无限放大，相反，在关于“壮游”的想象中，它是被稀释和消解的。“她看到他们一行人登上旅游大巴，在柏油马路上奔驰，满满一车人，挤满了褶子和皱纹，大巴两侧都打开了窗户，有人伸出手去挥舞着小红旗，步调整齐地唱《我的祖国》，真是一次壮游。”与以往同类题材的小说相比，《壮游》是一次全新的尝试。它敏锐而细腻地捕捉到了一个人的精神世界在暮年的某种微弱的变化，一种年轻时被压抑、被拒绝的愿景终于在晚年的某个时刻被重新激活。项静在她不动声色的叙述中，为我们呈现的是日常生活中的某一个奇异景观。

在经历了太多习以为常的庸常和闲散之后，刘月清似乎看透了关于人的存在的某种道理，并在人生的暮年试图转到一种个人化的精神空间之中。此刻，她有了一种走向世界的冲动。遗憾的是，这冲动更像是一次被压抑者的暂时重返，它激发了自身，也威胁着自身，她自以为摆脱了的东西其实已经内化为一种其他的力量将她从内部击溃。刘月清最后还是与自己做了妥协，“刘月清啪的一声按掉了电视遥控器，坐在黑暗中。”或许，也正是在这样一种以退为进的矛盾中，《壮游》才表征出了自身的意义。

《宇宙人》：溺水的诗心

《宇宙人》可以当作一个忧伤的成长故事来读。小说的主人公马林从小就崇拜当兵的哥哥，甚至把他当成了一个偶像和梦想。马林去当电影放映员，也是受了哥哥的鼓励和暗示。因为哥哥说，梦只有电影可以留下来。马林十分热爱这份工作，“马林揣着红色封面的《电影放映技术资格证》踏上回家的路，骑上自行车把来时的路重新走了一遍，把一个又一个世界甩在背后，像电影中一闪而过的镜头。”也十分享受这份工作，“之后好几年，马林都享受‘明星’待遇，他一进村，一群小孩子叽叽喳喳围着他，女青年喜欢凑上前跟他聊天，连男青年也注意他的穿着打扮，他们问他衣服是什么料子，哪里买的。马林并不嫌烦，心里反而有点愉悦，他好像是第一次享受马山的待遇，被那么多人投来羡慕的眼神。”他也因这份得意的工作而收获了爱情。但他还不想结婚，他还有梦想要去实现。

不过，哥哥马山的去世改变了这一切。失去了哥哥的马林，似乎也丢失了自己的特异功能，只能回到做一个普通人的现实中。他结婚了，他辞掉了放映员的工作，他到南方去了，及至最后消失在傅村人的视野中。如果小说写到这里，我觉得项静算是写了一个好的故事，但显然，这还不够。小说最后透过“我”姥姥的视角所作的叙事，让这篇小说的精神突然立了起来、亮了起来。一种纯净而明亮的情绪，忽地一下子在人的心中炸裂开来，就像那群星闪烁的天空，散发出一种奇幻的魅力。

谁的人生没有梦呢？不幸的是，人在成长的过程中，就这样轻易地被艰难的生活击溃，丢盔弃甲，惶惶如丧家之犬一般。“马林在放电影的空闲时间，经常会想起马山，但他几乎拼凑不起他的样子，好像离得十分遥远，看起来面貌模糊。有时候他又感觉生活中好像从来没有这么一个人，而如果没有这个人，自己也就不存在啊，真是矛盾。”我觉得《宇宙人》的一个重要特质，就是为我们创造了一种心灵状态，哪怕我们都会成长为这个世界的无名之辈，但每个人毕竟都曾拥有过一个年轻的信念。

《本地英雄》：在废墟中也要认真生活

你一定不要被这部小说的名字迷惑了。这个英雄不是男子汉，也并不伟岸，她要写的其实是一个活得够真实，也有点狼狈，但永远不妥协的女性，用今天时髦的话说就是女汉子。小说讲述了发小梁宇和令箭的故事，而重点是围绕令箭展开的。这两个人中，梁宇的童年堪称幸福，令箭则相反，一直在不幸的人生道路上攀爬。“1996 年夏天，梁宇考入市区的高中，令箭初中毕业升了技校。”这个重要的人生节点，在小说中看上去并不那么显眼，因为对令箭来说，这并不是她想要的成长状态。“技校生活没意思，女孩子学电焊砌砖，我没啥兴趣，我要去闯世界。”我觉得这个时间节点比 1996 年重要多了，在这一刻，我们在令箭的身上确乎感受到一种英雄的风度。

项静以一种很坦然但却十分惊人的敏锐，从这个平凡的地方、从这个普通的人物身上捕捉到了一种不同寻常的能量。她没有小题大做的浮夸，有的是朴实而真诚的传达，她始终保持着一种平和的语调去叙述这些小人物内心深处的大波澜。

两个人聊一聊停一停。梁宇问了一句："你来找我，有没有其他事情？"令箭抬头看了梁宇一眼说："没有没有，就是来看看你。"梁宇拿纸巾拭了拭嘴巴，把面前的盘子向里推了推，这顿饭吃得有点超量。她抬起头第一次长时间看着令箭的眼睛。令箭扭转脖子，朝服务员摆了摆手，说："说实话，我就是想看看你过得好不好，有没有别人说的那么好。"梁宇两手一摊，靠在沙发上说："喏，你看到了，就这样。"说这话的时候，穿暗红色上衣的服务员已经在收拾盘盏。梁宇想说再坐一会儿，但已经来不及了，令箭回转身拎起了那只硕大的黑包。

事实上，如果我们仔细品读这段对话，其中的寓意含混而丰富。在梁宇看来不过是万分普通的一切，或许在令箭看来，是何等奇怪的命运使然呢。梁宇和令箭其实是相互对立的两个人物，然而就是在这段对话之中，见出了项静的小说才华，"一种强大的、饱含'斡旋'之智的平静"[1]，在两个灵魂之中点燃。我想，一个人按部就班地认真生活，当然是一种阳光的姿态，但远远算不上英雄，并很可能落入一种不可挽救的平庸之中。但当生活和生命陷入种种不幸，假使我们依然能够摆脱狼狈，依然能够活出真实的自己，可能才称得上是一种英雄气概吧。我们是如此的平庸，而谁又能成为谁的英雄呢？

---

[1] [英] 特德·休斯：《对立的自我》，见《冬日花粉·休斯文集》，叶紫译，南宁：广西人民出版社，2021 年版，第 73 页。

《三友记》：岁寒而知松柏之后凋

《三友记》讲述的是傅村诊所里信运、方元、振国三个人的故事。信运腿脚有问题，但他靠自己的努力成了一名乡村医生。信运因为腿脚的问题，限制了他在这个世界上的活动范围。但信运从不甘心，他通过地图、网络，甚至写作来打通自身和世界的界限。方元是诊所的门面，他优秀甚至有一点清高，家庭自身的传奇，注定了他的见识和人生也不比寻常。他是这三个人中，运气最好的一个。振国和这两个人相比，有他特立独行之处。他看似孤高、冷漠，但实际上最有人情味，最会生活，但也是最不幸的一个，二十多岁丧妻，再婚之后又因摩托车滑坡葬送了性命。

项静在小说中提及这个名字的来由是“岁寒三友”。照此比照，信运是松，有一种常青不老的生命韧劲；方元是竹，有一种傲然的君子之道；振国是梅，内心清洁，有一种简单的淡然。他们三个人之间的交集并不广泛，甚至于有一点君子之交淡如水的风采，但他们都热爱自己具体的生活，对自己的工作从不马虎，在小说中，他们似乎共同构成了一个精神的框架，这一框架在他们的生活和生命之上再度显现出别样的思想情态。

我想，任何一部小说都有一个总体目标，那就是维持它的叙事所建立的情感意义。《三友记》也不例外。实际上，小说结尾处，信运所写的《三友记》和小说自身形成了一种文本上的相互关照。它似乎通过这种形式告诉我们：小说的写作有对事实的渲染，但同样也有对另一些事实的掩饰。因此，项静才会在小说最后说：“现实中人们看上去的样子和记忆中的总是不一样。愿没开封的故事与他们同在，同生同死。”可以说，信运的《三友记》对于小说《三友记》来说，是一种“破坏性信息”。但是这种破坏性信息的秘密性，一定程度上又验证了这部小说本身的合法性，小说总是关乎整体的，虽然写的是某个人的事情，但它从不仅仅关涉自身。

《见字如面》：我们都是时间的仆人

《见字如面》讲述的是“我”的大伯和堂弟两代人创业的故事。但很明显，这是两代人不同的命运遭遇。“我”的大伯，1978 年去闯关东。“离开故乡以后，他获得了自己的生存地图，好像一个陀螺一样不停地转。他不是一个人，而是有一个家庭，甚至一连串的亲戚，逼迫着他带给他们希望。”而我的堂弟，他的创业，其实和这种希望无关。他是现实的。2003 年他跟着爷爷奶奶回到了家乡，走上了自己创业的道路，但那种与生俱来的市场嗅觉，还是让他很快就获得了成功。

和这两代人创业有关的，其实是他们最终都离开了傅村这片土地，就像小说结尾所写的：

> 我们都慢慢脱离了自己的故地，成了远离故地的人，与过去渐渐音信不通，再也没有手写的字迹让我们如同晤面。时间无情地翻过新的篇章，大时代高歌猛进，让你看不清幸福和未来到底是什么模样。很多事情和人无声无息地消失了，很多人仍然在努力地生活，即使在距离别人高速公路很远的小路上，一点都不偷懒，不耽误编织梦想。我忍不住会要奋力去记住他们和时间，就像一个男孩紧紧握住手里的子弹壳，手心会沁出汗来。

费孝通在《乡土中国》一书中指出：“家必须是绵续的，不因个人的长成而分裂，不因个人的死亡而结束，于是家的性质变成了族。”[1]然而，在现实中国的急剧发展中，在城市化的一波又一波热潮中，催逼着一代又一代的人离开故土，寻找新的出路。而个体的离开便意味着“家”的解析，也预示着这种根深蒂固的绵续性开始发生断裂。从离开故土，到家族的慢慢消失，一种更为内在的情感也在发生质变，我们都在逐渐沦为孤独的个体，而家乡和家族显然已经不能成为安慰我们的情感中心。

《地平线》：被遗弃的他者及自身

《地平线》讲的是“我”叔叔的故事。关于叔叔的故事，简直太多了。莫泊桑的《我的叔叔于勒》大家都不陌生，王安忆的《叔叔的故事》想必也是耳熟能详。但你不要期待在这个故事中读到多少凄惨的往事，或者惊奇的事迹，没有，这就是一个普通人的故事，甚至都算不上故事，只能算是一些琐屑的旧事。但项静，就是要在这琐屑中，把自己对人的理解和情感表达出来。

成长真是一件忧伤的事情。就像小说开头写的：

> 铁打的营盘流水的兵。傅村的大街小巷里，满满都是孩子的身影，他们蹒跚着到场院上学步，咿咿呀呀地讲话，然后步入学堂，稍后他们成为学校动物，深居简出，等他们成为跟父母身高等量的青年时刻，就是庄稼的成熟期，等着外面世界的收割，这个狭小的地界年复一年增加的就是这样不断膨胀的忧伤。

[1] 费孝通：《乡土中国》，北京：人民出版社，2015 年版，第 47 页。

这些忧伤不但一直膨胀着，而且难以安放。一个人长大了离开家乡，几乎就是一种双重的被遗弃。“叔叔走在自己的村庄里，但已经不是这个村子里的人了。”叔叔不仅被世界抛弃，还被自己的故乡遗忘。在叔叔的成长历程中，可能1980年夏天的那次远游算是他唯一的“丰功伟绩”。这次历险有了两个重要的结果：一是知道了世界很大；二是让他们体会了生死之交。

叔叔成了社会青年，他参加招工，参加征兵，但一切都不如意。他开始恋爱，想和自己喜欢的姑娘结婚，但现实又不允许。生存的困窘催促着他不得不黯然离开。离开了，就意味着遗忘，即使再风光的过去，也会被忘记。在《地平线》中，项静投注了比其他人更多的深度情感，也因此，叔叔作为一个小人物的光泽、纹理和外形才更加生动、迷人。虽然他在成长的道路上满是污痕和不完美。正如小说中所写：“小人物并不代表生活的全部正义，就像他从来没觉得自己是小人物一样，但他的梦想和欲望也没有高昂过，一直贴着地平线，从未到达过理想的‘天边’，而是在一个平民可及的范围内，沉在生活的泥潭里。”

《人间粮食》：理解和安慰

粮食曾经是困扰中国人生存的一大难题。甚至可以说，一部中国人的生命史，就是粮食史。而从粮食的角度进行写作，也并不新奇。这其中，让我印象最深的，是刘恒的《狗日的粮食》对人性缺陷的刻画，以及小说中所昭示出的作为一位农民的悲哀。

粮食，当然是关乎生命的。农民对于粮食，比对待任何事物都虔诚。《人间粮食》讲述的就是我的奶奶和粮食的故事。一个农民的最素朴的愿望，就是想粮食满仓。“奶奶每次都很虔诚，如果东风比较大，她就会多种棉花、高粱、地瓜，北风大就种麦子、豆子、玉蜀黍，她的愿望是满坑满谷的粮食。”“她拜祖宗，也拜我们家神，拜泰山神——碧霞仙君，更多的时候她拜老天爷，在她心目中老天爷总是最大的，可以保佑这里的子民安康丰收。”

可是，总是有些东西比粮食重要，比如生命，比如尊严。“爷爷奶奶在广袤的关东大地上，一定能见到吃不完的粮食，而不是我们家轻易见底的粮食，但比粮食更重要的孩子却没有了。”尤其是当粮食已经不再关乎生存的时候，它的意义同样会发生变化。“奶奶不知道粮食已经不能给庄稼人幸福的许诺了，但她知道自己的儿子、孙子、孙女都到外地去了，他们逢年过节才会回来。”“人间粮食曾是她满目风光里最有意义的珍品，现在变成一个无多大意义的东西，她终于解放了。”

奶奶是否从粮食中获得了最后的理解和安慰，其实并不可知。但是那个足以依赖的传统生活，似乎也随着粮食的意义而发生着变化。在新的时代，我们仿佛彻底地失去了和饥饿的联系，以至于几乎意识不到饥饿的曾经缺席。我们知道的仅仅是，饥饿没有了踪影，而这会不会是另一种意义上的精神饥饿的开始呢？因为，即使在遥远的过去，或者是在某些隐秘的时空下，我们都曾经那么清晰地听到过它的声音。

读项静的小说，会想到其人，项静的小说和她的人一样，有一种波澜不惊的气定神闲，情感娓娓道来，叙事不疾不徐，一切都显得沉潜而平稳。她拒绝夸张的热情，但目光犀利，眼光独特，于不动声色中抵达人物的内心深处和喧闹世界的内部。因此，项静小说的抒情性，有一种情感的延展在其中，这种延展让她的情感得到了稀释和缓解，一种散淡而素朴的风格，自其沉稳的语言中生成。我想，在项静的个人生命中，批评中那些无法承载的情感和记忆，正在通过小说的方式来完成。但项静对抒情又是警惕的，绝不过度和华丽，她的眼睛紧紧地盯住她小说中的人物，关心他们的一言一行，关注他们的悲欢生死，但绝不放纵自己的情绪和文字。

项静的小说写的是傅村，但我似乎也无法将她归纳到乡土小说的严格写作范畴之中，因为她的小说既没有乡土小说的“地方色彩”和“风俗画面”这种基本的美学风格，也没有将乡土社会作为中国社会一角来予以忧患的审视和道德的审判，更没有走到近年来城镇化背景下乡土小说“底层叙事”的狭窄道路上。但我也不能将项静的小说和乡土完全割裂开来，一种乡村书写的审美共性在她的小说中同样有着体现。比如某种悲情色彩，一种超越哀愁和乡情的现代理性精神，比如某种“流寓色彩”，就像许多乡土写作者一样，“不论他们的精神向度与价值选择有多少不同，都会自觉或不自觉地在小说中熏染出羁旅他乡的流寓色彩。”[1]和众多故土的逃离者一样，项静也是一个在成长过程中转向他乡的流寓者，她的乡村记忆和城市体验在两个世界的反差中有着不同程度的反照。从这个意义上说，小说集《清歌》是项静故乡精神的一次整体重返。

作为中国现代乡土小说的开创者，鲁迅的乡土小说以批判性、思想性而著称，不过，也早有研究注意到，“以《故乡》《祝福》等为代表的乡土小说，虽然也有鲁迅无处不在的理性之光的烛照，但

[1] 丁帆等：《中国乡土小说史》，北京：北京大学出版社，2007年版，第26页。

更突出的是在一定程度上冲淡了批判意识的复杂的文化情感。”[1]这种复杂的文化情感，包含着批判，也包含着眷恋，这种相互悖反的情感，几乎贯穿了中国百年现代乡土小说的写作全过程，也几乎是每一个乡土记忆和乡村经验书写者的共同情感。一种“城市人”与“乡下人”的对立和矛盾，始终荒谬地存在着。但是，“这种情感互换的特殊表现视角，使‘乡土小说’在更大程度上延展了它本有的多义性，从而使人在解读它的过程中常常陷入一种莫名的尴尬的情感境地。”[2]

不过，我之所以将项静的小说竭力与乡土小说剥离开，就是因为她对这样一种情感互换的无意识，她的情感出自个体成长的生命记忆，而少有一种城市人的“外部视角”，或乡下人的顾影自怜，在她的理解中，乡村不是城市的对照物，而是一个时代自成一体的开放空间和记忆世界。因此，她的小说的抒情，不是一个生命对另外一个生命的同情，不是一个事物对另一个事物的共鸣，而是一种具有整体性特征的情感共同体，它与傅村以及傅村的每一个人、每一样事物是紧紧交融在一起的。杜威说：“使一个经验变得完满和整一的审美性质是情感性的。”[3]在《清歌》中，有一处细节非常鲜明地表现出这种情感的重要，“从前在傅村她们并不熟悉，傅村整体搬迁后，孙太太搬到女儿家住，梁莹多年没见过她，但也没有感觉生分。梁莹挎住孙太太的胳膊，就像回到消失了的傅村。”项静小说的抒情并非是跃然纸上的情感再现，而是在所言之事与所含之意的反差中，

---

[1] 丁帆等：《中国乡土小说史》，北京：北京大学出版社，2007年版，第32页。

[2] 丁帆等：《中国乡土小说史》，北京：北京大学出版社，2007年版，第43页。

[3] [美] 约翰·杜威：《艺术即经验》，高建平译，北京：商务印书馆，2010年版，第48页。

去表达一种内嵌于记忆和心理深处的真诚之声。有一点优雅的超脱，但也有一种无法摆脱的悲凉，只是这悲凉显得比较温和而已。《壮游》中刘月清老人关于“壮游”的想象和失落，《宇宙人》中马林成长过程中的“天真”“浪漫”和“伤感”，《见字如面》中远离故土的隐秘乡愁与微弱哀叹，等等，莫不如此。

项静的小说，虽然写的是自己的故乡，但与一般的乡村题材的小说不同，她不致力于呈现“地方色彩”，更无意于去绘制关于乡村风俗的时代画卷。当然，乡村书写，离不开政治，也离不开历史，尤其离不开乡土中国体系中支配着乡村人生活的各个方面。我想，熟知乡土小说历史的项静，同样知道这一“政治”特性的重要，只不过在她的小说写作中自觉、不自觉地进行着某些回避罢了。但是，要理解项静的小说，要读懂项静的小说，还是要努力认清她小说身后隐秘的历史背景，这可以帮助我们去洞察那个具体而抽象的傅村及其所身处的具体的中国社会。在这个意义上，小说是项静认识中国乡村历史和相关事物的情感魔镜。《清歌》中刘老师的生命史，可以看作是中国乡村教育的缩影，其中的艰辛和悲苦，在历史的车轮中，是很容易被人忽略的，但项静敏锐地捕捉到了，刘老师在傅村的不适和抗争、适应和认同，有一种反讽的味道，然而，毫无尖酸和刻薄。《壮游》中刘月清老人的一言一行，都映射在中国城乡发展的大背景之下，只是与大多数小说或哀叹或留恋的笔调不同，项静在一个老人身上依然找到了人生暮年、壮怀不已的崇高情感，并在生命和历史、时间之间建立起一种隐秘的亲和关系。但她同时也揭示了某种道德的脆弱，而这种脆弱的表征，就是这次出行到最后还是会沦落为一次精神的短暂停留。《宇宙人》中马林的成长史，其实也是中国乡村发展的一个侧影，其中电影在乡村的兴衰、影片内容的与时俱进等等，都和某种历史递进发生着对应。《见字如面》也是如此，大伯和堂弟两代人的创业故事，几乎就可以看作中国改革开放四十多年的个体变奏。失落和失败、挣扎和拼搏，在这两代人身上有着相同的基因，但也有不同的精神投射。项静小说中那些普通的小人物，他们在时代的洪流中聚焦自身的命运，但历史的发展也同样无情地显示出一个事实：他们从未远离历史和政治。这是项静小说中的“历史”给予我的一个思想启示。只不过，在项静的小说中，这个历史是一种王德威所阐述和建构的“有情”的历史，她通过抒情，建构历史与当下的关联，谱写记忆与体验的交响，并试图去恢复人在历史进程中被压制的那种生动活泼的气息。

不论项静是否意识到，小说集《清歌》在描写傅村的社会变迁和生命变化的同时，其实内里有一个无处不在的“自己”，就像好几篇小说中那个无处不在的“我”一样。虽然她并没有让自己和傅村建立一种思想上的紧迫性，尽管这种风险一直存在，但是，当她站在虚构的写作点上时，那个记忆中的“我”和现实中的“我”其实是在搏斗的，这是一个真实而真诚的我，也是一个孤独而脆弱的我，这令人倍感鼓舞，但也让人深感痛苦。只不过，项静靠着她作为批评家的约束，让这种激情的增长和恼人的情感得到了理性的控制。因此，在项静的小说中，你不会看到技巧的炫耀，也不看那种绞尽脑汁的聪明，她不是一个现代主义的精神“囚徒”，而更像一个朴素的在现实主义理想中畅想的“幻想家”，并始终抱持着某种对世界和人生的必要的“幻觉”。“清歌”是一种幻觉，“壮游”“宇宙人”也是一种幻觉，“本地英雄”“三友记”和“地平线”又何尝不是一种幻觉呢？实际上，项静是用一种略显沉郁或隐秘的方式表达了自身对于这个时代的某种厌倦和忧伤。这似乎是一种情感的本能，但是不是也关乎一种情感的责任，我想，项静可能试图通过小说走出批评所无法实现的那种蛰伏状态。从这个层面来理解，项静是将生活的厌倦和忧伤化为对消失的傅村的某种情感抚慰，这是一曲个人的、生命的挽歌。

项静小说中另外一个让人印象深刻处，便是留下了一个个独特的人物形象。《清歌》中的刘老师，命运起起伏伏，令人哀叹哀伤。《壮游》中的老人刘月清，内心清亮而彷徨、闲逸而毫无依傍，只能寄希望于一次精神的畅想。《宇宙人》中的马林，从浪漫到狼狈的苦涩成长经历，有着一种迷人的简单和动人的复杂。《本地英雄》中的令箭，一个潇洒自在的小人物，有哀怨但不放弃，有嫉妒但也坦荡，自有一种品性的高洁让人钦佩。《三友记》中的方元、振国、信运，他们各有各的宿命，但也各有各的勇敢，在一个复杂的时代里，他们的天真纯洁有时候显得滑稽可爱，但无疑有着某种朴素而崇高的秉性。《见字如面》中的大伯和堂弟，无疑是一个时代最具典型的代表，他们的拼搏和努力，是一个人生命的底气，也是一个时代的精神。《地平线》中的叔叔，被他者的世界抛弃，也和自己的世界脱节，人物与环境间的错综复杂关系一览无遗。《人间粮食》中的奶奶，一个视粮食比生命还重要的人，最终，却因粮食的食言而获得一种具有讽刺意味的精神解放。项静对于笔下的人物，有一种近似于艾略特式的将人物看作“过程与揭示”的探寻。她写这些人物，其实就是写自身，写这些人物的孤独和命运，其实就是展现自我与他者之间某种发展的连贯性，但她从不让自身陷落，因此，项静的小说最终都以某种平淡的哀婉结尾，而不是以悲剧告终。

项静的小说有着对日常物质世界的极度迷恋。正如她自己所言，“我只能使用虚构的工具，去填补记忆空白，我想用一种绵密的语法去表现那里的生活——物质、人情和农耕社会的日常。”[1]她笔下的日常，既充满生气，又不堪一击；她笔下的生命，既熠熠生辉，又踉踉跄跄。但不管生活如何糟糕，她始终对自身的情感和记忆持有一种别有深意的幻象，“在政治、经济、文化的乡村之外，我更想书写的是他们的精神世界，让人活着的那种无形物，一个更难被捕捉的对象。”[2]我想，那种无形之物可能是某种抽象的快乐、幸福、孤独、忧伤，也可能就是确立人的存在的语言自身。而小说的意义之一就在于通过虚构的言说还历史和生活以真正的丰富性，以此修复历史和生活中残缺个体性格、精神的压抑和不足，并达成某种抒情的延伸，或者完整性的价值实现。

[1] 项静：《清歌·后记》，济南：山东画报出版社，2021年版，第238页。
[2] 项静：《清歌·后记》，济南：山东画报出版社，2021年版，第239页。

痛苦和恐惧的奥秘

——读三三短篇小说集《俄罗斯套娃》

有一种痛，如此彻底，甚至吞没了一切实质。

——狄金森

我要在一把尘土里让你看到恐惧。

——T. S. 艾略特

一

三三在其小说集《俄罗斯套娃》的后记中，设想了一位小丑。这位小丑戴着假面表演，四十多年来的每一天，当他演出结束，都认真鞠躬、心中默念：谢谢你们来看这场表演。他试图用自己的真挚，隐藏对自己的宽慰，并依靠感谢来抵消观众的好意，从而实现某种精神上的平衡。可是，当他退休那一天，他突然厌倦了这种感谢仪式，他大声地将“谢谢你们来看这场表演”这句话喊出来，歇斯底里地，为了破坏他辛勤维护过的一切以及因此承受的孤独。他试图以此来告诉众人：没错，这不是我想要的生活。

小丑是喜剧演员之一，通常是以自身的出糗来娱乐观众。三三在这个设想中的喻义，其实已经做了解释。但在阅读完三三的这本小说集之后，再反观这一角色，我们似乎能够从这个小丑的某种厌倦中，感受到三三及其小说的思想情态和叙事理路：观众或者读者不是在观看一场表演，而是在阅读、感受、想象一种生活。三三的小说拒绝“表演”，并竭力避开“表演”，她试图要努力接近某种可感的真实，痛苦的、恐惧的、孤独的、残酷的，都无妨，但一定是拼尽全力的、不令人厌倦的。或许在三三看来，这虚构的小说，或假面的表演，真实与否，其实也都不重要，那些不确定性的火焰，随时可能会被点燃，在过去、当下或者未来的某一时刻。

我在想，那个后记中的小丑的厌倦背后，一定还隐藏着更大的无法摆脱的痛苦。他的歇斯底里，源于痛苦的瞬间爆发，就像好的小说，也一定来于某种或可言说或不可言说的剧痛。在短篇小说《俄罗斯套娃》中，三三即向我们做了某种“痛苦”的昭示。小说中这样写道：

> 我就是这样提起俄罗斯套娃的，本意用以宽慰你。我说，这几天我一直在想，俄罗斯套娃是一个很有意思的隐喻。我们起初都是最外那一层的大套娃，继而会受到失望、落败一次次磨损，但没关系，里面还有许多一模一样的套娃，只不过小一点。我想指出的是，人远比想象力极限的自我更坚韧，即便在蒺藜丛中跋涉一生，也不会抵达真正的溃败。但你很快察觉到另一个角度，你说，从大到小，所有套娃都长得一样，这意味着我们本质上也不会有长进——还是会犯同样的错误，痛苦将无尽地循环。（《俄罗斯套娃》）

小说的成功，需要多种要素的成全。其中之一，是要建立在人物的痛苦和现实的苦难之上，就像那些悲剧的主题都由人物的不幸促成一样。由此，对于“痛苦”的捕捉，成为理解三三小说的一把钥匙。在三三的小说中，痛苦不是作为插曲和情绪，也不是止于某刻的绚烂和荒凉，而是从一种生命方式向另一种生命方式的摆渡和过渡。三三对“痛苦”的处理，并不在于抵抗和征服，而在于无所作为，她试着用一种纯粹的感受去拥抱痛苦，不计成本地享受这可感的时刻，如同拆解俄罗斯套娃过程中一个个暧昧瞬间的回环。也是在这个意义上，三三小说中的痛苦经常也会被搁置、被忽略，并背弃了情感的逻辑，而在这种艺术设定的偏差中，酿制出一种独属于三三的小说气息。

“痛苦”在三三的笔下，程度不一，且面目多样。比如在《唯余荒野》中，晚年虽与旧爱重逢，但“她”与邵老师的爱情依然摆脱不了邵老师的妹妹早娘的“暗影”，日子过得失魂落魄、张皇失措；在《凤凰于飞》中，那个杀死自己患病丈夫的包外婆，该是承担了怎样的痛苦，才能做出这样的选择呢；在《补天》中，那个幻想着自己是女娲的后人，可以补天的网友，是否也有一种受困于人类无能为力的痛苦；在《疯鱼》中，那个不愿意把金鱼送给妹妹的“我”，不也源于一种被抢夺、被占据的疼痛和不安吗；在《悲伤岛屿》中，陈潇在和不同女人交往的背后，隐藏着不为人知的痛，而“她”和陈潇的交往，也不过是自己痴迷他内心永远无法修缮的痛；在《百合学家》中，失去父亲的疼痛，和失去母亲的痛苦，纠缠、交割，但生命都已经无法回到现实的生活。而在小说的具体语言表达中，三三不止一次地写到了痛苦的感觉和对痛苦的理解：

……她之所以逃跑，也许源于她早就看穿了女孩一无所有，她承受不了那种竭尽全力的恶意，可是更痛苦的，难道不是那个女孩吗？没有人知道女孩背地里流过多少眼泪，她在晴空之下装模作样地站着，只有她要给人看见世界在瓦解，万念俱灰的高楼纷纷倒塌。（《唯余荒野》）

……可如今我无法继续与你较量了，痛苦迫使我往事物深处游荡，我所看见的不再是天空灰蒙蒙的表象，我知道更多——要是有人把天空撕开一个角，他会看见的准是“谢谢惠顾”四个字。（《恶有恶报》）

她恍惚想起，自己一度如此迷恋过陈潇，现在回头看才发现，她其实是痴迷陈潇内心永远修缮不了的痛苦，就像她自己的内心一样。她发觉从前的自己很可怜，可是这种怜悯只能由她自己发出，假如出落在他人身上，她会觉得是一种侮辱。（《悲伤岛屿》）

……这种疼痛那样熟悉，她早就知道，即便过了这么久，她也没能将它从生命中剔除，相反，它没日没夜地搜寻着她情感上的突破口，随时准备重新回到她身上，它归心似箭。（《俄罗斯套娃》）

……痛苦，或者说仅仅是困惑，让时间以非线性的方式流逝。这一幕可能发生在被折叠过的过去，又或许就在几天前，同时也不能排除它只是一道预言，它在未来的某个时间节点上

等我，而我自始至终都不能摆脱它。(《白日黑洞》)

透过三三的这些小说片段，我们发现，三三是一个痛苦的收藏家。那些散落在生活角落中的各种疼痛，就像一张张邮票，被收集、被正视、被定义，那些被生活惯性淹没和遮蔽的痛苦，经由时空的交错，正在被激活，正在被唤醒。在三三的小说中，痛苦成了支撑我们生活的一种事物。但三三笔下的痛苦不是时代之痛，也不是历史之痛，而是个体之痛、家庭之痛、命运之痛，它毫无经验可言，抑或者说，痛苦才是一个人生命经验最真诚的组成部分。这是三三介入现实和见证生活的方式。

作为一个小说写作的虚构者，在经历了第一部小说集《离魂记》的某种信念的不坚定和价值观的重组之后，三三似乎越来越深信，通过小说可以抵达"真实"。然而"真实"又是什么呢？是现实的残酷无常，还是个体的无能为力，或者是她在小说的叙事表达中，表现出的某种不确定的迟疑？都是，又都不是。《俄罗斯套娃》收录了三三的十二篇小说，对应了十二个月份，这当然是出于作者的一种设计，无需去做过度的想象和阐释；但同时，这也是对时间的呼应，也是人需要真实度过的每一个日子。时间的真实，映照着生活的真实和痛苦的真实。十二个月的时间面纱下，隐藏着生活和生命变成了什么模样的过往和愿景。《俄罗斯套娃》描绘的是普通人的生活图景，普通人的孤独、痛苦、恐惧、希望等等，在三三的想象和表达中，预演出了多样的人生意味。同时，三三笔下的痛苦，也不是整体的，而是碎片化的，它们形态各异，竭力远离一种同质化的情感体验，而希望保有一种痛的原生性和现实感。"痛苦"是三三小说叙事表达的扬声器，用来唤醒昏聩的头脑和烦闷的世界，甚至于唤起某种反抗的正义感。

三三的痛苦，不仅仅止于生命的体验，相反，它超越了感觉，具有一种鲜明的实践特质，具体到小说中，在痛苦的诱惑下，人物的行为往往走向某种不可操控的境地，由此，三三小说中的痛苦，还弥漫着一种危险的气息。比如在《唯余荒野》中，早娘的痛苦就演变成了报复。因为，对于早娘来说，“一个人备感不幸的时候，是无法容忍眼前还有一个看上去很幸福的人。”[1]但是早娘的这种行为，如路易斯所言，“报复在实施过程中是盲目的，不过其目的似乎也不全是坏的——它让恶人也尝到他的邪恶所带给别人的那种痛苦。”[2]在早娘的心中，“她”就是那个她想象中的恶人，面对生命和情感的痛苦，早娘无能为力，只能以各种各样的方式来折磨这个她平静生活中的闯入者。而事实上，她们都是无辜的。在痛苦的魔咒下，她们都不是胜利者，相反的，都成了痛苦的角色。因此，即便晚年与邵老师终于重逢，但她也已无力摆脱这些痛苦的阴影。“现在，这些线索串联起来，她终于想通到底哪里不对劲——她过早地欢庆了胜利，敌人并没有真正消失，只是以更隐晦的方式介入了他们当中。他和早娘一度形成了一个与世隔绝的空间，他们从不出远门，几乎不在外面吃饭，处事有自己的逻辑与方式。如今，她把他从那个怪圈里拯救出来，可他反而在外面的世界中感受到了敌对，他们过去的生活痕迹、早娘让他养成的习惯，无一不跳出来与她作对。”（《唯余荒野》）生活中，我们总是过于自信了，自信能改变一个人，自

[1] [德] 叔本华：《叔本华论生存与痛苦》，齐格飞译，上海：上海人民出版社，2021 年版，第 187 页。

[2] [英] C·S·路易斯：《痛苦的奥秘》，林菡译，上海：华东师范大学出版社，2013 年版，第 95 页。

信能忘掉一个人，自信能拥有一个人，但结果往往事与愿违。三三的小说中，有一种对自满和自信的警惕，她总是试图让人物通过自我关照他者，从而自然地具有了一种同情或怜悯的目光。但这怜悯不是一种道德上的居高临下，而是发自内心的，一种在经历了激烈的现实搏斗和内心纠缠之后的顿悟和省察。“她回想起她和早娘之间可笑的战争，她本不该卷入的，但她也付出了代价。她用焕然一新的眼光打量这场战争，她发现参与其中的人没有赢家，每个人都在战场中失去了宝贵的东西。”（《唯余荒野》）

在一次访谈中，阿列克谢耶维奇认为，从陀思妥耶夫斯基的时代开始，人们就夸大了痛苦的魅力，在他看来，“痛苦固化了人的心灵，它再也不能够发展”[1]。但在三三笔下，“痛苦”是一种力量，它一方面击碎人自满自足的幻觉，另一方面又创造出痛苦所带给人的满足。痛苦是一种煎熬，也是灵魂的自我克服。那痛苦的火焰灼烫而令人焦虑，但同时也让人心生恐惧和怜悯。

二

痛苦之外，终于要说到三三小说中的恐惧了。附着在那个小丑身上的，除了无法摆脱的痛苦，还有不言自明的恐惧。恐惧是人在面临危险时产生的一种压抑情绪体验，但是除了这种身体和心理上的恐惧，还有一种隐藏在人的内心深处的恐惧，而人们对此往往无法意识，就像那个小丑经过四十多年才终于摆脱。尤其是当这种恐惧指向个体本身时，往往更加多元和深层。古今中外的文学作品，

[1] 柏琳：《双重时间——与西方文学的对话》，成都：四川人民出版社，2021 年版，第 161 页。

有许多关于恐惧的书写。《诗经》中对战争的恐惧，《离骚》中对政治的恐惧，鲁迅小说中对革命的恐惧，张爱玲笔下对爱情的恐惧，还有但丁的《神曲》中，对蒙昧的恐惧，卡夫卡小说中，对变形的世界的恐惧，海明威笔下，对无法战胜的衰老与死亡的恐惧，等等，不一而足。可以说，恐惧是一种比痛苦更鲜明、更内在、更不确定的情感表征，也是一个比痛苦更暧昧、更游移、也更阔大的思想场域。如果说在三三的笔下，痛苦更多地表现为一种体验上的创伤，是一种后天的经验合成，那么恐惧则更多地具有一种先天性的原生特质，它比痛苦更具本质性。而三三显然是更加敏锐地捕捉到了比痛苦更细微的各种各样的“恐惧”：

她尖叫着跑出房间，每一声都像抛出去的一把锋利匕首。她感到自己满脸青筋暴起，两行滚烫的泪水沿着脸颊滴下来。过去和未来忽然都消失了，她在一个无限循环的时间段中奔跑，无从消解的恐惧抚弄着她光秃秃的头顶。……（《唯余荒野》）

……梦醒之后，我反应过来，这个梦四下充满了死亡意味。空空荡荡的街道，一言不发的车夫，花色纸币好像冥币，水果则是贡品。我感到毛骨悚然，那是一种言语难尽的、切身的恐惧。（《补天》）

你早就辞了工作。白天，你运用自己编程的计算机系统研究黎曼函数。你住在老宅里，深居简出，几乎和所有朋友断绝了联系。久而久之，外界与你的距离悄然膨胀，以至于门外的世界带给你的只是无尽恐惧而已。（《俄罗斯套娃》）

……我站在黑暗的世界中心，恐惧忽然变得无比尖锐，就像有把剪刀正在沿着我的头颅的中线剪开两侧的皮肤。（《疯鱼》）

从表面上来看，死亡所引起的骚动停止得很迅速，就像刚在索然无味的人生中坐了一次过山车，恐惧好像在到达平地的同时消散了。但实际上不是那样的，过山车下坡时的惊悚感永远留在了他们心里，如同一条蜿蜒曲折的深色暗河。（《悲伤岛屿》）

……周鹭永远不会明白，那些精致的甜点令马儿恐惧。它们躺在瓷盘里，一副花枝招展的撩人模样，可马儿却不敢轻举妄动，她不知道怎样吃才显得自然，她怕自己笨拙的举动暴露一贫如洗的生活。……（《草履虫之汤》）

……回过头看我才发现，自己当初想留下些什么，并不是出于对父亲的感情——我对父亲也没有太多深刻的感情，而是出于对自己的贫瘠，出于对失去的恐惧，至今还带着这粒扣子，只是因为我已经习惯了对它的收藏，过去长期的愚昧信念把它变成了我生活的一部分。（《白日黑洞》）

恐惧是理解小说集《俄罗斯套娃》的关键词，也是通向三三小说世界的一扇窗。三三的小说，几乎都表现出某种恐惧，一种被渴望又被拒绝的复杂情绪。这种恐惧是与写作相伴生的，就像三三在《俄罗斯套娃·后记》中所言，“这些小说多写于 2015 年至 2017 年间，最早一篇《悲伤岛屿》写于 2014 年，其中便开始有一种笨拙、恐惧重重地向某种东西靠近的姿态。”[1]恐惧是三三借由观察这个世界的心理指征，也是情感姿态，更是思想本身。她似乎在为我们设置令人恐惧的谜题，但又含着微笑去面对这令人伤心的生活，因为作为整体的恐惧的另一面是快乐。她依靠恐惧去破解人的内心中的秘密，去探测人的真实的心灵——那些被痛苦遮蔽、被恐惧攫住的爱和希望。三三的小说，源于恐惧，也始于与恐惧的交锋。那些生活和生命中的不确定性、犹疑、彷徨，她都试图借助于恐惧去应对、去消解，并以一种近似消极的感受力，与词语和意义进行搏斗。

作为一种生命的存在，每个人几乎都会面对恐惧，而恐惧的形式也是样态纷呈的，害怕死亡、害怕生活、害怕危险，甚至害怕某个人、害怕某种情绪。三三笔下的恐惧也是多样的。有害怕失去的恐惧，《唯余荒野》中的早娘，她的失控和痛苦，其实就是源于失去爱的恐惧。因此，她才会捉弄、才会变得不可理喻。《疯鱼》中，“我”的痛苦，也是源于某种失去的恐惧。我害怕我妈妈会把我的金鱼送给妹妹，我为那一缸金鱼的命运担心。正是这种恐惧情绪的发酵，让我失去了理性，将一缸金鱼下了油锅。有关乎尊严的恐惧。《草履虫之汤》中，马儿和周鹭之间因贫富差距造成的“战争”，其实是源于自身贫乏的恐惧，由此才产生了诸多不解的荒诞和荒唐。《百合学家》中，母亲的赴死，源于生活的恐惧和尊严的维护，只不过她以死亡的方式实现了对恐惧的克服。

叔本华说，“一切种类的满足对人而言究竟为何物，它们至多不过是在与贫乏的斗争中，依靠持续不懈的努力和不断的操劳用心而换来的微不足道的胜利，所得的每日仅够维持生命存在本身，其中

---

[1] 三三：《俄罗斯套娃·后记》，南京：译林出版社，2021 年版，第 281 页。

透着死亡的气息。”[1]几乎无一例外的，三三的小说写的都是人物和人性的挣扎，爱的挣扎、恨的挣扎，生的挣扎、死的挣扎，它们相互交织，制造出一条生命的绝路，不给人以任何逃离的希望。《唯余荒野》的叙事即开始于黄泉重逢的设想，并以邵老师的遗体进入炉中火化而告结束。《恶有恶报》整篇小说都弥漫着一种死亡的味道，而其中的人物之一丙本就是一个鬼魂。《凤凰于飞》是关于死亡的叙事，包外婆杀死丈夫以及自杀未遂的故事，既让人毛骨悚然，也令人感叹感伤。《补天》虽然不是围绕死亡来叙事，但在“我”讲述和网友故事的同时，父母从来没有摆脱“死亡”的笼罩，父亲去世，母亲躺在医院的病床上奄奄一息。《俄罗斯套娃》中那些发疯或死亡的数学家，包括自己的父亲，他们能辨认真相，但无法抵抗死亡，就像最后一个套娃被砸碎。《疯鱼》中的死亡和人无关，但那些被下锅的金鱼，其实也是人生的某种隐喻。在困境中，人的挣扎和油锅中金鱼的横冲直撞有什么本质区别呢？《悲伤岛屿》中，那个蓝衣女人的死亡是整个小说叙事的灵魂所在，它点燃了小说叙事的高潮，而陈潇寻找失去的母亲的希望，也在舅舅的死亡中分崩离析。《白塔》更像一个寓言故事，但那个在血泊中永远昏睡的老头想必也无法抵达“自由”之地。“死亡可以成为自由的一个标志。死亡的必然性并不排斥最终解放的可能性。死亡同其他必然性一样，也可以变得很合理，即变得无痛苦。人可以无忧无虑地死去，只要他们知道，他们所爱的东西没有遭受痛苦和被人忘却。在生命实现后，他们可以在一个自己选择的时刻自取灭亡。但即使最终出现了自由，那些

[1] [德] 叔本华：《叔本华论生存与痛苦》，齐格飞译，上海：上海人民出版社，2021 年版，第 180 页。

痛苦地死去的人也不可能再生了。”[1]《白日黑洞》中，父亲的死就像一个魔咒一样，压制着“我”的人生，也驱使着“我”去寻找某个答案。《百合学家》中，父亲的死让“我”痛苦，但母亲的死，却让“我”在谎言和荒诞的生命体验中重生。

死亡在三三的笔下，是一种感官体验的抒发，而不是叙事的落脚点，是一种思考的心灵直感，而不指向肉体本身。三三经常将小说中的人物置于恐惧之中，但是又努力与一种憎恶的情绪保持距离。很多时候，恐惧超越了体验自身，甚至超越了一般意义上的精神性表现，而成为安放主体的一个场所。

> 我以前很喜欢看他们打麻将，那天获准离开阿米姐家里时，我却有一种如释重负的感觉。房间里潜藏着怪诞的气氛，多年以后，穿过回忆，我发现那令我窒息的东西是死亡。虽然被死神追赶的似乎是包外公——一个全然不在场的人，可是所有人都感到了死亡将至。在他们那个年纪，已经有看不见的手替他们开通了理解死亡的天赋点。（《凤凰于飞》）

> 青少年时期，也许因为我对痛苦的认知很浅薄，死亡是我时常琢磨的命题。我觉得死亡这种状态很美，它意味着你重新变成了一个自由的人，那些背不了的责任、完成不了的目标、户口本里强加的亲人的名字，那些烂尾楼、选错的支线，都可以一笔勾销。（《白日黑洞》）

---

[1] ［美］赫伯特·马尔库塞：《爱欲与文明》，黄勇、薛民译，上海：上海译文出版社，2012 年版，第 218 页。

在三三身上，表现出一种“看到厌倦，以及恐怖，以及光荣”的文学视域，并给读者带来一种艾略特读奥康纳作品时的“毛骨悚然”。在三三笔下，小说是痛苦与恐惧的藏身之地。三三的叙事是一种痛苦的叙事，也是一种恐惧叙事。人物是痛苦、恐惧的，主题是痛苦、恐惧的，以至于整个小说的气息都是痛苦而恐惧的。

除了表达痛苦和恐惧，三三还善于对痛苦和恐惧追根溯源。在三三的小说中，这种根源的表现之一是卑贱。卑贱的痛苦，卑贱的恐惧。这方面，《唯余荒野》可以看作是代表。早娘身上那种生命力的匮乏和情感的不安，让她惶恐，让她愤然。早娘的恐惧源于自我的失去，源于完全躺在自我之中，同时她又拒绝通过内省对“自我”进行质疑，因此，她只能通过刻意制造一些荒唐的行为，来对抗外部世界对她的吞噬。而如果换一个角度思考，这些痛苦和恐惧根源于普通人的失败和困顿，以及由此而来的自甘堕落和互相伤害。三三小说中的人物不多，人物之间的关系，也并不复杂，大部分时候都是两者之间的对抗或者三者之间的角力。在《唯余荒野》中，是她和早娘、邵老师之间；在《恶有恶报》中，是“我”和M之间；在《补天》中，是“我”和一名网友之间；在《疯鱼》中，是“我”和母亲或者说萍萍妹妹之间；在《悲伤岛屿》中，是她和陈潇之间；在《草履虫之汤》中，是马儿和周鹭之间；在《昨日花园》中，是何晓阳和“我”之间；在《百合学家》中，是“我”和母亲之间。这都是些普通的人物，甚至说是生活中的失败者和困顿者，他们是不完美的，也是惊慌失措的，在小说中，“她的人物总是被她逼到墙角，在失控中卸去身上的矫饰与伪装，袒露出黑暗的心灵深渊。”（张悦然语）

痛苦和恐惧的另一个来源——厌倦，就像三三设想的那个小丑，厌倦了日复一日的无法改变。真正的恐怖，并不是突如其来的疯狂、意外以及种种让人可怕的情绪，而是那些满面陈腐、极其单调又让人生厌的不停的重复。“比较、追求、服从和模仿是产生恐惧的主要原因。人们在内心深处都期望过一种没有比较、服从、模仿的生活。”[1]在苦闷的现实境遇中，人往往容易倦怠、困惑于冗长而枯燥的现实生活中，而一无所获。三三的小说里，始终存在着一种无法摆脱的对生活的“厌倦”情绪，以及相伴而生的“恐惧”之感，有时候恐惧压制了厌倦，有时候厌倦淹没了恐惧，“我本可以安心聚焦于橘子罐头，但那晚不知哪里不对劲，我突然厌倦了流水线上标准的、永无结局的重复。”（《补天》）“令她战栗不止的，并非眼下的无聊，而是她知道自己无从改变，接踵而来的日子，不过是对当前苦难的无限复制。”（《草履虫之汤》）三三的小说，恰似艾略特的诗歌一样，“它在其想象中发现了人不能获得满足，发现了日常生活中的厌烦，发现了对自身卑贱的恐惧。”[2]

三

读三三的小说，会有一种“新、奇、怪”的初体验，这让我不自觉地想起二十世纪三十年代左右名噪一时的“新感觉派小说”。这个流派的创作倾向和手法，比如其对作家主观感觉的强调和对客观生活的某种摒弃，比如其对西方现代小说手法蒙太奇、意识流、心

[1] ［印度］克里希那穆提：《恐惧的由来》，凯锋译，上海：学林出版社，2007 年版，第 3 页。

[2] ［英］海伦·加德纳：《T. S. 艾略特的艺术》，李小均译，桂林：广西师范大学出版社，2021 年版，第 186 页。

理分析等的创造性运用等等，在三三的小说中，都能捕捉到一二。

我不太确定，三三是否也有一种以新奇的感觉来创造由智力构成的“新现实”的努力和冲动，但就具体的小说文本来说，她一直试图依靠直觉（痛苦的、恐惧的）来把握事物的特征，来抵达世界的真实。

> 她原本不打算发作，可当初被剪光头发时狰狞的感受瞬间在她心中复苏，那是她人生中被固定住的时刻之一。她数不清有多少次，面对埋伏在人生谷底的一个个黑洞，她总是想到早娘，早娘怀着变态的恨意，彻底溶解在她的生活中，修葺多年的盔甲破裂了，她被打回原形，一个手足无措的女孩拼命奔跑，一个诡计多端的恶魔正狂暴地追赶。人永远无法战胜恶魔，最好的结果不过是找到一个躲避之处，但四周唯余空荡荡的荒野。（《唯余荒野》）

三三创造的这个感觉性的荒野，可以看作是当代人情感的一种“新现实”，那种空荡有一种艾略特式的“荒原”味道。艾略特在《荒原》中呼唤现代人要正视自己的罪恶，洗刷自己的灵魂，那种深深的痛苦和无尽的悲哀，在三三的小说感觉中同样充盈而丰富。三三的小说，有一种颓废之美，但这颓废又不低沉，相反，它有一种安然而平静的力量，就那么缓缓地流动在地表之下，支撑着我们的生活。从这个意义上说，三三是一个“有力的悲观者”。

看到三三这个名字，熟悉中国现代文学的人一定会联想到沈从文，联想到沈从文书信笔下的“三三”和小说笔下的“三三”。李健吾在关于《边城》的一段评论中就曾借《三三》这篇小说来分析沈从文的创作特点，他说：“我们不妨参看他往年一篇《三三》的短篇小说。他好像生来具有一个少女的灵魂，观察的不是别人，而是自己。这种内心现象的描写是沈从文先生的另一个特征。”[1]三三的小说，也十分注重人物内心的描写，就像新感觉派小说家由于受到弗洛伊德学说的影响，十分热衷于刻画“双重人格”的心灵冲突一样。《凤凰于飞》中的包外婆，《俄罗斯套娃》中的黎曼函数研究者，《草履虫之汤》中的马儿，《昨日花园》中的何晓阳，等等，都具有这种心理的复杂性和矛盾性。三三在具体的故事情境中，借着人物微妙的心理变化，深刻地挖掘与表现这些人物的潜意识、隐意识，并借此来推动整个小说的叙事进程。

也是在《〈边城〉——沈从文先生作》一文中，李健吾对沈从文的创作风格做了分析，“有些人的作品是叫我们看，想，了解；然而沈从文先生一类的小说，是叫我们感觉，想，回味；想是不可避免的步骤。”[2]其实，不管是痛苦，还是恐惧，抑或其他种种情绪和体验，都是感觉，可以说，三三的很多小说，都依托于感觉的走向来构架整个叙事，她敢于打破传统小说写作中情节的连续性，而以人物的思想感情或者作者自己主观的情绪为线索，对故事的情节和时间进行重组，以此完成自我小说世界的形塑。但同样地，也是因为痛苦和恐惧，导致了三三小说的创伤性结构。这些被现实、痛苦异化的生命，如何在创伤中找回生活的感觉，找回对过去和未来的感知，其实是三三小说中隐藏的一个十分重要的写作动机。因此，在

---

[1] 李健吾：《〈边城〉——沈从文先生作》，见《李健吾文集》（第七卷），李维永编，太原：北岳文艺出版社，2016年版，第60页。

[2] 李健吾：《〈边城〉——沈从文先生作》，见《李健吾文集》（第七卷），李维永编，太原：北岳文艺出版社，2016年版，第58页。

三三的小说中，你会经常看到那些对痛苦的领悟和恐惧之后的顿悟：

烈日垄断了这个世界，他们一边走，难以捉摸的液体从他们脸上、身上流下来。假如其中有人流过眼泪，那也没什么大不了的，哭泣并不是衡量什么东西的准则，它并不意味着轻与重的区分。最关键的在于他们不再恐惧，每往前走一步，都会有一些新的可能性落在他们身上，直到下一个庄严的时刻发生。（《恶有恶报》）

直到这时候，我才明白，为何一藏的故事常在我身上唤起神秘引力。有一瞬间，我豁然开朗，相信了一藏所讲的一切。那些关于金钱的猜忌，与承受整个故事的真实性相比，根本不值一提。许多年里，一藏断断续续地给我写过一些留言，为的也许就是我终究相信它的这一刻。如果我最终信了，那么一场无与伦比的春日就会在荒漠中焕发。它所向披靡，甚至能往时光流逝的逆向回溯，使颓唐的旧日也充满生机。（《补天》）

我说我不想知道，但其实并不是这个意思。摆出一种拒绝的姿态，也许只是想告诉你，刨根问底没有意义，重要的是此刻正从我们身上焕发的感受，那些转瞬即逝的、无限趋近于爱的幻觉。（《俄罗斯套娃》）

在成长中的某个时刻，马儿从某个地方得知，草履虫并不是一种虫子。那时候，她既没有感到羞耻，也不曾后悔自己说过这个谎言，直到现在，她才意识到，一切是如此荒谬。她现在明白过来，她原以为她和周鹭之间存在着一场关于尊严的拉锯战，但实际上，从头到尾只有她一个人在参战，她小半生都执着于这场永远没有胜算，甚至都没有敌人的战争。（《草履虫之汤》）

离开大楼的时候，我忽然想到，在往后的日子里，为了降低面试官对我刻板的评判标准，我势必会反复利用母亲用死亡换来的名声，一遍遍地销售我虚构的悲伤。就在我领悟到这条捷径的时刻，一种从未有过的强烈悲怆翻越层层酷暑，精确无误地击中了我。……（《百合学家》）

这样的时刻，似乎是人物和痛苦、恐惧的告别。在告别的过程中，借助于痛苦、恐惧感觉的来临和消失，带领我们走向外在于小说的某个时刻，但那些时刻甚至于和感觉一样，稍纵即逝，可能再也回不来了。在三三的小说中，一切的痛苦和恐惧，都以感觉的方式刺激着我们、诱惑着我们，与其说它是要将感觉落实，不如说是将感觉虚化，她真正的意图，是要告诉我们那种告别了时间和感觉后的永恒，那些痛苦、恐惧起源于人，也只能属于人，对于解决它们，我们无能为力。

痛苦和恐惧是三三小说的基本调性，痛苦和恐惧像幽灵一样变成了三三小说叙事的一个声音，而这声音就发自于她笔下那些怪异的小人物。科伦·麦凯恩在《给青年作家的信》一书中说："你的人物必须是精妙的、复杂的，而且是不完美的。他们必须站出来承担现实的重量。他们必须是能让人心碎的血肉之躯。"[1]三三笔下的人

[1] ［爱尔兰］科伦·麦凯恩：《给青年作家的信》，陶立夏译，北京：人民文学出版社，2018年版，第19页。

物，几乎就具备这样的特质。比如，《唯余荒野》中的早娘，《俄罗斯套娃》中的黎曼函数研究者，《补天》中收到补天者求救信息的人，等等。当然，不管是面对小说中的人物，还是面对艰难的现实和困厄的命运，三三的小说都没有那种脆弱的乐观主义和盲目的悲观主义，它是对痛苦的弥补，是对恐惧的缝合，是一种“凝视世界厚度的决心”（孙甘露语）。“写作承认苦痛的幻觉，督促我们成长并认清各自要对抗的恶魔。我们与剧烈的苦痛牵扯缠斗，但最终，我们能够痊愈。我们会带着伤疤，但它们也不过是伤疤而已。”[1]

我想，作为“90后”作家的三三，她对于痛苦和恐惧的理解，一定意义上已经和前辈作家不同。历史的阴霾看似正在慢慢散去，但压抑而充满伤痛的人生还是如此多样，她用自己的方式去拍打痛苦的尘埃，和弱小的生命亲近，这是另一种形式的“私人写作”。三三正在经由那些个人的残酷、痛苦、恐惧、不安，抵达一种自我的觉醒。三三的小说，没有那种过分的忧伤和贫乏的慰藉，相反，她小说中的那些“痛苦”和“恐惧”呈现出某种意义上的积极性，这种积极性迫使人们认识到——痛苦和恐惧对人的折磨不会停歇，而“艺人们一定要把他们的主人翁带入恐惧和痛苦的险境中，好将他们再从中解救出来。戏剧和史诗从头至尾偏爱讲述的故事，属于那些挣扎着的、煎熬着的和遭虐待的人物；而每本小说都是面西洋镜，在里面人们看到惊恐的人类心灵是如何地抽搐打颤。”[2]

除了重视感觉，三三的小说和新感觉派小说一样，十分注重小

[1] [爱尔兰] 科伦·麦凯恩：《给青年作家的信》，陶立夏译，北京：人民文学出版社，2018年版，第148页。

[2] [德] 叔本华：《叔本华论生存与痛苦》，齐格飞译，上海：上海人民出版社，2021年版，第183页。

说技巧的创新。她总是有意识地或者无意识地把各种非现实主义的技巧运用到自己的创作之中。三三的小说有一种混合文体的味道。比如《恶有恶报》的书信体设计、《补天》中的幻想小说特质、《白塔》中的戏剧化倾向，都是她在努力寻找新的讲故事的方式，显示出她在小说形式上探索的野心和抱负。方式的不同，也预示了叙事的不同。比如同样写到重逢，在《唯余荒野》中，重逢是一种不能真正拥有的痛苦揭示，在《草履虫之汤》中，重逢是一场关于尊严的自我斗争，而在《昨日花园》中，重逢是一次伤痛被揭开再重新缝合的心灵救赎。在这些新的方式里，人与人之间的微妙差异、痛与痛之间的细小差别，那些被忽视被遗忘的恐惧，都得以生动地呈现和揭示。

《俄罗斯套娃》是三三的第二本小说集，但三三的小说俨然已经形成了自己的某种内在风格。对于三三来说，写作才刚刚开始，而三三于 2021 年发表的短篇小说《晚春》，又开启了新的写作向度。这篇小说接连入选了 2021 年度中国小说学会排行榜和《收获》排行榜。我想，三三定然还会继续不断地收集生活的痛苦和恐惧，但是她也决然不会让她所收集的那些痛苦仅仅在收纳盒里陈列着而任其腐烂掉，她一定会在自我和他者的关照中、自我和世界的碰撞中，去领悟、顿悟那些稍纵即逝的“天惠时刻”，那些令人痛苦、让人恐惧的事物，也终将会化作精神的金色颗粒而被触摸和珍视。

第 三 辑

文化影响与文学创作

——以当代江南作家群为例的考察

文学和文化密不可分，文学是文化的重要构成，甚至是母体部分。文学是文化的重要标识和显示，也是文化内涵的情感和艺术彰显。文学的发展和演变，一定受着一地文化的影响，并反过来影响着一地的文化。

当然，一个地方的文化对于一个作家的成长的影响有时候是显现的，有时候也是隐蔽的，这种文化的熏陶与作家个性的形成之间如何同频共振、如何产生化学反应，既可能有迹可循，也可能是模棱两可的，但无论如何，一个作家同一个地方的文化会有一种血脉相连的关系，这种关系是“拖泥带水”的，有时想甩也甩不掉，即便人离开了，但一回头，发现影响依然在。比如汪曾祺、陆文夫的写作，余华、苏童的写作等等，都是这种“文化影响”根深蒂固的明证。“一方水土养育一方人”，老话总是说得既简朴又在理。研究作家的个性发展和创作风格，总能在其作品中寻得到“文化影响”的蛛丝马迹，这是一个作家成长的肥沃土壤和精神领地。本文即以当代江南作家群为例，深入地考察和洞悉文化影响与文学创作之间神秘而迷人的关系。

一、文化地理与个性塑造

布罗代尔认为，地理环境是最为核心的历史生命，是最深入的历史内核。人与他深处的自然世界是息息相关的。这种相关，有的容易见出，有的比较隐蔽，“文明的性格不可能凭空产生，而有着地缘——自然条件方面的深刻原因，或者说，在极大程度上是为地缘——自然环境所决定的。”[1]在江南的地理版图上，就存在着这样一些公认的江南自然意象。比如江南可采莲、江南好风景、江南黄叶村等等，这些在历代文人诗作文章中的自然书写，一代代传承下来，成为江南地域文化的标识性符码。

这个自然环境，当然也包含着一个社会的种种物质形态，这些对一个人的性格同样有着重要的影响，但这种影响并不是绝对的因果关系，尤其是具体到每一个独立的个体时，个性的差异就更加明显。对于作家来说，这种差异取决于他对自然世界的自我感知，这种感知的强度、力度和深度，往往决定了一个作家情感的质地。换句话说，作家必须是多情的。没有丰沛的情感和对自然世界十足的洞察，悲喜便很难在作家的笔下见出与常人的什么不同来。

江南气候湿热，梅雨季节烟雾迷蒙；江南园林密布，私人空间极为封闭，这些独特的气象条件和建筑模式，形成了一种十分私密化的个人独处方式。在这种潜在的生活形态的影响下，江南作家极易产生孤独和寂寞的情绪。而这种情绪是一个作家个性最为鲜明的印证。情绪是写作的起搏器。只有情绪，才能让作家与这个世界发生一种神秘的联系，就像只有孤独，才能让写作成为他确认自己存在的重要方式。孤独之上，作家还要敏感。作家就是能够善于体察

---

[1] 阮炜：《地缘文明》，上海：上海三联书店，2006年版，第77页。

周身世界，能够敏锐捕捉时代风潮的人。作家必须要对这个社会充满了好奇，并通过自己的创造表现自我的个性特征。

有了这一个个前提，湘西对于沈从文才有意义，浙江对于鲁迅才会不同，莫言才能在高密的这块土地上建构自己的文学世界。不同的地域、不同的文化造就了作家与众不同的文学个性。当然，除了地域的要素，民族文化也是重要因素。陆文夫说："民族的特色似乎是在模糊了，但它模糊了的仅仅是外在的形式，那内在的民族传统，文化教养和思想方法等等，很难随着外在形式的改变而改变。"[1]一个作家的个性的形成，实际上是受着多种文化的影响，并不存在一种必然的决定性文化。个性是一种复杂的现象，这种个性的造就和变化，也是一个十分复杂的过程。"艺术家是以自己固有的性格作为底色去接受不同文化的影响，最终形成自己的文化性格。一般说来，不同性格的艺术家选择、吸收和接受不同的文化。同时，同一种文化可以为不同性格的艺术家所接受，同一性格的作家也可以接受不同的文化。"[2]

人文、自然环境对艺术家在个性塑造上有着不可忽视的重要意义，这在古今中外的文学史上，处处可见。江南作家群的形成，和江南文化是分不开的。在这块历史悠久的江南大地上，诞生了数不清的文人墨客、名师大家。他们以自己独特的个性，开创了属于自己的文学时代，也承继和丰富着源远流长的江南文脉。叶文玲在一次访谈中就谈道："我的故乡依山面海，青山绿水，风景明丽又相当

[1] 陆文夫：《文学的民族性》，见《陆文夫文集》（第五卷），苏州：古吴轩出版社，2006 年版，第 223 页。

[2] 程正民：《俄罗斯作家创作心理研究》，北京：中国社会科学出版社，2017 年版，第 276 页。

富饶，我从小的视野是一片明丽和娴静的世界，故乡的天地虽然不很大，但由于百姓大众从事农、渔、盐、商、手工业生产，可以说五行八作什么都有，因此，这些行业的‘色彩’感又很丰富。小镇又是一个很‘完备’的社会，街坊邻居，彼此都很熟悉，交往也很密切，对各自的生活状况也相当了解，种种风土人情，对我的气质形成，自然是很有影响的。”[1]

当然，具体到文化地理的直接影响，这种关系其实是十分复杂的。杏花烟雨江南中的草木葱茏、清奇瑰丽，在当代社会只能成为一种历史化的美学想象。全球化时代，各种价值观和艺术观甚嚣尘上，在作家的身上，可能有儒家文化和道家文化的相融，可能有传统观念和现代意识的冲突，也可能有东方文化和西方文化的对立，这些内在的矛盾是作家性格的一部分，也几乎贯穿于作家创作的一生之中。创作的过程就是矛盾不止的过程，就是个性站立的过程。因此，文化地理对于个性的塑造是存在的，但不是绝对而单一的。

不过，毫无疑问的是，对一个耳濡目染于“地方”的作家来说，他的创作和文学观念中，更容易体现对于地域文化的情感和审美认同。陆文夫就说：“到苏州来一看：园林古镇，湖光山色，小桥流水，即使是新区、园区，也是碧波荡漾，林木草地，人与自然和谐统一。苏州号称地上的天堂，却又不是世外的桃源；市场繁荣，生产高速发展，生活却很安宁；传统与现代同在，紧张与闲适并存。相对于浮华与浮躁，吴文化留下的物质遗产，可以陶冶人们的性情，使人们懂得天人合一，懂得适意人生，使得紧张疲惫的人可以心平

[1] 鲁枢元：《创作心理研究》，郑州：河南文艺出版社，2015 年版，第 316 页。

气和，重振精神。”[1]他的确深知文化对于一个地方的重要，尤其对于一个地方的人们的精神的不可或缺。因此，陆文夫的小说中，随处都可以看到江南文化之下的熏染与影响，《小巷深处》《美食家》等等，都是江南文化形态在文学创作中的精神表现和审美书写。

江南世界，水乡密布，水赋予了江南作家独特的自由而不羁的个性特质。对于自由的尊崇，在江南地区有着深厚的精神土壤。王国维、蔡元培、朱自清、梁实秋、钱钟书、费孝通、宗白华等等，都是江南乡土孕育下的一代代优秀知识分子，他们都曾是中国学界和文坛的灵魂人物。他们崇尚自由和个性，并把这种个性融入学术研究和文学创作中。汪曾祺、林斤澜、苏童、毕飞宇、余华等当代江南作家的创作，都能见出对于自由、生命、人性的彰显和追求，这种非功利性的审美愿景，不能不说是受到江南自然风貌的潜移默化和江南文化内涵的深度浸染的诗意结果。

当然，任何一种文化，都不可能是完美的，都难以避免在功利与非功利之间摇摆，更难免体现出一种积极或消极的认识世界、面对生命的人生情状。比如陆文夫在谈到江南文化时也说道：“当然，苏州人的个性中也有消极面，过分地追求闲适与宁静，便缺少了开创的胆识与力争的决心，优点和缺点总是相互并存。”[2]这样的优缺点，反映到作家个性中，似乎也可以找到蛛丝马迹，江南作家看起来似乎更温和、更儒雅、更闲适，但实际上，内心倔强，情感充沛，思想先锋。

---

[1] 陆文夫：《吴文化与现代化》，见《陆文夫文集》（第四卷），苏州：古吴轩出版社，2006年版，第281页。

[2] 陆文夫：《吴文化与现代化》，见《陆文夫文集》（第四卷），苏州：古吴轩出版社，2006年版，第282页。

二、 文化传统与创作思维

当然，自然地理的影响其实是多方面的，除了影响作家的个性，还可能对其他方面造成内在的深变。比如叶文玲就谈到自然地理对于语言的影响，她说，“语言很受自然地理的影响。我总觉得江浙的语言，带着山的色、水的音，有一股灵秀之气。在写以故乡为背景的小说时，不但眼前的山水风物清晰如画，故乡父老的音容笑貌，连他们说话的语气腔调，也常常在我的耳际。”[1]

自然世界之外，是庞大的文化世界。这个世界更为诡秘和复杂。中国是一个无宗教信仰的国度，但却有着根深蒂固的文化传统。其中，儒家文化占统治地位，根深蒂固地影响着一代代中国人，尤其是中国的知识分子。几千年来，儒家文化的影响主导着中国的作家和文学，这种影响具体到创作上，就是思维方式的造就和塑形。

儒家倡导入世哲学和教化观念，因此，中国作家往往有着强烈的责任意识和忧患意识。这种意识几乎灌注于几千年的中国文学创作中。与儒家思想不同，道家思想则崇尚自然哲学和无为观念，道家认为文学应该是道的体现和表达，真正的文学应该是大象无形、大音希声。与文学的教化观不同，道家思想培育的是一种追求精神自由和审美自由的文学性格。当然，这两种思想也并非完全对立，很多时候，它们相互交融，体现了一种和谐境界。

这种人道主义思想，在江南文化中十分突出。江南文化是一种融文化，它在几千年的发展过程中，不仅融合了中原文化，还是儒释道三种文化思想深度交融的成果。佛教和道教的意义在于，它启示我们要破除与生俱来的各种欲念，消除对这个世界固有的执念，

[1] 鲁枢元：《创作心理研究》，郑州：河南文艺出版社，2015 年版，第 327—328 页。

从而实现一种智性的解脱和心灵的自由。而这一切在作家们的文学创作和审美追求中都打上了深深的烙印。当代江南作家中，汪曾祺、林斤澜、叶文玲等老一辈的作家，就十分推崇这种人道精神，《受戒》中对于种种冲突的消融和化解，《矮凳桥风情》系列小说中，融现实生活和民间传说为一体的民俗风情世界，展现的都是“人道主义”的魅力。

儒家思想在现代社会的转换反映到文学创作中，即是对于“为人生”的艺术的推崇。这在二十世纪的文学史上有着十分详实的描述。“为人生”的写作成为二十世纪乃至二十一世纪近二十年中国文学创作的主流。不过，恰恰相反的是，江南文化的诗性特征和唯美气质，决定了江南作家在文学创作观念上的“为艺术”的非功利性。这种文学观反对文学为现实生活所限制，反对文学仅仅为反映社会问题，反对文学的“实用”目的。“为艺术而艺术”是法国哲学家库辛在1818年提出的，后经戈蒂叶、王尔德等人的阐发而颇具影响。创造社在20世纪20年代将“为艺术”的文学观介绍到了中国。而创造社的主将郁达夫就是江南人。虽然这一观念在中国的文学发展中并未成为主潮，但却产生了十分深远的影响。在这种观念的主导下，新时期中国文学抒情主义的滥觞在此生发，先锋小说思潮的异军突起得以生根发芽，继之而来的寻根文学、新写实等等，都体现了“为艺术”的文学创作观在不同时期的思维向度和创作新变。

除却外部影响，这种“为艺术”的创作观，有时是与生俱来的。比如范小青在谈到自己的创作时说：“我从小在苏州长大，受苏州文化影响感染很大，从事创作以后，我所描写的对象、创作的文学形象、营造的文化氛围肯定都是苏州化的，这种风格最显著的特征是淡而有味，小中见大，而不仅仅是精致精细，但这种追求可能会带来问题，苏州以外特别是口重的北方读者可能会觉得太淡，淡得无味，会提出疑义。”[1]因此，也是难以撼动的。于是，她又谈到：“一个人创作方法一旦形成，要想在短期内作重大的改变也是不可能的。因为创作方法不是一个单纯的技术问题，它和创作思想，和生活经历、追求的目标、文学修养、欣赏的习惯、语言的运用都是连在一起的，不是你想变就变，也不是想变就会变得很好的。”[2]

一个有文学抱负的作家，当然不会满足于既得的文学成就，他会不停地思考、不断地探索，虽然不一定会成功，但这种创新的精神依然值得称赞。“文化可以是有适应性的，但永远也不会在这一点上尽善尽美。”[3]作为一位从小身处江南的作家，范小青的创作道路带给我们深刻的启示性。即，一个作家，其创作风格不管如何变化，其精神的内核是不会变的。“原先写的那些东西可能和我的内心某种东西更相通，有比较自然的天性。我是苏州人，从小在这里长大的，受这里的文化熏陶，表现出来的就是苏州文化这种状态。”[4]因此，虽然她竭力摆脱早期苏州小说的审美格局，创作了《女同志》《赤脚医生万泉和》《香火》《我的名字叫王村》《灭籍记》等诸多风格迥异的长篇小说，但那种变化之中的“不变”是盘根错节的，那就是对于文学“为艺术”的价值观的坚守。

---

[1] 李雪、范小青：《写作的可能与困惑——范小青访谈录》，《小说评论》2010 年第 5 期。

[2] 陆文夫：《有用与有趣》，见《陆文夫文集》（第五卷），苏州：古吴轩出版社，2006 年版，第 326 页。

[3] [美] 塞缪尔·亨廷顿、劳伦斯·哈里森主编：《文化的重要作用》，北京：新华出版社，2010 年版，第 186 页。

[4] 范小青、于新超、姜帆：《现代传统下的当代作家写作》，《西部·华语文学》2008 年第 2 期。

江南经济富庶，宜家宜居，因此，催生了浓浓的诗情画意，但江南也是历来政治斗争和革命战争的交汇之地。哀鸿遍野，民不聊生，也是江南世界的另一个时代面向。诗意与残酷并存，忧患与哀愁同生，这在历代文人的诗词中也有着十分生动的表现。而在这样一种复杂的传统中，更容易引起作家们对于日常生命的关照，以及对于人类命运的深切关怀。江南文化的诗意中，如果没有这样一种对灵魂和未来的思考，那么这种诗意就是浮华而无意义的，江南文化的哀愁中，如果没有这样一种对于人类命运的深切关怀，那么这种哀愁就是自恋而可怜的。因此，可以说，“为艺术”的文学观，其最终的旨归依然要落实到现实的、活生生的人类世界。

陆文夫说：“传统吴文化的实用性已经被越来越多的人看到了，可看到的却往往是物化了的某个部分；传统吴文化博大精深的内涵，它对当代的影响，对苏州未来的发展将起何种作用等等，更应该引起人们的注意，否则的话，我们对传统吴文化的认识就是肤浅的，就有可能陷入一种目光短浅的实用主义。”[1] 实际上，在江南文化的无功利审美之下，暗含的是对于生命、人性、自由的大情怀和大关切。当代江南作家，是用诗性的思考和浪漫的抒情，来捍卫自己的精神家园和艺术领地。

三、 文化氛围与审美心理

作家审美心理的形成，和作家个性的塑造是一样的，是一个缓慢而持久的过程，这中间要历经熏陶、积累、整合和创新的复杂过

---

[1] 陆文夫：《吴文化与现代化》，见《陆文夫文集》（第四卷），苏州：古吴轩出版社，2006 年版，第 280 页。

程，才能达至臻境。在这个过程中，有的接受是自觉的、自省的、自察的，但很多时候，却是无意识的、不自觉的，是潜移默化、润物细无声的。但是，即便是这种潜在的影响，也不完全是无迹可寻的。

作家文学创作或审美心理的最早缘起，往往是发生在童年时期。这在很多作家的回忆录和创作谈中，十分常见。这种童年的影响，至关重要，甚至决定了一个作家一生的创作走向。比如范小青在《关于成长和写作》中就谈到了这种影响，她说："前辈作家的影响和自己童年少年生活的影响，都是形成我创作风格的重要原因。地域性的艺术视角也是来源于生活的影响和对生活的感悟，我在苏州写作的最大感受，就是我是一个苏州人，我与苏州是融为一体的。"[1]

当然，这种童年体验对于作家的影响并不是直接显现出来的，它也有一个变形、重塑、升华的过程。对此，弗洛伊德曾说："在所谓的最早的童年记忆中，我们所保留的并不是真正的记忆痕迹而却是后来对它的修改。这种修改后来可能受到了各种心理力量的影响。因此，个人的'童年记忆'一般获得了'掩蔽记忆'的意义，而且童年的这种记忆与一个民族保留它的传记和神话有惊人的相似之处。"[2]

文化氛围的形成、发展，是一个不断积累、不断丰富的过程，同样地，作家的审美心理的形成与成熟，也不是童年时期就决定了

[1] 范小青：《关于成长和写作》，《美文（下半月）》2007年第10期。

[2] ［奥］弗洛伊德：《日常生活的精神病理学》，见《弗洛伊德主义原著选辑》（上卷），沈阳：辽宁人民出版社，1988年版，第105页。

的。事实上，作家审美心理的形成，更大程度上取决于青年时期。如果说童年时期对于文化的接受是一种被动和不自觉的无意识状态，那么这个时期对于文化的接受更趋向于理性和思辨。但这种理性，还带着十分强烈的感性色彩，这种思辨还不稳定，带着某种犹疑和不自信。比如余华，他在早期的写作中，并不是一下就确立了自己的写作风格，而是在经历了多方面的探索之后，才逐渐找到属于自己的创作方向。

陆文夫说："我发现，在我和许多人的身上都有两种心理，一种是习惯性，它和惰性很相近，即习惯于自己所熟悉的东西，碰到自己不熟悉的东西总好像有点不舒服似的。另一种是奇异性，这种心理充满了活力，总是想知道、看到、经历过一些自己所不熟悉的东西。习惯使得世界相对地稳定，奇异性会推动世界向前发展。习惯性常常是在自己的生活之中，奇异性经常是在未知的想象里。"[1]这种习惯性就是文化氛围熏陶下的不自觉的选择，这是一个作家审美心理的底色。同样的，比如我们阅读麦家的作品，你依然能够从他风云密布的谍战故事中嗅到江南文化的印迹。不管是《暗算》中对于江南小镇的优雅描绘，还是《解密》中宏阔的江南时代背景，都不难看出江南文化在麦家小说中的游走与挥洒。麦家说，他的创作受到了博尔赫斯和卡夫卡两位作家的重要启发。博尔赫斯改变了麦家，改变了他对文学的认知。如果说博尔赫斯带来的改变更多是在文学观念上，那么卡夫卡的影响，则较多地体现为写作状态和创作个性。和卡夫卡一样，麦家从小到大，一直处于一种压抑的环境中，

[1] 陆文夫：《文学的民族性》，见《陆文夫文集》（第五卷），苏州：古吴轩出版社，2006 年版，第 220—221 页。

对外部世界有一种持续而紧张的戒备。卡夫卡主张回到自己的内心生活，麦家也认为文学和心灵相关，生活的最好方式，就是写作，沉思冥想的内心写作。我们当然不能否认这种影响，但我认为，麦家对于小说迷宫般存在的建构，以及对于人类命运奇幻迷人的展现，同样根源于江南文化中奇异而神秘的美学要素。

当然，这种文化的影响，终归是潜在的、内在的，它并不凸显在外部世界的芜杂和喧嚣中。同样地，即便是处在同一文化的影响下，因为不同个体的独特性，每个作家的审美心理也是全不相同的。"'存在决定意识'，心理世界终归是物理世界的反映，客观存在的物质世界是一切主观的心理活动赖以产生的基础。但我觉得，人们在强调这一认识论的基本命题时往往忽略了心理学中的一个常识：在复杂的心理活动中，外界的物理刺激与内在的心理反应绝不是一种机械决定的因果关系，也不是单一的同步对应关系。同一性质、同一强度的刺激，在不同的个体身上或同一个体的不同情境中会引起大相悬殊的心理反应；而不同强度、不同性质的刺激在不同个体身上或同一个体的不同境况中也可以产生庶几相似的心理反应。"[1]

作家汪曾祺从江南文化的诗性和唯美中，提炼出了自己独特的审美情趣和艺术理想，他亲近沈从文、废名等人的无功利的审美传统，从而排斥功利性的审美追求。这种亲近自然而然、水到渠成，从而实现了心灵与写作的同频共振，也才会为我们留下了一曲曲动人而美妙的水上乐章。作家苏童从江南文化的奢靡和堕落中，则生成了自己绮丽而阴郁的小说美学，他更倾向于西方浪漫主义和现代主义的颓废诗学，但同样地拒斥一种现实主义的审美需求。作家在

---

[1] 鲁枢元：《创作心理研究》，郑州：河南文艺出版社，2015 年版，第 203 页。

不同的时期，因为对于生活的认识的深化和变化，也可能会调整自己的创作方向和审美追求，采用不同的创作手法来抒发内心的情感和对世界的认知，以表现自己崭新的审美理想。比如苏童21世纪以来的小说创作，就更趋向于现实主义的书写，以此来构建自己新的小说王国。

江南文化内涵在历史的前进中，丰富着，更新着，它影响着一代代作家，也成为一代代作家自觉、不自觉的美学追求。这种影响其实是多元的，江南诗书传家的文化承续，自我文化知识的研习和积累，诗情画意的文化想象中的耳濡目染，这些都可以看作是外部的渗透和浸染，而从作家个体来说，文化选择的主动性、创新意识的突发、创作个性的张扬等等，都是最为内在的创作动机与艺术追求。江南文化影响了江南作家，成就了江南作家，但反过来，江南作家也发扬了江南文化，丰富了江南文化。这种辩证的内在关系是一种客观的存在。这便是一种文化的意义，也是一个作家的意义。

苦难的果实

——当代江南小说的另一个面向

刘小枫说："人之为人，并不只是在于它能征服自然，而在于他能在自己的个人或社会生活中，构造出一个符号化的天地，正是这个符号化的世界提供了人所要寻找的意义。"[1]诗意江南，这个历经久远，被无数文人塑造和想象的唯美世界，为我们提供了魂牵梦绕的浪漫和柔情。那些让人流连忘返的日常，那些让人痴迷的小桥流水，那些让人安宁的寻常巷陌，滋养了一代代生于斯、长于斯的文人耽于这个世界的人格品质。

但美总是稍纵即逝的，只有苦难才是这个世界真正的日常，而摆脱这个苦难世界的唯一路径是对自由的渴望。陆文夫的《小巷深处》，满是对新的时代的期许和热望，但是，裹在这热望之下的，是多少生活的困苦和无奈；汪曾祺的《受戒》，写得美，想得美，却也是对那个被束缚、被框架的世界的一种反抗，美之外，实际上是无尽的凄凉；苏童的《米》，是真正地对苦难世界的直面和抨击，是赤身裸体地与周遭世界的精神碰撞和交锋，那扼杀人性的和被人性扼

[1] 刘小枫：《诗化哲学》，济南：山东文艺出版社，1986 年版，第 33 页。

杀的种种，唯有一死才能获得解脱；余华的《活着》，是这个苦难世界的哲学隐喻，活着便是与苦难为伴，却也与苦难为敌，是苦难让活着变得更有价值和意义，是活着让苦难有了值得经历和体验的人生况味。

如果说诗意江南，是对江南世界的一次真心歌颂，那么江南悲歌，则是对江南世界的一次真诚凭吊；如果说诗意江南，是对江南文化的一种诗性概括，那么江南悲歌，则是对江南世界的一种理性凝视。诗意江南与江南悲歌，共同构成了江南文化影响下当代江南小说深沉的美学面向和精神深度。

一、 苦难世界：另一个江南

一部二十世纪中国史，其实就是一部受难史。接连不断的战争，突如其来的自然灾害，以及与之相伴生的贫穷、饥饿、生老病死，二十世纪的中国，可以称得上是“悲惨世界”的冰山一角。一部二十世纪中国文学史，其实就是一部苦难表现史。鲁迅的小说，《狂人日记》《阿Q正传》《孔乙己》等等，哪一部不是世界苦难和心灵苦难的微缩；沈从文的小说，虽以诗意和唯美而为人称道，但他对于湘西世界的苦难从来都不回避，对于战争中种种人性之恶，也每每不惜笔触大加鞭挞；张爱玲的小说，《金锁记》《倾城之恋》，虽着力于情感世界和内心世界的探究，但那人性与苦难世界的对峙却总能被她传奇、传神地表现出来。其他如路翎的《饥饿的郭素娥》、巴金的《寒夜》、老舍的《骆驼祥子》等等，无一不是与苦难的直接对话，苦难，或以物质之重关乎人的生死存亡，苦难，或以精神之轻塑造者人性的坚硬和复杂。

苦难以多种多样的形态被书写、被呈现，尤其在小说中，这种呈现有时候是直接的，有时候是间接的，当代江南小说中的苦难书写亦如此。即便冠以诗意之名，却难掩内在的悲哀。汪曾祺、林斤澜、陆文夫等老一辈作家自不必说，即以新时期来的小说创作来看，范小青的“苏味”小说，关注日常世界的冷暖，关心时代变迁下的人性嬗变，虽不刻意表现悲苦，但字里行间仍能令人感受到这个世界的压迫和冷漠；叶兆言的小说，倾心民国世象，醉心秦淮风月，但如果你由此以为他的小说格调就是如此，却也是大错特错了，他小说中对苦难世界的荒诞性描述，笔力从容，内藏着一种含泪的诙谐和幽默；苏童的小说，与苦难慢慢相容，他笔下堕落的南方所散发出来的腐烂而濡糯的气味，实是苦难自我发酵的悲痛气息，《妻妾成群》《飞越我的枫杨树故乡》等等，是一个又一个由苦难编织而成的艺术世界和精神之网。从这个意义上说，是苦难成就了作家，成就了伟大的作品。对于苦难，叔本华曾说：“若无大气压力，我们的身体就会炸为碎片；同样，我们的生活若无欲求、劳役、灾祸和挫败的压迫，人的自大心理也会膨胀，即便不会爆炸，也会发展为最放肆的愚蠢，乃至疯狂。甚至可以说，我们时刻需要一些烦恼、悲伤或欲求，正如船只需要压舱的货物使之直线前进。”[1]格非、苏童、余华等人不止一次谈到过苦难对于他们写作的重要影响。这种苦难的意义对中国作家如此，对外国作家亦然，饱受牢狱之灾的陀思妥耶夫斯基将苦难看作是接受“一种严苛的惩罚，作为赎罪并净化良心的方式。此种心境使他对俄罗斯社会的现有秩序报以崇高的敬意，并更加致力于献身基督的教导……他甚至开始察觉到他的狱友亦即

[1] [德] 阿图尔·叔本华：《论世间苦难》，北京：中译出版社，2010年版，第4—5页。

祖国的‘普通人’……身上的美好品质。总之，牢狱之灾勾勒并深化了他的创造性过程，令他懂得通过苦难而得救的信条，并提供给他取之不尽的材料来继续分析受到侮辱、受到伤害的灵魂”[1]。其实早在1845年，陀思妥耶夫斯基写出他的处女作——书信体短篇小说《穷人》，就似乎注定了他的创作和苦难结缘。尤其是1854年他被释放，在西伯利亚服役十年，成为他人生的重要转折点。此后的作品，《被侮辱和被损害的》《罪与罚》《白痴》《群魔》《卡拉马佐夫兄弟》等等，都是灾难不断的悲惨呈现，这个世界比雨果笔下的悲惨世界还要惨烈，还要复杂，心理的斗争和精神的苦痛更加深邃和虚妄。

在当代江南作家中，对于苦难表现最深沉、最深重的莫过于余华。他的《在细雨中呼喊》《活着》《许三观卖血记》，包括之后饱受争议的《兄弟》，将二十世纪中国大地上的苦难进行了一次生命的凝视和精神的锤炼。这是小说家余华的苦难书写，也是中国人苦难的悲歌。这种苦难几乎无处不在，不仅弥漫在日常生活的鸡零狗碎之中，而且渗透到周遭世界包括万物生长的呼吸吐纳之间。比如在《在细雨中呼喊》中，余华即表现了这种苦难的沉重，“在生命的末日里，孙有元用残缺不全的神智思考着自己为何一直没死。即将收割的稻子在阳光里摇晃时，吹来的东南风里飘拂着植物的气息。我不知道祖父是否问到了，但我祖父古怪的思想断定了自己迟迟未死和那些沉重的稻穗有关。”[2]这种沉重到了《许三观卖血记》中，则见出了一种血淋淋的残酷和悲怆，血液是一个人活着的肉体支撑，

---

[1] 转引自［美］A-M. 迦蒂里安：《苦难的创造性维度》，晏子慧译，上海：上海社会科学院出版社，2015年版，第3页。

[2] 余华：《在细雨中呼喊》，北京：作家出版社，2012年版，第179页。

但一个人通过卖血维持自己的存在和一生，这实在是一首前无古人后无来者的苦难乐章。深谙音乐魅力的余华，用他附载着苦难的双手，为我们弹奏了一曲“念天地之悠悠，独怆然而泣下”的江南悲歌。

读余华的小说《兄弟》，很容易让人联想到俄国作家陀思妥耶夫斯基的小说《卡拉马佐夫兄弟》，书未读完，苦难的意味早已翩然而至。虽然关于此书的争议尚多，但毫无疑问，《兄弟》是认识中国、认识苦难的一个十分重要的文本，也是打开人类共同精神场域的一个有意义的存在。“《兄弟》显示了人类情感的全景——从庸俗、狂热、机会主义到爱和内心的伟大，几乎全部包容在内。作者的叙述融合史诗、戏剧、诗歌，有对话，有描写，有情节。既有深深的悲哀和难以名状的残酷，令人捧腹大笑的闹剧和怪诞离奇的幽默，也有直刺人心的嘲讽和让人解脱的欣喜，崇高细腻的爱和动人的同情。在这个小宇宙中，没有人是孤立的，也没有任何隐私可言的，求爱和耻辱，痛苦或死亡的故事都公开地发生在大街上，这使小说本身成了世界剧场。”[1]“在他的小说《兄弟》中，中国作家余华讲述了他的国家怎样沉湎醉心于‘文革’和市场经济，并在宿醉般的剧烈痛苦后重新清醒……《兄弟》一书就其所有的笑话和所有粗糙的诙谐来说，是一部非常悲伤的作品。”[2]

这样的悲伤，从余华早期的作品开始，一直在他的血液里漫延，并化作他笔下一个个小人物悲痛而凄凉的泪水：

---

[1]《英文版、法文版和德文版评论摘要》，见余华：《兄弟》，北京：作家出版社，2012年版，第642页。

[2]《英文版、法文版和德文版评论摘要》，见余华：《兄弟》，北京：作家出版社，2012年版，第643页。

> 许三观开始哭了，他敞开胸口的衣服走过去，让风呼呼地吹在他的脸上，吹在他的胸口；让混浊的眼泪涌出眼眶，沿着两侧的脸颊唰唰地流，流到了脖子里，流到了胸口上，他抬起手去擦了擦，眼泪又流到了他的手上，在他的手掌上流，也在他的手背上流。他的脚在往前走，他的眼泪在往下流。他的头抬着。他的胸也挺着，他的腿迈出去时坚强有力，他的胳膊甩动时也是毫不迟疑，可是他脸上充满了悲伤。他的泪水在他脸上纵横交错地流，就像雨水打在窗玻璃上，就像裂缝爬上快要破碎的碗，就像蓬勃生长出去的树枝，就像渠水流进了田地，就像街道布满了城镇，泪水在他脸上织成了一张网。[1]

这张网，和北岛的那张生活之网一样，像笼罩在苦难的世界之上的灰色命运。只有透过命运，才能更好地凝视苦难，并深沉地思考集聚在苦难周围的一切。“可是，只讲生存条件的深重苦难而排斥其他一切困苦，无异于对很大一部分反映社会秩序的困苦视而不见和不理解。无疑，社会秩序已经使大苦大难有所减轻（不过没有达到人们所说的程度），可是在社会分化的过程中，社会空间大大扩展（特殊领域和次领域），从而制造了助长各种日常困苦空前加强的条件。”[2]小说家对于苦难的呈现，不管是间接还是直接，呈现都只是一个载体和形式，他最终是要通过对苦难的注目，探寻苦难之外，以及和苦难发生着丝丝入扣关联的各种可能和条件，并通过自己的

---

[1] 余华：《许三观卖血记》，北京：作家出版社，2012 年版，第 249—250 页。

[2] [法] 皮埃尔·布尔迪厄：《不同观点的空间》，见《世界的苦难——布尔迪厄的社会调查》（上），张祖健译，北京：中国人民大学出版社，2017 年版，第 5 页。

艺术提升使得故事具备一个苦难世界的复杂内涵，而不是简单地对这世界进行匆匆的不经意一瞥。“一厢情愿的简单化的形象（例如报刊所传播的形象）应该被一种复杂多样的表现方式所取代，因为同一个现实会有不同的说法，往往难以调和……应当像福克纳、乔伊斯、弗吉尼亚·伍尔夫等小说家那样，放弃单一的、中心的、支配性的，总之近乎神圣的观察角度：观察者通常十分乐于采取这种角度——读者也一样（至少当他觉得与己无关时）——我们应使之让位于多重角度，允许数种观点并存，甚至竞争。”[1]

二、苦难的果实

忍之一字，众妙之门。中国人面对苦难的处理方式之一，即是忍。这种隐忍的结果即是一个“无声的中国”的造就。鲁迅的小说集《呐喊》可以说是“无声的中国”的第一声春雷。从此以后，中国现代小说，以一种激越的姿态追求着一个“有声的中国”。对苦难发声、对人性的弱点发声，成为20世纪中国小说一个十分鲜明的创作主题。这种发声，是对自由的一种渴望，是对人性回归的一种期盼。“心智和灵性的进步，与苦难的经历息息相关。它将个人从世界上的琐碎小事和对物质世界的过度迷恋中解放出来。虽然在一个崇尚物质的社会里，苦难被认为是一种疾病、一种创伤，一种避之犹恐不及的东西，但是……从苦难中获得的灵性果实是积极的。”[2] 对

[1] ［法］皮埃尔·布尔迪厄：《不同观点的空间》，见《世界的苦难——布尔迪厄的社会调查》（上），张祖健译，北京：中国人民大学出版社，2017年版，第3—4页。

[2] ［美］A-M. 迦蒂里安：《苦难的创造性维度》，晏子慧译，上海：上海社会科学院出版社，2015年版，第135页。

于作家来说，这“灵性果实”便是能够激发起人类共同生命体验的优秀作品，和其中能够深入人心的思想力量。汪曾祺说：“人生多苦难。中国人、中国的知识分子历经忧患，接连不断的运动，真是把人‘整惨了’。但是中国的知识分子却能把一切都忍受下来，在说起挨整的经过时并不是捶胸顿足，涕泗横流，倒常用一种调侃诙谐的态度对待之，说得挺‘逗’，好像这是什么有趣的事。这种幽默出自痛苦。唯痛苦乃能产生真幽默。唯有幽默，才能对万事平心静气。”[1] 正是有了这样的心态，他才能创作出《受戒》《大淖记事》这样的另类作品；正是有了这样的幽默，他才“能深刻地看到平淡的，山水一样的生活中的严重的悲剧性，让读者产生更多的痛感，在平静的叙述中也不妨有一两声沉重的喊叫”[2]。从这个意义上说，如果读汪曾祺的小说，仅仅读出了美，读出了诗意，是远远不够的。汪曾祺在美之外，更多地是对自由的渴望，是以一个人道主义抒情者特有的人文情怀，把种种人生的失败和不堪予以积极地调和，从而实现一种对苦难的消解，并达至一种对自由的深度隐藏。

仅从这一点上来看，汪曾祺和陀思妥耶夫斯基有着很相似的地方。虽然二人对于苦难的理解和呈现方式不一样，但是对于生活的热望，异曲同工。舍斯托夫在评价陀思妥耶夫斯基时就说：“不论有多么奇怪，陀思妥耶夫斯基在结束苦役时体验到的只有一种感情，一个愿望。自由的感情和忘掉经受的所有惨祸的愿望。为什么总要想起他曾经待过、而现在别人还待在那儿的地方呢？他摆脱了枷锁，他振奋、快乐，重新投入那个曾经严酷地弃绝了他生活的怀抱。您

[1] 汪曾祺：《老人情》，北京：中国青年出版社，2013 年版，第 4 页。
[2] 汪曾祺：《读一本新笔记体小说》，《光明日报》1990 年 2 月 13 日。

看到了，‘虚构’和‘现实’并非同一回事。可以对着虚构的东西流泪并把马卡尔·杰乌什金当作诗的对象；但苦役却应该避开。可以和幻想中的悲惨形象度过一连好几夜，并处于那种美妙的状态，这种状态就是所谓艺术的灵感。”[1]这样的灵感每每也能从汪曾祺的笔下感受到。他的作品如《大淖记事》《鸡鸭名家》等等，都有着对于苦难的一种独特的理解和化解，他是一个生活的乐天派。因此他会说：“人类是有希望的，中国是会好起来的。”而面对深重苦难的陀思妥耶夫斯基也直言不讳地说：“刑满之后，我还想生活。”所以，在他出狱后，写出了小说《斯捷潘契科沃村及其居民》，一首浪漫而多彩的田园牧歌。

人生来就要面对各种苦难，这种苦难最直接的方式便是物质的贫穷，比如苏童的小说《米》，以主人公五龙的饥饿感撬开了他苦难而悲惨的一生。

> 五龙穿过月台上杂乱的货包和人群，朝外面房子密集的街区走。多日积聚的饥饿感现在到达了极顶，他觉得腹中空得要流出血来，他已经三天没吃饭了。五龙一边走着一边将手伸到被包卷里掏着，手指触到一些颗粒状的坚硬的东西，他把它们一颗颗掏出来塞进嘴里嚼咽着，发出很脆的声音。
>
> 那是一把米。是五龙的家乡枫杨树出产的糙米。五龙嚼着最后的一把生米，慢慢地进入城市的北端。[2]

---

[1] [俄] 列夫·舍斯托夫：《尼采与陀思妥耶夫斯基》，田全金译，上海：华东师范大学出版社，2015 年版，第 20 页。

[2] 苏童：《米》，上海：上海文艺出版社，2005 年版，第 2 页。

“腹中空得要流出血来”，这种体验的深刻和凛冽真是让人惊叹，只此一句，苏童也可以称得上是一位杰出的作家。在这种饥饿感的压迫下，五龙开始了对生的追求和对更大欲求的寻找。“人类的受造，其目的就是要认识并崇拜造物者，并向永恒文明前进。从这样一个背景来看，生命就是一次灵性的旅程，为了达到完美和更高的美德，接受考验和苦难是不可避免的。”[1]苦难不可避免，但美德并不是不可或缺，尤其对于一个灵魂遭受挤压并扭曲的人来说，生命的旅程只是一种求生的本能。“从五龙跨进大鸿记米店的这一刻起，世界对于他再次变得陌生新奇，在长久的沉默中他听见了四肢血液重新流动的声音，他真的听见枯滞的血突然汩汩流动起来，这个有雾的早晨，将留给五龙永久的回忆。”[2]这回忆里，有着生命得到保障的及时满足，但更多的是混杂着被人侮辱和嘲弄的践踏，和寄人于篱下的不堪。这是一次悲剧的遭遇，也终将以悲剧收场。“修昔底德认为苦难对于每一代人都是不可避免的，变化的只是它们的程度和形式，因此他所关注的历史真相会尤其与包括瘟疫在内的各种苦难有关。……在他看来，人类的命运本质上是带有悲剧性的，他力图通过一种精细而写实的手法来写作‘雅典瘟疫叙事’这样的文本，目的是使他的读者更清楚地审视人类真实的苦难状态。”[3]那么苏童所注目的这个江南世界的一隅，是不是人类生存的真相呢？至少对于五龙来说，这个苦难的世界是真实的。“在深夜里五龙谛听着世界

[1] [美] A－M. 迦蒂里安：《苦难的创造性维度》，晏子慧译，上海：上海社会科学院出版社，2015 年版，第 143 页。

[2] 苏童：《米》，上海：上海文艺出版社，2005 年版，第 16 页。

[3] 白春晓：《苦难与伟大——修昔底德视野中的人类处境》，北京：北京大学出版社，2015 年版，第 50 页。

的声音。一切归于死寂，面对着寒冷和枯寂，他不止一次地想起那辆在原野上奔驰的运煤火车，米店和整条瓦匠街就像一节巨大的车厢，拖拽着他，摇撼着他。他总是在昏昏沉沉的状态中睡去。依然在路上，离乡背井的路又黑又长。摇晃着。人，房屋，牲畜和无边无际的稻子在大水中漂着，他还梦见那个饿毙街头的男人，五龙看见自己在漆黑的街道上狂奔，听见自己恐怖的叫声回荡在夜空中，那么凄凉，那么绝望。”[1]而对抗苦难和绝望的唯一食粮便是米，米是五龙对自由渴望的寄托，就像枫杨树村是他精神最后的栖居地一样。即便已经伤痕累累，气息奄奄，他还是要回去，最终死在了归乡的路上。《米》是一个普通小人物的隐忍史、发迹史、毁灭史。

叔本华在谈到人间的苦难时说：“因为有了思想，人的痛苦程度远大于快乐。人真正懂得死亡是怎么回事，这更极大地加剧了痛苦，而动物不真正懂得死亡的意义，所以死亡从不在其视野之内，而不像人类那样总是想着死，因此只能本能地逃亡。”[2]人和动物其实有时也是趋同的，只不过方式不同罢了。就像五龙的逃亡，何尝不是一种发自本能的逃离黑暗世界的惊梦呢？只不过，面对苦难，有的人选择了沉沦，有的人选择了反抗，有的人选择了死亡，有的人选择了忍耐，哪一种选择更伟大、更值得尊敬呢？很难判断。任何一种苦难只有与它发生的世界切实相连，才能找到对自由寻求的突破口，才能于一切苦痛的闸门中找到那个撬动世界的扳手。

这个扳手在当代江南小说中的重要体现是“死亡叙事”。本雅明

[1] 苏童：《米》，上海：上海文艺出版社，2005 年版，第 35 页。

[2] [德] 阿图尔·叔本华：《论世间苦难》，刘彤译，北京：中译出版社，2010 年版，第 7 页。

说："死亡赋予讲故事的人所能讲述的任何东西以神圣的特性。讲故事的人的权威来自死亡。"[1]在他看来，"小说不是因为为我们展现了别人的命运——而且可能是说教式地展现——而有意义，而是因为这陌生人的命运燃烧的火焰为我们提供了我们从自身的命运所从来汲取不到的热量。小说吸引读者的是借他所读到的一次死亡来温暖他冷得发抖的生活的希望。"[2]苏童小说的令人着迷处之一即是他对于死亡的迷恋，不仅小说中经常弥漫着一种死亡的悲伤气息，而且喜欢以人物的死亡作为小说最后的结局。《罂粟之家》的结尾，庐方在罂粟缸里击毙了刘沉草；《1934年的逃亡》，是以陈宝年的死亡给家族史献上一只硕大的花篮；《外乡人父子》也是在陈三麦的死亡和葬礼中走向了尾声；《米》也一样，五龙在衣锦还乡的幻想中，走向了生命的灭亡。在苏童的笔下，死亡既是一种人生状态的呈现，是揭示生命脆弱和人性摇摆的把手，也是一门叙事的艺术，是对苦难的理性超越和对自由的深度渴望。与死亡相对应的是活着，是遭受各种非人的折磨和苦痛的经历，依然要对这个世界报以希望的信念，尤其是对于作家来说，"如果他的心灵在苦役中没有变得冷酷，如果他经受了难以忍受的肉体的和精神的痛苦之后仍能保留着对一切人的同情心，那就是说，他的身上蕴藏着伟大的力量！由此还可以得出一个哲学结论：深刻的、真诚的信念，是任何苦役也不能战胜的！"[3]江

---

[1] [德] 瓦尔特·本雅明：《讲故事的人》，见《本雅明文选》，陈永国、马海良编，北京：中国社会科学出版社，1999年版，第315页。

[2] [德] 瓦尔特·本雅明：《讲故事的人》，见《本雅明文选》，陈永国、马海良编，北京：中国社会科学出版社，1999年版，第322页。

[3] [俄] 列夫·舍斯托夫：《尼采与陀思妥耶夫斯基》，田全金译，上海：华东师范大学出版社，2015年版，第22页。

南大地上此时此刻所上演的人生悲痛，以及它的前世今生所蕴藏的深沉苦难，都不曾把这片土地上的诗意和美好摧残得烟消云散，相反，在苦难的挣扎中，在世界的喧嚣中，人们从未舍弃对于诗意江南的想象，也从未放弃对于自由的渴望。这才是江南世界给予人类的最大财富。也正是对苦难的正视，才让中国当代小说没有失去它应有的坚硬品格和人性魅力，它是温柔的，也是刚烈的，它是诗意的，也是惨烈的，它是唯美的，也是粗犷的，它像水一般的女子，也像铁一样的男子，这任何的形容，都是它的风格，一种摇曳多姿的动人美学。

三、 苦难与悲剧

俄国著名的思想家别尔嘉耶夫说：“人由于无助感和被弃感，会很自然地找寻集体的庇荫。即使放弃自己的个体人格，为了安全地生活和更少的恐惧，人也愿意在人群中找寻伙伴。这或许是人的天性。”[1]中国当代作家也仿佛放弃了做梦的勇气，逐渐沦落为芸芸众生中或多或少的一员。而在这种日常生活的习惯性思维中，麻木、无助、空虚、无能的感觉慢慢缓和着他们原本紧张的神经，苦难也在这缓和的感觉中仅仅成为往事中的一幕幕悲剧而已。悲惨的场景、凄惨的命运、痛苦的人生在他们的叙述中不无缺乏，然而缺少的却是一种悲剧精神。而“悲剧精神意味着人面对不可能摆脱的客观现实，并不是完全软弱无力，每一个个别的人都能够通过他自己的行为、生活和思维，走向一个较好的世界。人的存在不仅意味着活在

[1] [俄] 尼古拉·别尔嘉耶夫：《人的奴役与自由》，徐黎明译，贵阳：贵州人民出版社，1994年版，第176页。

世上，还意味着超越存在和自由。”[1]

对此，德国思想家雅思贝尔斯曾谈论说：

> 在人们成功地取得对宇宙协调一致的解释，并在实际生活中与之保持一致的地方，那种悲剧观点就不可能发生。这在很大程度上就是古代中国，特别是佛教之前的中国所出现的情形。在这种文明里，所有的痛苦、不幸和罪恶都只是暂时的、毫无必要出现的扰乱。世界的运行没有恐怖、拒绝或辩护——没有控诉，只有哀叹。人们不会因绝望而精神分裂：他安详宁静地忍受折磨，甚至对死亡也毫无惊惧；没有无望的郁结，没有阴郁的受挫感，一切都基本上是明朗、美好和真实的。在这一文明中，恐惧和战栗固然也是经验的一部分，并且在它就跟在那些已经觉悟到悲剧意识的文明一样地司空见惯。然而安详静谧仍然是占支配地位的生活气氛；没有挣扎，没有挑战。对过去的依恋意识将人与事物的古典原则连结在一起。这里的人们所追求的并非任何历史运动，而是秩序井然、德行美懿的永恒实在的不断更新与重建。[2]

中国文化中的确缺少一种痛感，它强调秩序，追求和谐、快乐，缺少西方语境下的崇高感和悲剧感。但这并不意味着中国文化中没有悲剧精神，王国维即把《红楼梦》称之为“彻头彻尾的悲剧”，他以《红楼梦》为例，对悲剧进行了解读：

---

[1] 邓晓芒主编：《从寻根到漂泊》，广州：羊城晚报出版社，2003年版，第107—108页。

[2] ［德］雅思贝尔斯：《悲剧的超越》，亦春译，北京：工人出版社，1988年版，第13—14页。

> 第一种之悲剧，由极恶之人，极其所有之能力以交构之者。第二种由于盲目的运命者。第三种之悲剧，由于剧中之人物之位置及关系而不得不然者，非必有蛇蝎之性质与意外之变故也，但由普通之人物、普通之境遇逼之，不得不如是。彼等明知其害，交施之而交受之，各加以力而各不任其咎。此种悲剧，其感人贤于前二者远甚。何则？彼示人生最大之不幸，非例外之事，而人生之所固有故也。若前二种之悲剧，吾人对蛇蝎之人物与盲目之命运，未尝不悚然战慄，然以其罕见之故，犹幸吾生之可以免，而不必求息肩之地也。但在第三种，则见此非常之势力，足以破坏人生之福祉者，无时而不可坠于吾前。且此等惨酷之行，不但时时可受诸己，而或可以加诸人，躬丁其酷，而无不平之可鸣：此可谓天下之至惨也。若《红楼梦》，则正第三种之悲剧也。……由此种种原因，而金玉以之合，木石以之离，又岂有蛇蝎之人物、非常之变故，行于其间哉？不过通常之道德、通常之人情、通常之境遇为之而已。由此观之，《红楼梦》者，可谓悲剧中之悲剧也。[1]

可以说，《红楼梦》以“通常之人情”写出了平凡世界的沉痛悲剧，它的出现，彻底颠覆了中国古典小说惩恶扬善的陈旧模式，全面开创了后世小说写作的思想空间和美学意境。在中国现代小说写作中，鲁迅很好地承继了这一悲剧精神。他的小说往往有着强烈的批判精神，但同时也含有对这个世界和芸芸众生的大悲悯。鲁迅是深刻的，也是自省的，他在写别人，也是在剖析自我。他在评价陀

[1] 王国维：《〈红楼梦〉评论》，见《王国维文学论著三种》，北京：商务印书馆，2001年版，第14—15页。

思妥耶夫斯基的作品时即说道："在甚深的灵魂中，无所谓'残酷'，更无所谓慈悲；但将这灵魂显示于人的，是'在高的意义上的写实主义者'。"[1] 作为鲁迅的浙江同乡，余华在经历了中国当代小说漫长的叙事困境之后，终于在新时期的写作中，建立起新的苦难关怀和灵魂叙事，他以生命的宽广和心灵的维度来烛照世间的一切痛苦与挣扎，并在这种煎熬的思考中寻求人类生活、生命的丰富和可能。余华说："我一直是以敌对的态度看待现实的。随着时间的推移，我内心的愤怒渐渐平息，我开始意识到一位真正的作家所寻找的是真理，是一种排斥道德判断的真理。作家的使命不是发泄，不是控诉或者揭露，他应该向人们展示高尚。这里所说的高尚不是那种单纯的美好，而是对一切事物理解之后的超然，对善与恶一视同仁，用同情的目光看待世界。"[2] 尤其是在余华的《活着》《许三观卖血记》等小说中，可以看到这种同情目光对于世界的打量，并在悲剧意识的萌发和痛感体验的升华中走向了新的写作境界。

可以说，苦难本身具有双重性，一方面他给受难者带来肉体和心灵的双重摧残，另一方面它又成为思想得以重生的"热带雨林"。"人的历史就是人被压抑的历史，文化不仅压制了人的社会生存，还压制了人的生物生存；不仅压制了人的一般方面，还压制了人的本能结构。但这样的压制恰恰是进步的前提。"[3] 苦难本身难以以对错来分，毕竟一个时代的状况是由多方面的条件相互制约而成的，很

---

[1] 鲁迅：《〈穷人〉小引》，见《鲁迅全集》（第七卷），北京：人民文学出版社，2005 年版，第 106 页。

[2] 余华：《为内心写作》，见《灵魂饭》，海口：南海出版公司，2002 年版，第 222 页。

[3] ［美］马尔库塞：《爱欲与文明》，黄勇等译，上海：上海译文出版社，1987 年版，第 3 页。

难给予一个确定的目标以指责和迁就，我们的首要任务还是反思，反思自我以及苦难本身。汤因比说：“生命里经常有一种精神力量，纵然被压抑到无可再抑制的最低限度，还是要通过这一种或另一种途径发泄出来；但同样真实的是，生命所能随便使用的精神力量；在量上有一个最大限度。”[1]苦难的诉说和宣泄终究会有一个终点，如果自我及其思想在这苦难中难以有所超越，即使是用尽了毕生的经历，苦难终究还是苦难本身。而当自我殚精竭虑的那一天，苦难也终会随着肉体的消亡而烟消云散。然而一种囊括自我和时代的精神是能够得以流传千古的，它永远是人类历史的丰碑。因此，如何在苦难过后依然保持个体性的高昂、保持思想性的悲剧情怀是当代小说写作不可逃避的责任，而如何在诉说苦难的同时把这些精神内涵保留并融入作品中更是中国当代作家不可推脱的重担。

“文学离不开民族性，可那作家却应该是属于全人类。作家可以在某块土地上成长，但不能成为某块土地上的植物。应该是生长在某块土地之中，飞腾在所有的土地之上，具有世界性的眼光。当他思考着本民族的兴旺与崛起的时候，也看得见世界的灾难；当他听到本民族的笑声时，也听得见世界各地的呻吟。一部伟大作品不仅能使人感到它的民族性，同时也使人感到那深处留着各民族共饮的泉水。”[2]这是不是中国当代小说的出路之一种呢？

---

[1] [英] 阿诺尔德·约瑟·汤因比：《历史研究》（下卷），曹未风等译，上海：上海人民出版社，1997年版，第423页。

[2] 陆文夫：《文学的民族性》，见《陆文夫文集》（第五卷），苏州：古吴轩出版社，2006年版，第221页。

水乡的诗学

——当代江南小说的一种审美倾向

江南地处亚热带向暖温带过渡的地区，气候温暖湿润，降水连绵丰沛，为各类生物、作物提供了丰富的水源。除了降水丰富以外，江南地区还拥有长江和钱塘江两大水系，两者通过运河相互连通。江南地区河道棋布、湖泊众多，在长期的开发过程中，又兴修了大量的水利工程使之互相勾连，所以历来就享有“水乡泽国”的美誉。

“水乡的诗学”是当代学者胡晓明提出的理解江南文化的一个概念。在他看来，江南最大的自然民俗特色即是“水乡”，“无论江苏、浙江、安徽，甚至中国其他地方，只要有‘水乡’特色的区域，即是‘江南’。因而，‘水乡’可以作为我们认识与把握‘江南’的一把钥匙。”[1]在水乡中生活，并在水中浸泡着的当代江南小说家们，自然少不了这水的滋润，从而每每在他们的作品中漾溢着或隐逸或浓郁的别样“水彩”，并最终构造出一个色彩各异、鲜活生动的“水”世界。

[1] 胡晓明：《江南诗学——中国文化想象之江南篇》，上海：上海书店出版社，2017 年版，第 71 页。

一、水景之美

水是古希腊宇宙四大组成元素之一，是中国五行之一，是人类生存和生命得以延续的中心角色。水是万物的精魂，它养育着一方人，也影响着一个时代。“水与能源、食品、气候变化不可分割地联系在一起，共同影响着人类文明。”[1]江南水乡和江南文化，都与水息息相关。

胡晓明说：“水乡的诗学的一个特色，即是水乡与城市的相互映衬，水乡的市镇化，以及市镇的水景化。”[2]比如我们熟悉的汪曾祺的小说，就是“水乡”滋养出来的。它小说中的不少篇章，单从题目来看，就知道和“水乡”息息相关，《鸡鸭名家》《大淖记事》自不必说，《河上》《看水》等等，也都可以一目了然地察觉到“水乡”的痕迹。而关于“水乡”的描写，在他的小说中更是比比皆是，比如《大淖记事》：

> 淖，是一片大水。说是湖泊，似还不够，比一个池塘可要大得多，春夏水盛时，是颇为浩淼的。这是两条水道的河源。淖中央有一条狭长的沙洲。沙洲上长满茅草和芦荻。春初水暖，沙洲上冒出很多紫红色的芦芽和灰绿色的蒌蒿，很快就是一片翠绿了。夏天，茅草、芦荻都吐出雪白的丝穗，在微风中不住地点头。秋天，全都枯黄了，就被人割去，加到自己的屋顶上

[1] [美] 斯蒂芬·所罗门：《水——财富、权力和文明的史诗》，叶齐茂、倪晓晖译，北京：商务印书馆，2018 年版，第 5 页。

[2] 胡晓明：《江南诗学——中国文化想象之江南篇》，上海：上海书店出版社，2017 年版，第 107 页。

去了。冬天，下雪，这里总比别处先白。化雪的时候，也比别处化得慢。河水解冻了，发绿了，沙洲上的残雪还亮晶晶地堆积着。……[1]

在汪曾祺的笔下，这些平素不起眼的俗事俗物，在“水”的烘托和映衬中一下子有了不一样的味道。这是一幅绝妙的水景风情画。这幅画不是静止的，在阅读的过程中，你能感觉到那水的清凉在神经末梢轻轻滑过，这是一种实体化的清凉，也是一种审美化的内心愉悦，它标志着一种诗意的氛围正在外部形成，一种美的轮廓正在内心世界构造，而这一切都建立在“水”的基础之上。

对于水景的青睐，几乎是江南作家的共识和符码。比如在谈到高晓声的小说创作时，有评论家就注意到：“至于说到《青天在上》中的江南水乡景物描写的细节，如河上晨雾、归舟夕照、捉鱼挖鳝、河边芦苇、水草翠鸟，把它们写得如此诱人。即使在天灾人祸的年月，犹显出秀丽、妩媚的风韵，我以为高晓声是第一人。”[2]而更有学者认为，“对水和鱼的痴迷不仅极大影响了高晓声的散文创作，也对其小说创作产生了明显的影响。”[3]我们且看高晓声小说中关于江南水景的描写：

这就是陈文清牵心挂肠的故乡吗？一点不错。仍旧是宽宽朗朗的田野，依旧是弯弯曲曲的河道。在这肃杀的冬天里，呈

[1] 汪曾祺：《大淖记事》，见《汪曾祺小说全编》（中），北京：人民文学出版社，2016年版，第468页。

[2] 钱中文：《〈青天在上〉与高晓声文体》，《文学评论》1989年第4期。

[3] 王彬彬：《高晓声的鱼水情》，《南方文坛》2018年第4期。

一片素净苍白。一眼看去，无遮无掩，大自然没有留下一角让恋春者躲闪的地方。陈文清站在路边朝南看：直径不到两里就是柳湾里，那儿住着一个庞大的陈氏家族；陈文清家的老屋，就坐落在村子的最北面，比别的建筑看得更清楚些，连屋面上的龙爪葱，也都历历在目。假使有一条船，划去就很近，如果要从陆路走，那倒要绕半个圈子，因为途中还有一条河浜隔着。

这儿是著名的江南水乡，平原上布满了七岔八弯的河道，犹如人体的血脉，全靠它才活跃。种田、刈草、上街、跑亲戚，都离不开船。陈文清记得，他童年时，村上十有九家都自备一只极轻便灵活的元宝底小船，能载五七担东西，一个人划着，就能哗啦啦航行。……[1]

水于江南，就如血于人体，是根系所在。陈文清对于故乡的心心念念，就是这眼前的水上风物，水景的描写，是他无边的乡愁的审美转化。作为水乡世界的重要交通工具，船在小说中的描写也是不可缺少的。而提到船，不会想不到鲁迅的短篇小说《社戏》。在这篇小说中，那典型的江南风物叙写，以及令人印象深刻的乌篷船和小桥流水，读过一遍便不会遗忘。而关于船的故事，在古代小说叙事中，已经十分普遍。据检索，"'三言''二拍'以'船'为场景的故事几达 110 篇。"[2]张岱的《夜航船》，更是直接来源于南方水乡苦途长旅中，各色人等在夜行的船上聊以闲谈消遣的讲述和记录。汪

[1] 高晓声：《青天在上》，见《高晓声文集·长篇小说卷》，北京：作家出版社，2001 年版，第 40 页。

[2] 胡晓明：《江南诗学——中国文化想象之江南篇》，上海：上海书店出版社，2017 年版，第 115 页。

曾祺的小说中，写到船的就跟多了。比如《受戒》中，小说结尾最耐人寻味的段落就发生在船上。苏童的小说《河岸》，其故事也在船上展开，而其小说《西瓜船》就干脆以船来命名了。船，不仅是水乡世界不可或缺的重要存在，而且是小说世界中重要的叙事空间和象征载体。沈从文虽然不是江南作家，但是他的小说《边城》《长河》都有着十分突出的水乡风格。他在谈及自己的写作时曾说："故事中我所最满意的文章，常用船上水上作为背影，我故事中的人物的性格，全为我在水边船上所见到的人物性格。我文字中一点忧郁气氛，便因为被过去十五年前南方的阴雨天气影响而来，我文字风格，假若还有些值得注意处，那只是因为我记得水上人的言语太多了。"[1]

船作为江南水乡的重要意向，体现出鲜明的江南物质文化特性。关于船的叙事，其实最终是文化的推动力。伊格尔顿在《论文化》一书中写道："文化关乎主体能动性，但又在一定程度上包含了对客体的接受，这种接受引导着你赋予客体以价值的努力。"[2] 说到底，水上景观的呈现，最终是要与人发生关系的。人的形象、性格、命运与水息息相关。水塑造了诗意的水景，但更深刻地改变着人的特殊的宿命。

> 大淖指的是这片水，也指水边的陆地。这里是城区和乡下的交界处。从轮船公司往南，穿过一条深巷，就是北门外东大

[1] 沈从文：《我的写作与水的关系》，见《沈从文别集·抽象的抒情》，北京：中信出版社，2017 年版，第 254—255 页。

[2] [英] 特里·伊格尔顿：《论文化》，张舒语译，北京：中信出版社，2018 年版，第 28 页。

街了。坐在大淖的水边，可以听到远远地一阵一阵朦朦胧胧的市声，但是这里的一切和街里不一样。这里没有一家店铺。这里的颜色、声音、气味和街里不一样。这里的人也不一样。他们的生活，他们的风俗，他们的是非标准、伦理道德观念和街里的穿长衣念过“子曰”的人完全不同。[1]

汪曾祺到底还是不一样的，他深刻地觉察到了这一方水土之下那异样的生命，因了一片水的缘由，这里的人似乎都生活在与嘈杂的现实隔绝的世界中，这里有其他地方所没有的独一无二的美。江南水乡，水乡江南，与美丽的水景相互融合、相互映衬的，必将是生于斯长于斯的一代代江南之子的生死、情感与道德。

胡晓明说：“水乡在中国文学与艺术中，添加了一种轻盈、宛妙、灵动、情趣、妩丽的美。”[2] 如果说在汪曾祺的笔下，江南的水景之美体现为一种诗性的优美，那么在李杭育的笔下，江南的水景之美则体现为一种粗犷的壮美。且看李杭育小说中的“葛川江”：

洪水冲撞着江岸石堤，蹿起一片水墙，眨眼间又倒塌下来，砸开浪峰和漩涡，汇起一股股纵横交错的回流，向江心斜涌而去。整条江都在搅动，翻腾，冲撞，滚着一连串漩涡，泛起泥

[1] 汪曾祺：《大淖记事》，见《汪曾祺小说全编》（中），北京：人民文学出版社，2016 年版，第 469 页。

[2] 胡晓明：《江南诗学——中国文化想象之江南篇》，上海：上海书店出版社，2017 年版，第 87 页。

浆般的黄水。江面比平日宽出几倍，却还容不下这浩荡浊流。[1]

与汪曾祺笔下的水之静美相比，李杭育笔下的水景是动态的，它是暴烈而多变的，是惊心动魄的。但是，这种动态的水景，同样具有一种永恒之美。李杭育同样以自己的深爱来写葛川江，写葛川江上一个个不屈的灵魂的命运。“这条江的命运与人的命运纠结在一起，葛川江的性格培育了她的孩子们——居住在她的江面上与两岸的人们的性格。”[2]作为江南人一种生活方式的日常风情和诗意考量，水景之美是以江南文化的名义丰富着江南世界。水乡是一方风物的天地，也是人性世界的一面镜子，照映着在江南文化熏染中的江南人精神深处的善恶和迷惘。

二、 水性之情

水往往与忧愁有关，是一种情感的有效载体。不管是《诗经》，还是《离骚》，都和水发生着密切的关联。水性意味着情感上的饱满和丰富。当然，水之于江南文化的重要性，不仅仅在其物质样态，而是精神意义上的洗涤心灵、获取自由平和的思想属性。水，亦柔亦刚，既可化人郁结，也可游目骋怀，当水的意涵填满了一个作家的生命之时，一切的失意和存在，都能在其写作中得到意义的装饰和艺术的提升。因此，在我看来，江南文化凸显下的水乡的诗学，其最为重要的本质就是水性之情——与水相系的抒情特质。以此来

[1] 李杭育：《葛川江上人家》，见《最后一个渔佬儿》，北京：人民文学出版社，1985年版，第2页。

[2] 王蒙：《葛川江的魅力》，见李杭育：《最后一个渔佬儿》，北京：人民文学出版社，1985年版，第1页。

看，汪曾祺的新时期小说被称作中国新时期抒情文学的滥觞便也是再自然不过了。

水，味道平淡，观之平常，是一种十分普通的物质。但这种平淡、平凡，就是它最为重要的特性。江南文化中温文尔雅的市人品格，可能就与江南水世界的一方天地有着一种神秘的关系。因此，在当代江南作家群的笔下，你很难发现那种惊天地泣鬼神的英雄人物，多的是普通的人、普通人的悲欢离合和生死离别。比如在谈到叶兆言的小说时，就有评论者分析说："叶兆言小说的氛围，很少激情的爆发，这并非他对笔下人物缺少足够的热情，因为他的绝大多数小说，那些普通的人物故事，在叙述过程中总能给人一种温暖的感觉，具有一种特殊的亲和力。鲁汉明、马文、小磁人、楼兰，发生在他们身上的故事和他们的命运，都让人有一种特别的亲近感。叶兆言骨子里的平民意识，使他的小说在氛围营造上也有如此特征。"[1]

不独叶兆言如此，从更早的汪曾祺、林斤澜、陆文夫、高晓声，到后来的余华、苏童、范小青、毕飞宇，再到当下更为年轻的江南作家，几乎都是以写小人物见长，写他们像水一样平淡的日常，写他们似水一样流动的年华，也写他们如水一般不可捉摸的命运。比如毕飞宇的小说《上海往事》，就是在关于水的叙述中结束。"我梦一阵咳嗽，血往头上涌，我的头疼得厉害，快裂开来了。我的眼眨了几下，昏过去了，银亮雪白的水面夜一样黑了。"[2]而苏童的小说

---

[1] 阎晶明：《耐得住叙述的寂寞——我看叶兆言小说》，《南方文坛》2003年第2期。

[2] 毕飞宇：《毕飞宇文集·上海往事》，北京：人民文学出版社，2015年版，第211页。

《米》中，主人公五龙就是在水中走完了自己苍凉的一生。“五龙最后看见了那片浩瀚的苍茫大水，他看见他漂浮在水波之上，渐渐远去，就像一株稻穗，或者就像一朵棉花。”[1]

老子云：“上善若水。水善利万物而不争，处众人之所恶，故几于道。”老子用我们常见的“水”来比喻“上善”，最好的善就像水一样。善体现了水的包容、利生、调和。万物因水的存在而汇聚融合。但善又总是脆弱的，在人性之中，高尚与深渊往往差之毫厘。江南作家善于写凡人小事，也善于在凡人小事中品味生活的欢乐忧伤、思考生命的悲欢离合。他们写的是凡人之善、凡人之爱和凡人之思，但透过这些凡人小事，能够抵达一种开阔广大的思想境界。伟大的作家都是上善之人，他们不是生活在别处，而是“盯住生活的底层和深处”，在现实的世界里写人的灵魂和情感深处，同时，通过人的内心的冲突来烛照和反映现实。

上善之人往往多情。江南文化的一个重要特性就是抒情性，而这种抒情的特质与水是不可分割的。水文化也可以看作是一种情文化。“问君能有几多愁，恰似一江春水向东流。”“水乡的文字与画面，就是本然的抒情符号。”[2]“无论水乡是观照的，还是寄托的，都是无言而殊胜，可以兴，可以观，具有浓郁抒情气质。”[3]在水乡世界中踟蹰的江南作家，首先是感性的、感伤的。这种感伤的情绪从古至今，似乎未曾有半点的消减。吴义勤就称毕飞宇是一位“感

---

[1] 苏童：《米》，上海：上海文艺出版社，2005年版，第228页。

[2] 胡晓明：《江南诗学——中国文化想象之江南篇》，上海：上海书店出版社，2017年版，第85页。

[3] 胡晓明：《江南诗学——中国文化想象之江南篇》，上海：上海书店出版社，2017年版，第86页。

性的形而上主义者”，他评价毕飞宇的写作：“毕飞宇有着两副不同的笔墨：一副笔墨致力于呈现感性的小说形态；一副笔墨营构的是文本的哲学形态。他成功的艺术经验在于把自己对于‘抽象美的追求’外化在‘意向阶段’，以‘意向’为媒介把两种笔墨艺术地整合在一起，以作家的想象与经验的形而上遇合来完成对于感性和理性相和谐艺术境界的抵达。”[1]而这种感性和感伤在同时期的另一位作家苏童的写作中，同样体现得十分明显，“而且从作品的美感风格的角度而言，苏童的历史小说明显地表现出接近于一个‘旧式文人’的情调：怀旧的，唯美的，颓废的和感伤主义的，春花秋月，红颜离愁，人面桃花，豪门落英。它们在神韵上同南朝作家以及江南文人常有的纤巧、精致、抒情和华美气质有着一脉相承的关系，宛如杜牧的诗、李煜的词，充满着哀歌一样的感人魅力。”[2]这种感性和感伤在苏童的小说中几乎是随处可见的，比如《河岸》中：“我弓着背走到我家的船上，看见一盏孤灯在船篷里摇晃，父亲已经在舱里整理床铺。船上一片凄清，似乎没有人烟，那是第一次，我打量着舷板上一条薄薄的哀伤的影子，发现了自己内心的孤独，还有爱意，它比夜色中的河水更加深不可测。”[3]

水，遇方则方，遇圆则圆，方圆之中，尽显水的无常。但无论如何，水却不会变成其他的物质存在，水就是水。江南文化如同水一样，具有一种融合、溶解的超强能力，但无论怎样交互交融，水的本质绝不会被改变，这种恒常的性格，同样在当代江南小说

---

[1] 吴义勤：《感性的形而上主义者——毕飞宇论》，《当代作家评论》2000 年第 6 期。

[2] 张清华：《天堂的哀歌——苏童论》，《钟山》2001 年第 1 期。

[3] 苏童：《河岸》，北京：人民文学出版社，2010 年版，第 107 页。

中有着明显的体现，具体则表现为人的性情的果敢和透明。汪曾祺《受戒》中的明海、英子，苏童笔下那些棱角分明、性情至真的女性形象，叶兆言“夜泊秦淮”系列小说中那些风流名士等等，从不同的角度和侧面，为我们勾勒出了一代代江南人不同的生命群像。

《吕氏春秋·尽数》中说：“流水不腐，户枢不蠹，动也。”水的另一个重要特性就是流动性，这种流动性如果反映到文学表达上，往往表现为一种自由的冲动和不安的情绪。“江南多水，水是前现代物资与人力流动最为重要的条件，江南社会因流动而聚人气，因流动而活跃趋新，因流动而多元，因流动而自由。”[1]“水乡与城市的亲近，也暗示着中国文人的一个性格特点，动静不二，寂而常照。一方面卜居求静，闲爱水云；一方面水路求便，交往自由，既可以在独居的日子里涵养身心，又可以在城市的交流中享受人生，表明城市与乡村，并非二元，更是植根于人生命情调的自由转换。”[2]高晓声笔下的陈奂生，虽然是一个农民，但作者通过这个人物形象实现了一种喜剧的自觉，他的荒诞是他的不安，同时，也是他的自由。毕飞宇的小说，不是传统意义上的现实主义，而是在现代主义精神的彰显中，秉持着浓郁的自由意志。《青衣》如此，《玉米》如此，《平原》亦如此。

“中国文化的理想性，具有‘水乡溯洄’式的特点：主体与客体的关系，是可欲与不可欲的结合；表明了阻隔、召唤、凝聚、孤独

[1] 胡晓明：《江南诗学——中国文化想象之江南篇》，上海：上海书店出版社，2017年版，第37页。

[2] 胡晓明：《江南诗学——中国文化想象之江南篇》，上海：上海书店出版社，2017年版，第109页。

的非二元化，即张弛有道的空间美学。”[1]这种水乡式的空间美学，在具体的小说创作中，则表现为一种综合性和混合性，一种复杂而难言的暧昧诗学。比如在苏童的小说空间中，“雨”的意象就充满着一种蛊惑的激情，不管是《米》中反复出现的雨，还是《城北地带》中迷离的雨巷，都带有一种敏感、无名的恐怖力量，但这力量并不让人窒息致死，而是持续地进行压迫、压迫，最终形成一种情感的另类反弹。

关于水的特性，我们能够谈论的还有很多，比如它的温柔，柔情似水，江南作家擅长书写女性，想必和水的这一特性有关，因为“女人是水做的”。比如它的毅力，水滴石穿，日子就像泡在水里，平淡而悠长但却散发着一种生命的热烈，等等，这在当代江南小说的写作中，都有着不同程度的表现。中国人的多愁善感、坚韧精神、果敢之气，在江南文化中有着淋漓尽致的体现，这些都是江南小说家无法克制也无法隐匿的艺术冲动和创作灵感。

三、 水隐之思

赫尔德说，“每种文化都会拥有自己的重心。”[2]我们往往把江南文化的重心放在其显性的诗性特质上，而忽视了其另一脉络的精神延续，那就是一种由来已久的隐逸思想。

我们比较熟知的隐者，当推陶渊明。陶渊明可称之为“千古隐逸诗人”，他写的隐逸诗可谓流传千古，而和“隐逸诗”同时流行起

[1] 胡晓明：《江南诗学——中国文化想象之江南篇》，上海：上海书店出版社，2017 年版，第 111 页。

[2] 转引自［英］以赛亚·柏林：《浪漫主义的根源》，吕梁等译，南京：译林出版社，2011 年版，第 67 页。

来的，还有山水诗，这也是“隐逸文化”的一个表现，徜徉于山水之间，纵情于山水之乐。尤其是六朝时期的山水诗，更多了一份超然物外的意境和逍遥自适的心情，以至于达到了一种“玄学”的境界，而玄学正是强调超越自然和宇宙本体之上的“道”，是追求和神往一种对于“无”的无限肯定和精神价值。而这些几乎构成了江南文化的重要内涵。而在研究者看来，江南的水乡生态对于隐逸思想的催生起到了重要的作用。

> 长期以来，唐宋转型是中国传统社会的一个重要转型，吴淞江流域内的景观变化与其人文感觉的转变对这种转型起到了很大的推动作用。长期以来，学术界似乎夸大了这种转型的经济动力。其实，经济推动力可能只会改变部分市场行为，感情因素的变化才真正地推动了文化的转型，改变了的生态环境与人文气氛更有能力改变人的内在世界。多种多样的野生景观无疑有益于心胸开阔，产生豪放的诗风。随着野生景观的减少，小环境的封闭，再加上汉民族与北方少数民族在战争中的被动，士大夫心态消沉，心态变化也推动了文化改变。[1]

士大夫心态消沉的表现之一种，就是隐逸思想的萌发。当然，从具体的历史来看，其中有以“隐”求显并成功取得富贵者，也有显贵过甚不得已隐姓埋名的隐者。江南文化成熟于魏晋时期，而“隐逸文化”生成于魏晋，因此，它自然地被纳入江南文化的内涵之

---

[1] 王建革：《水乡生态与江南社会（9—20 世纪）》，北京：北京大学出版社，2013 年版，第 191—192 页。

中也就并不奇怪，它对这一时期乃至以后的世俗文化都有深远影响。当然，如果细细来看，隐逸本身也面貌万千，胡晓明注意到了这种不同：

> 在中国文化的象征系统中，“水乡”最大的特征，即昭示一种隐逸的美学，区别于其他隐逸之美，姑且可称之为“水隐”。然而，此种隐逸的美学，不仅区别于“市隐”与“朝隐”，而且也不尽同于“山隐”。其特点正是有更多的感性与音乐、更多的清莹与明朗、更多的缥缈之思，高洁与自由、感性与德性、出世与入世，往往并存其中。而且，往往产生最多的诗画结合作品，以歌颂隐逸。[1]

这种水隐之思在当代江南小说中，也十分明显，尤其在先锋作家苏童、余华、格非等人的笔下，这种缥缈和玄思更是无处不在。比如苏童《河岸》中的这段描写：

> 别人都生活在土地上，生活在房屋里，我和我父亲却生活在船上，这是我父亲十三年前做出的选择，他选择河流，我就只好离开土地，没什么可抱怨的。向阳船队一年四季来往于金雀河上，所以，我和父亲的生活方式更加接近鱼类，时而顺流而下，时而逆流而上，我们的世界是一条奔涌的河流，狭窄而绵长，一滴水机械地孕育另一滴水，一秒钟沉闷地复制另一秒

[1] 胡晓明：《江南诗学——中国文化想象之江南篇》，上海：上海书店出版社，2017 年版，第 89—90 页。

钟。河上十三年，我经常在船队泊岸的时候回到岸上，去做陆地的客人，可是众所周知，我父亲从河岸上消失很久了，他以一种草率而固执的姿态，一步一步地逃离岸上的世界。他的逃逸相当成功，河流隐匿了父亲，也改变了父亲，十三年以后，我从父亲未老先衰的身体上发现了鱼类的某些特征。[1]

像鱼一样生活在水中，但同时渴望像鱼一样逃离一种既定的命运。因此，对于水上世界的渴望，其实是对岸上世界的拒绝和逃逸。但，生命的悖论同样在于，假如没有了岸的依靠，河流又会奔向何方、又会存于何处呢？张清华在评价苏童时说，“他是一个逝水上的游子，一个漫游在历史与想象之水上的精灵，他那悠远而透着暗淡、迷离、忧愁和古旧气息的叙事风格，他的弥漫和绵延式的想象的动力，似乎都来源于这一点，即使是书写并不很遥远的童年记忆的‘香椿树街’系列也是如此。”[2]南方水雾弥漫的季节，为江南的小说家们提供了隐逸和玄想的诗意氛围。在他们的笔下，这些神秘出入的人物、不可思议的传说，经过想象和自由的梳理，演变成为一种内在的生命激情和显在的隐逸美学。

父亲为什么要选择逃到水上世界，可以分析出很多原因，但如果仅仅从水的意象层面来考虑，我想可能源于水的净化特性。“水可以来使我们的形象自然化，可使我们自傲的心灵深处的静观得以返璞归真。”[3]一切隐逸的终极目的，我想，不过是以简单朴素及内心平和为目标，不寻求认同为“隐”，自得其乐为“逸”。而水乡的包

[1] 苏童：《河岸》，北京：人民文学出版社，2010 年版，第 3 页。
[2] 张清华：《天堂的哀歌——苏童论》，《钟山》2001 年第 1 期。
[3] [法] 加斯东·巴什拉：《水与梦——论物质的想象》，顾嘉琛译，郑州：河南大学出版社，2017 年版，第 38 页。

容、宁静，无疑为这样一种心态提供了最为美妙的栖息之地。不独先锋小说如此，即便是在传统作家的笔下，因了江南文化中浓郁的道家思想的熏染，这种隐逸的表达也几乎是水到而渠成。例如叶文玲小说《青灯》中对长塘镇的描写，就十分突出地表现了作者的这一思想：

> 和所有的水乡小镇一样，长塘镇除了那条绕镇而流的小河外，还有许多小港河汊。
>
> 镇北边，那银练似的小河分出两股弯弯曲曲的河汊，切割出一片孤岛似的土地，那片地百亩方圆，不种稻，不种麦，盖了一座砖墙瓦舍的高庭大院，那房舍虽不是雕栋画梁，却也是重檐飞甍，构筑地颇为讲究；黑漆大门上嵌着狮头铜环，门楣上方的水磨石板，镌刻着三个隶书大字：清水庵。
>
> 比起镇南小青山山腰的那座文昌庙，清水庵显然堂皇多了，围“岛”而栽的几十棵一抱粗的柏树，虬根盘节，苍枝葱郁，一圈儿地遮盖了庵堂，颇有古木参天隔绝云山的气势；庵院内，一片茂茂密密的箭竹，绿盖如伞，笼烟拖雾，使庵堂更多了一种幽深神秘的氛围。
>
> 因为庵堂建筑在这样一个四面临水的“岛”上，小镇人凡要到庵里烧香叩头做佛事，必须摇了小船或撑着木排才能摆渡过来，这过河涉水的一摆一渡，使虔诚的善男信女们未曾进庵，就有一种洗心濯面似的感觉，于是，小小的清水庵俨然成了小镇人心目中超凡脱俗的圣地。[1]

---

[1] 叶文玲：《青灯》，见《长塘镇风情》，杭州：浙江人民出版社，1983年版，第5—6页。

这段美丽的文字，绝不比汪曾祺、林斤澜的风俗画逊色多少，甚至因为其独有的女性的细腻、细致、细微，而生出了绵绵不尽的幽深和神秘。这在汪曾祺、林斤澜的小说中并不多见。那种画面感、空间感、缥缈感，实在是在中国当代小说写作中为数不多的精彩所在，那种错落有致、节奏韵致的叙事，在经过了河汉的洗涤之后，格外地透出令人心醉的美来。更令人称奇的是，在作者毫无说教的叙事口吻下，一种曼妙的宗教气息竟也十分自然地弥漫开来，渗透进了人们日常生活的呼吸所及处，这一点，我在其他作家包括江南作家的写作中也未曾读到过。叶文玲把江南文化的诗性、自由以及淡淡的宗教气息，十分巧妙地融合到了长塘镇的事和人中，以此抵抗心灵的磨难、抵挡物质的来袭、抵制人性的沉沦。这不正是当代江南小说的独特魅力吗？

生于江南、长于江南的这些江南作家们，每个人的内心深处想必都怀藏着一个可以“隐匿”自我的理想国，并将这种隐逸幻化为一种潜在的美学人格。比如格非《人面桃花》中父亲陆侃对桃花源的迷恋，及其“江南三部曲”的写作，精神的源头就在于作者记忆的枢纽和栖息地——江南——“生长在这里的人念兹在兹，就是因为他们是水做的骨肉，没有生长在这里的人念兹在兹，也是因为他们是水做的心性，所以经过长年流水文化的淘洗和冲刷，集体无意识作为一种不自觉的记忆，便将流水的灵性积淀在大脑的组织结构之中，江南文化的最终成果，也因此变成了江南的集体人格，江南人的音容笑貌、言谈举止、思想情感、为人处世等独特风格也就瓜熟蒂落。”[1]

---

[1] 张永祎：《水做的江南》，南京：江苏人民出版社，2019 年版，第 10 页。

沈从文说："从汤汤流水上，我明白了多少人事，学会了多少知识，见过了多少世界！我的想象是在这条河水上扩大的。我把过去生活加以温习，或对未来生活有何安排时，必依赖这一条河水。这条河水有多少次差一点把我攫去，又幸亏它的流动，帮助我做着那种横海扬帆的远梦，方使我能够依然好好地在人世中过着日子。"[1]对于这些依傍于水之上的作家来说，水就像生命的骨血一样，滋养着他们的成长，也培育着一种无形的写作力量。

[1] 沈从文：《我的写作与水的关系》，见《沈从文别集·抽象的抒情》，北京：中信出版社，2017年版，第254页。

语言与叙事

——以当代江南小说为例的分析

一

当代江南小说的一个重大贡献，是使中国当代文学的语言获得了巨大的进步，并预报了当代汉语的新春。“语言是人的本质所在，人之成其为人，就因为他有语言。”[1]在当代江南小说中，对日常生活的感觉、对平凡人物的塑造，根本上说都是从语言开始的，这种语言是朴素而宁静的，里面蕴含着中国人深层的道德和温情，透过这朴素的语言，当代江南作家为我们打开了感受新的一切的思想源泉。这种语言也是华美而绮丽的，承载着作家肆意的才华和天马行空的想象力，而通过这些华丽的语言，我们一次次在文学的世界中接受精神的撞击和灵魂的洗礼。

当代江南小说的语言，既体现出了朴素的面向，也洋溢着华丽的诗意，但毫无疑问，都与作家个人的性情、才华进行了水乳交融般的糅合，从而焕发出动人的生命意向。而实现这一文学诉求的密钥只有两个字：“确切”，用卡尔维诺的话说，即“在造词和表现思

---

[1]［德］J. G. 赫尔德：《论语言的起源》，北京：商务印书馆，2014年版，第26页。

想和想象力的微妙时，尽可能使用确切的语言”[1]。当代江南小说以确切为精神旨归，在朴素和华丽以及两者之间穿梭滑行，为中国当代文学奉献了语言的典范和审美的篇章。朴素的语言，往往来源于最为日常的生活。比如在林斤澜的笔下，那些清汤寡水的日子，就在他看似清淡的语言描写中，带来生的气息和活的力气。说到林斤澜，好像就不能不谈到汪曾祺，但在我的阅读理解中，汪曾祺的小说，看似朴素，实际上暗含着一种内嵌的抒情，而林斤澜的小说，看上去朴素，也着实朴素，他叙述中的每一个字、每一个词、每一句话，都是活脱脱地取自于本真的生活，而无一丁点艺术的修饰，但通篇读来，却又觉得这真的就是死水微澜般的真实世界和日常生命。

当代江南小说朴素语言的源头，一方面与作家天然的品性有关，一方面与作品取材于日常生活有关，尤其是在日常化的方言的基础上提炼出来的简洁朴实的文学语言，更使得这种朴素亲切动人。即便是一般的日常的对话，也能在朴实的口语中赋予人物一种深层的心理内涵。“口语永远是最活跃的，时时都在发展变化。新的语汇和语法往往最先出现在少数人的口语中，然后才慢慢地为民族语言所吸收。但这种新因素的吸收，只有在民族语言系统的严格监视下，经过检验和筛选，淘汰那些不符合民族语言习惯的因素，保留那些民族语言发展所需要的成分，并赋予规范性，才有可能为大多数人所接受。”[2]在高晓声的许多小说中，我们随处都可以看到对于通用

[1] ［意］卡尔维诺：《未来千年文学备忘录》，杨德友译，沈阳：辽宁教育出版社，1997 年版，第 40 页。

[2] 方锡德：《中国现代小说与文学传统》，北京：北京大学出版社，1992 年版，第 381 页。

语言规范的一种书写变革，他改变了艰涩拗口的方言所带有的粗犷和含混，而创造了一种有着时代特色、符合人物特点的语言风格。钱中文在谈到高晓声的长篇小说《青天在上》时就讲道：“高晓声在一般通用语言的基础上，提炼着江南农民（居民）的语言，创造了一种具有江南浓郁的地方色彩的、独特的、幽默生动的、又被普遍接受的文学语言。”[1]因此，读高晓声的作品，就会发现，他的小说都是十分平凡的话语，用的也是十分朴素的词汇，然而所有的词语似乎都保持着作者的脉动，而一切的情感和思想体验都随着这个律动上下起伏。“用民间语言来表现民间，民间世界才通过它自己的语言真正获得了主体性；民间语言也通过自由、独立、完整的运用，而自己展现了自己，它就是一种语言，而不只是夹杂在规范和标准语言中的、零星的、可选择地吸收的语言因素。”[2]

高晓声语言的魅力，就在于这一“主体性”的获得，因此，在他的笔下，不管是陈奂生、李顺大这样的农民形象，还是其他不起眼的人物形象，都在民间语言的塑造中，得以展开其干净利落、却也内心丰富的生命面向。比如《李顺大造屋》中，有这样一段关于李顺大的描写：

> 那时候，李顺大二十八岁，粗黑的短发，黑红的脸膛，中长身材，背阔胸宽，俨然一座铁塔。一家四口（自己、妻子、妹妹、儿子）倒有三个劳动力，分到六亩八分好田。他觉得浑

[1] 钱中文：《〈青天在上〉与高晓声文体》，《文学评论》1989年第4期。

[2] 张新颖、坂井洋史：《现代困境中的文学语言和文化形式》，济南：山东教育出版社，2010年版，第24页。

身的劲倒比天还大，一铁耙把地球铆一个对穿洞也容易，何愁造不成三间屋！他那镇定而并不机灵的眼睛，刺虎鱼般压在厚嘴唇上的端正阔大的鼻子，都显示出坚强的决心；这决心是牛也拉不动的了。[1]

高晓声的小说，雕词琢句，有着一种农民深耕细作式的小模小样，但他通过这些语言所呈现出的思想世界和人物形象，则是走向现实、走进内心并向着生活深处奔赴的。他的语言朴素真实，这种朴素在人物的身上体现为一种不均衡、不协调，但这种用心是和缓的，并最终和人物一起，化作了他小说中摇曳着的自然的步伐。他的语言不用力，只是宽步前进，却自有一种不可多言的气势和力量在。当然，高晓声也善于在朴素的语言之下，捕捉人物精微的内心世界。比如《解约》中写到的青年：

陈宝祥活泼的脸上，有一种正经的表情，就像玩笑惯了的孩子，在想着一件重要的事情一样，他脸部的肌肉微微动着，眼睛慢慢地眨着。他从第一眼见到翠兰以后，脑子里想象着那个姑娘的轮廓，立刻就打碎了，现实的比想象的要好得多。现在，他注视着翠兰，骤然产生了一种陌生的心理，兴奋而慌乱，和普通的青年人第一次在心爱的姑娘面前要想表示自己的爱慕一样。他努力着要和翠兰谈些什么，又觉得讲什么都不适当。[2]

---

[1] 高晓声：《李顺大造屋》，见《高晓声文集·短篇小说卷》，北京：作家出版社，2001 年版，第 29—30 页。

[2] 高晓声：《解约》，见《高晓声文集·短篇小说卷》，北京：作家出版社，2001 年版，第 6 页。

与朴素相反，当代江南小说同样表现出了令人惊艳的华丽之姿。这种绮丽多彩的语言形态，脱离了日常语言的平淡，而好似插上了飞翔的翅膀，在语言的世界中肆意翱翔。在一般的认识中，华丽的语言容易泛滥，容易导致叙述的崩塌和滑坡，但在我看来，华丽语言预示了一种强烈的语言意识，这种意识冲破了日常的思维和行为羁绊，向着更为形而上的层面滑行，华丽语言也代表着一种独特的文体风格，彰显了语言在文学层面上的多种可能性。“文学上积极的语言意识，在一切时候一切地方（在我所知历史上的一切文学时代），发现的都是多种‘语言’，而不是一种语言。它所面临的，是必须选择语言。在自己每一次的语言文学创作中，这个语言意识都要在杂语中辨别方向，在其中占据一定的立场，选择某种‘语言’。”[1]而苏童，可以看作是华丽派小说的集大成者。这种华丽具体到语言中，可以有很多体现，比如修饰语言的强化、比喻的过多使用、词语的色彩浓烈等等，但无论如何表现，其目的就是要摆脱枯燥乏味的叙述语言，从而实现一种思想意义上的语言革新。比如在《我的帝王生涯》中，苏童写道：

> 在充满纵欲和铜臭空气的香县街头，我把我的一生彻底分割成两个部分，作为帝王的那个部分已经化为落叶在大燮宫宫墙下悄然腐烂，而作为一代绝世艺人的我却在九尺悬索上横空出世。我站在悬索上听见了什么？我听见北风的啜泣和欢呼，听见我从前的子民在下面狂喜地叫喊，走索王，走啊，跳啊，

[1] [苏] 巴赫金：《长篇小说的话语》，见《巴赫金全集》（第三卷），白春仁、晓河译，石家庄：河北教育出版社，2009 年版，第 74 页。

翻筋斗啊。于是我真的走起来，跳起来，翻滚起来，驻足悬索时却纹丝不动。我站在悬索上看见什么？我看见我真实的影子被香县夕阳急速放大，看见一只美丽的白鸟从我的灵魂深处起飞，自由而傲慢地掠过世人的头顶和苍茫的天空。[1]

语言的华丽首先表现为用词的繁复和夸张，“铜臭空气”“横空出世”“苍茫的天空”等等，这些词汇的使用带有宏大的语言张力，它的切口是大的，情感是饱胀的，因此，微小而平淡的语言满足不了语言的表达和叙事的爆破。这种华丽，还表现为在宏大的语言之下，思维和情感的巨大跳跃，这种跳跃具有十足的动感，伴随着的是巨大的思想考验，同时，在这种巨大的情感漩涡中，所有的悲欢都携带着亘古的苍凉和内在的戚伤。

苏童的厉害之处，是在华丽之中自辟蹊径，它的华丽带有一种观念的力量。这种强烈的观念，使得他的小说令人信服，从而避免了因华丽带来的空泛和无力。苏童通过语言的操练，实现了超越现实意义的虚构的真实。巴赫金说：“写小说，要在他人的语言里找出自己的语言，在他人的视野里找出自己的视野。小说中，需把他人语言所包含的思想演绎出来，需要克服他人的扞格不入的东西，其实这种扞格不入只是偶然的表面的错觉的现象。”[2]一个作家，找到契合自己的语言，实际上，比他找到属于自己的文体更加重要。语言是文学之根。余华的语言，同样是华丽派的代表。且看《死亡叙

[1] 苏童：《我的帝王生涯》，见《后宫》，南京：江苏文艺出版社，1994 年版，第 164 页。

[2] ［苏］巴赫金：《长篇小说的话语》，见《巴赫金全集》（第三卷），白春仁、晓河译，石家庄：河北教育出版社，2009 年版，第 150 页。

述》中的这段描写：

> 那女人的锄头还没有拔出时，铁鎝的四个齿已经砍入了我的胸膛。中间的两个铁齿分别砍断了肺动脉和主动脉，动脉里的血"哗"地一下涌了出来，像是倒出去一盆洗脚水似的，而两旁的铁齿则插入了左右两叶肺中。左侧的铁齿穿过肺后又插入了心脏。随后那大汉又一用手劲，铁鎝被拔了出去，铁鎝拔出后我的两个肺也随之荡到胸膛外面去了。然后我才倒在了地上，我仰脸躺在那里，我的鲜血往四周爬去。我的鲜血很像一棵百年老树隆出地面的根须。我死了。[1]

余华的语言华丽，表现出的是一种病态的暴力美学。可能与余华之前的职业有关，余华对血与死有天生的、本能的偏好。《许三观卖血记》《鲜血梅花》等等，不仅从题目上就带有一种"错觉的现象"，而且从内容上也表现出了一种类似于华丽诗学的小说美学特质。

小说是一门杂语艺术。这种"复调性"决定了小说语言的多样性。只不过具体到每个作家来说，有的善于朴素，有的喜欢华丽罢了。但更多的时候，语言的运用呈现出的是复杂的面向，而华丽又不失朴素，朴素之中又有华丽的点缀，可能是一种更为理想的语言状态。在华丽和朴素之间，语言留下的微小缝隙，可以为巨大的思想提供生长的空间。而在语言的拿捏之中，汪曾祺和叶兆言等人的小说表现出了十分独特的文学气象。汪曾祺的小说《受戒》《大淖记

---

[1] 余华：《死亡叙述》，见《世事如烟》，北京：作家出版社，2012年版，第24页。

事》自然不必再多讲，在其另外的小说中，这种语言的繁复同样令人赞叹，比如《看水》中的一段描写：

> 走过一棵老葡萄架下，小吕想坐一坐。一坐下，就想躺下。躺下来，看着头顶的浓密的，鲜嫩清新的，半透明的绿叶，绿叶轻轻摇晃，变软，溶成一片，好像把小吕也溶到里面了。他眼皮一麻搭，不知不觉，睡着了。小吕头枕着一根暴出地面的老葡萄蔓上，满身绿影，睡得真沉，十四岁的正在发育的年轻的胸脯均匀地起伏着。葡萄，正在恣酣地，用力地从地里吸着水，经过皮层下的导管，一直输送到梢顶，输送到每一片伸张着的绿叶，和累累的，已经有指头顶大小的淡绿色的果粒之中。——这时候，不论割破葡萄枝蔓的任何一处，都可以看出有清清的白水流出来，嗒嗒地往下滴……[1]

汪曾祺的小说语言，乍看上去，或者初读下去，给人的第一感觉是朴素感十足，但细心的读者会发现，汪曾祺真是深得语言之道，他的小说语言在朴素之中有一种淡淡的旖旎之感。这些写景又写人的文章，即便是今天看来，也是多么新颖、多么动人。浓密、鲜嫩、绿叶等等明亮稠密词汇的不时使用，使得这种朴素已经被华丽浸染，而带有了一种低调的奢华的语言气韵。在这种语言的熏染中，汪曾祺的小说风格自带风华，那种轻灵与纯粹，那种才华风发与精思入微，真的是当下无想象力、无真情感的作家们所不可比拟的，他的

---

[1] 汪曾祺：《看水》，见《汪曾祺小说全编》（中），北京：人民文学出版社，2016年版，第368页。

小说是中国当代小说中难得的优秀作品。

与汪曾祺的语言比起来，叶兆言的朴素以及华丽是另外一个路径。他的朴素粗粝而原生态，是甩都甩不掉的厚实和平滑，他的华丽是从朴实的语言之中挤压和冲撞出来的，就如同污水破门而出。叶兆言的小说语言呈现的是一种离散状态，而这正符合语言本身的发展特性。“事实上，语言的散布以一种基本的方式相关于我们称之为大写话语之消失的考古学事件。在独特空间中揭示出语言的重大作用，这恰如终止一种在前一个世纪构建起来的知识方式一样，可能都是迈向全新思想形式的决定性飞跃。”[1]叶兆言的小说语言是小写的语言，这种小与雅、俗都有一种美学意义上的契合，正如有评论者指出的：“在语言领域，叶兆言已经成功地把‘大雅’与‘大俗’、古典与现代、口语与书面语‘杂糅’、整合为一体，并据此创造出了一种充分个性化的能彰显汉语言美感与力量的语言风格。”[2]他在摆脱了宏大语言的羁绊和控制之后，在独特的语言世界中揭示了语言的特殊意义。

很长一段时间以来，中国当代汉语一直在枷锁之中变动扭转，语言似乎成了声音的传声筒，而丧失了它独有的诗学魅力和哲学意味。“专制的话语是得不到描绘的，它只是转达而已。它的惰性、意义上的完满和凝滞、外表上迂腐的独处、对别人随意模仿和发挥的决不妥协——这一切排除了对专制话语进行艺术描绘的可能性。它在小说中的作用是微不足道的。它无法变成重要的双声语而进入混

---

[1] [法] 米歇尔·福柯：《词与物——人文科学的考古学》，莫伟民译，上海：上海三联书店，2016 年版，第 311 页。

[2] 吴义勤：《穿行于大雅与大俗之间——叶兆言论》，《钟山》2000 年第 5 期。

合语句。当它完全丧失自己的权威时，就干脆成了客体对象，成为遗物，成为东西。它是作为异体物进入文学语境的，在它的周围做不出什么文章来，没有种种杂语的感情色彩，没有紧张而又纷繁的对话生活。”[1]丧失了语言，就是丧失了生活，而丧失了生活，小说的存在似乎也就变得可疑又不可能。当代小说的式微，从一个侧面来说，也是语言的式微，是在大众媒介喧嚣中，丧失了自身价值的精神衰退。

语言代表的是一种精神、一种气势。“语言要有气势，这是中国特有的。……写小说的语言也要有气势。”[2]不管是朴素的语言，还是华丽的语言，可能正如高晓声所说，重要的都是要表达出一种特有的气势，气势是语言的诗学。我们通过语言刻画一个人，但要认识一个人，要通过他的形态、心理等等各种“气势”来实现，有了气势，一个人才能立得起来。“文学的第一要素是语言。要刻画出人物性格，塑造典型形象，必须充分掌握和运用文学语言。”[3]在这个语言晦涩而繁复、枯燥又乏味的语言时代，朴素的语言不能仅仅是简单，一定要简单之中有深意，华丽的语言不能仅仅是外在的、装饰性的漂亮衣裳，而是与肉体紧贴、保持灵魂的温度的熨帖衣物。我们必须从各个不同的方向进行语言的冒险尝试，从而为当下的生活取得一个合时宜的概念。如果不是这样，在这个精神被时代掣肘的境遇中去安心地读一本小说，也仅仅是想想罢了的事情。毕竟，

---

[1] [苏] 巴赫金：《长篇小说的话语》，见《巴赫金全集》（第三卷），白春仁、晓河译，石家庄：河北教育出版社，2009 年版，第 128 页。

[2] 高晓声：《生活、目的和技巧》，《星火》1980 年第 9 期。

[3] 高晓声：《读古典文学的一点体会》，见《高晓声研究资料》，王彬彬编，北京：人民文学出版社，2016 年版，第 378 页。

小说最好的时光已经过去了。

二

博尔赫斯说，一个作家应当为这个世界提供一种语言。我想，一个作家最终成就的高低取决于他如何将自己对生活、生命、世界的理解浓缩到为数并不多的字句之中。而读者就是通过他们魔幻而动人的文字拼盘和迷宫，见出作家的叙事和描写不是枯燥无味的，它有着迷人的风景，透过这片风景，我们能触摸作家的内心世界和他关于万物的理解。

作家面对语言，和他面对叙事一样，那些艰难的准备和灵魂的考验，从来都不是配合得整整齐齐。“一种特别的小说语言，总意味着一种特别的观察世界的视角，希冀获得社会意义的视角。”[1] 而只有当叙事和语言达成一种内在的契合时，语言才显得真切而平和，并且具有了一种令人神往的精神完美。好的作品都能引起同样的感觉。在这个意义上，语言是精神，不是工具。“对我们来说，语言不只是思想交流的系统而已。它是一件看不见的外衣，披挂在我们的精神上，预先决定了精神的一切符号表达的形式。”[2]

汪曾祺的小说，是一次语言和精神双重意义上的革命。而这种革命是通过汪曾祺独特的诗化叙事实现的。正如有研究者指出的：“汪曾祺语言上的一个特点就是他较多地借鉴了文言系统中的写意手

---

[1] [苏] 巴赫金：《长篇小说的话语》，见《巴赫金全集》（第三卷），白春仁、晓河译，石家庄：河北教育出版社，2009 年版，第 117 页。

[2] [美] 爱德华·萨丕尔：《语言论——言语研究导论》，陆卓元译，北京：商务印书馆，1985 年版，第 198 页。

法，在创作中他很少追求对对象外部特点的精确再现，而主要依凭自己的感悟，写出对象一些主要特征，其余的则作为空白留给读者去意会。”[1]这一留白的艺术手法在汪曾祺的小说中大量出现，其中令人印象最深刻的是《受戒》的结尾，它如同一幅未完成的画作，给读者留下了言有尽而意无穷的想象空间。因此，他的小说与当时流行的现实小说不同，也与当下时兴的现代小说不同。“汪曾祺的小说，很像一场不流血的革命。悄悄地来了，悄悄地有些反响。它不像意识流小说那么时髦，那么张扬，那么自以为是。新时期初期小说中的现代派，更多的是外在，表面上做文章，不加标点符号，冒冒失失来上一大段，然后便宣称已把意识像水的那种感觉写出来了。意识流更像是一场矫情做作的形式革命，根本到达不了文学的心灵深处，在一开始就老掉牙，它的特殊意义，不过是往保守的传统叙述方式中，扔了几颗手榴弹。”[2]这也便是汪曾祺小说的意义和贡献。

汪曾祺之外，高晓声也十分注重对语言的提炼和改造，因为一个人的语言基调，不仅影响到小说的叙事，还关涉到审美的意境。他说：“你是什么样的情绪，你就会用什么样的语言，而一连串的语言就决定一篇作品的意境。”[3]无疑道出了语言与叙事之间奇妙的联系。高晓声对于语言的锤炼，可谓到了“语不惊人死不休”的地步，“我对自己的小说是多次地读。写不下去了就读，反复地读，一句句磨。同一个短句中，同音字尽量不用，靠近的语句中尽量避免重复

---

[1] 张卫中：《新时期小说的流变与中国传统文化》，上海：学林出版社，2000年版，第253页。

[2] 叶兆言：《郴江幸自绕郴山》，《作家》2003年第2期。

[3] 高晓声：《生活、目的和技巧》，《星火》1980年第9期。

使用相同的词。还要注意音节，使读起来好听。”[1]而这种对于语言的历练，与他作品的实验性以及刻意追求的独特叙事策略是紧密联系在一起的。比如他的《鱼钓》等实验小说，不仅借鉴了中国古典小说的传统，而且深得古典语言之精髓，从而创作出了一种有别于古典而又具有现代意味的当代小说文体。有分析者指出：“高晓声的实验小说，基本上是淡化背景的。但这是他学习、借鉴我国古代笔记小说传统的结果。中国笔记小说善于截取生活实际发展过程中的片断点滴，无意对背景予以更多的关注。《聊斋》就是如此。高晓声与《聊斋》有特殊的关系。他小时读私塾，学的第一篇古文就是《聊斋》中的《促织》。以后他就爱上了蒲松龄。”[2]这是高晓声写作中的“另类”作品，但正是高晓声对这种极端简化语言风格的驾轻就熟，成就了他的小说独特的叙事模式。而在《青天在上》等作品中，因为叙事策略的变化，语言又呈现出新的特质，比如对于双声语的广泛使用等，使得这种风格变得极具活力和穿透力。“在《青天在上》中，这种双声语随处都是，它们充满幽默，富有寓意，极为形象，使叙述充溢着一种审美享受、评价的活力，激发读者的健康的艺术感觉，使之透入生活之荒诞，并使阅读成为一种审美享受。”[3]

小说的整体性往往体现为一种语言的模式，而在这个模式之中，语言的呈现不是单一的，它往往是妥协和交互的结果。余华在谈到自己的创作时就说：“我在中国能够成为一位作家，很大程度上得益

[1] 高晓声：《生活、目的和技巧》，《星火》1980年第9期。
[2] 周至德：《高晓声的探索和他的实验小说》，《中国文学研究》1989年第2期。
[3] 钱中文：《〈青天在上〉与高晓声文体》，《文学评论》1989年第4期。

于我在语言上妥协的才华。我知道自己已经失去了语言的故乡，幸运的是我并没有失去故乡的形象和成长的经验，汉语自身的灵活性帮助了我，让我将南方的节奏和南方的气氛注入北方的语言之中，于是异乡的语言开始使故乡的形象栩栩如生了。这正是语言的美妙之处，同时也是生存之道。”[1]语言生成了余华的小说叙事，并激发了余华小说的灿烂。当然，一个作家的语言风格也可能会不断变化，这种变化虽然不像一个人的衰老那样显而易见，但只要我们把作者的小说放到他创作的长河之中，差异便会容易辨出。比如就有研究者发现了余华在转向长篇小说写作之后的叙事变化和语言革新。

> 在八十年代中后期余华是以一个先锋作家的姿态出现在文坛上，这个时期他的作品主要是中短篇小说，篇幅都不长，语言基本上是欧化的书面语，因此语言似乎没有成为余华的一个问题。但是到了九十年代，他开始转向长篇创作；这个时候他不再能依靠灵感一蹴而就了——如果说短篇小说是诗性的，那么长篇小说就是散文的，它更多地是检验作家对生活的记忆力、把握能力——在长篇创作中，作家与自己过去生活的联系更加紧密，即便是最有想象力的作家也必须以生活经验为基础；他们用语言呈露生活的能力变得更加重要，对生活的语感也将在创作中受到反复考验。[2]

---

[1] 余华：《我能否相信自己》，北京：人民日报出版社，1998 年版，第 143 页。

[2] 张卫中：《新时期小说的流变与中国传统文化》，上海：学林出版社，2000 年版，第 277 页。

这一见解似乎并非空穴来风，余华在谈到《许三观卖血记》的写作时就不无感慨地说道："记得我写到一万多字时，突然发现人物的对话成了叙述的基调，于是我必须重视对话了，因为这时候的对话承担了双重的责任，一方面是人物的发言，另一方面又是叙述前进时的旋律和节奏。"而作者解决这一难题的办法是用浙江越剧的腔调来写，"让那些标准的汉语词汇在越剧的唱腔里跳跃，于是标准的汉语就会洋溢出我们浙江的气息。"[1]

余华的这一叙事策略，造成了语言风格的变化，这种变化是有重要的文学史意义的，一定程度上，中国当代汉语正是在当代江南小说的语言实验和变革中焕发出了新的活力和光彩。在语言的革命上，苏童也是十分突出的一位。苏童一方面深受西方文学的影响，但另一方面又深深浸淫于中国古典文学的伟大传统之中。"尽管苏童深受拉美魔幻现实主义影响，并有意或无意中注意模仿，但当他用中国语言来写的时候，这种语言本身所'蕴涵'或'携带'的中国传统就被释放了出来，使读者可以感受到中国古典式情景交融、虚实相生或人物交感等意味，甚至也不难发现宋词式婉约、感伤等特色。"[2]这样的影响在苏童的作品中比比皆是。比如《黄雀记》中的这段描写：

> 保润依稀发现一道湿润的曲线闪着隐隐的白光，从香椿树街逶迤而过。那是蛇的道路。蛇的道路充满祖先的叹息声，带着另一个时空的积怨，它被一片浅绿色的阴影引导着，消失在

[1] 余华：《我能否相信自己》，北京：人民日报出版社，1998年版，第242页。
[2] 王一川：《中国形象诗学》，上海：上海三联书店，1998年版，第144页。

街道尽头。保润极目远眺，看清那片阴影其实是一把浅绿色的阳伞，那么晴朗的星期天的早晨，那么温暖的春天，不知是谁打着一把浅绿色的阳伞出门了。[1]

苏童的小说中，“蛇”的意象十分突出，而这一意象本身就富有传统意味。在此段描写中，苏童使用的依然是西方的现代小说技法，但他的语言中不由自主地带有戏谑的戚伤。这叙事中的忧伤是从语言的缝隙中渗透出来的，让你我都忍不住在这充溢的情感中孤独漫游。

当然，语言与语言之间的差异，既有地域上的，又有经验上的，还有知识谱系上的，实在难以讲得清楚。而这种差异，就是语言自身的魔力。语言的基调是由叙事决定的，朴素的语言和华丽的语言，带来的是完全不同的叙事腔调。“叶兆言小说的氛围，很少激情的爆发，这并非他对笔下人物缺少足够的热情，因为他的绝大多数小说，那些普通的人物故事，在叙述过程中总给人一种温暖的感觉，具有一种特殊的亲和力。鲁汉明、马文、小磁人、楼兰，发生在他们身上的故事和他们的命运，都让人有一种特别的亲近感。叶兆言骨子里的平民意识，使他的小说在氛围营造上也有如此特征。”[2]以此来看，叶兆言小说中那种朴素、平淡，也便不是毫无缘由了。

毕飞宇也曾在一次对话中谈到了自己的语言观，他说：“中篇和短篇，相对说来，我对短篇的兴趣更大一点。主要还是语言。短篇的语言可以呈现出多种多样的风貌，不过有一点应该是共同的，它

---

[1] 苏童：《黄雀记》，北京：作家出版社，2013 年版，第 19 页。
[2] 阎晶明：《耐得住叙述的寂寞——我看叶兆言小说》，《南方文坛》2003 年第 2 期。

多多少少应当有那么一点诗性。诗性的语言有它的特征，那就是有一种模糊的精确，开阔的精微，飞动的静穆，斑斓的单纯，一句话，诗性的语言在主流语言的侧面，是似是而非的、似非而是的。当它们组合起来的时候，一加一不是小于二就是大于二，它偏偏就不等于二。这一来它不是多出一点什么就是少了一点什么，有了特殊的氛围，有了独特的笼罩，韵致就有了。”[1]由此，我们似乎也可以推断出，为什么当代江南作家对于短篇小说那么由衷偏爱了。而事实上，当代江南小说中，最优异且最具代表性的还是短篇小说。

毕飞宇对于短篇的偏爱，还体现在对于短句的迷恋，这一点在高晓声的小说中已经有着十分明显的体现，而到了毕飞宇的小说中，似乎有了更进一步的提升和再造。例如《哺乳期的女人》最后的结尾：

> 惠嫂回过头来。她的泪水泛起了一脸青光，像母兽。有些惊人。惠嫂凶悍异常地吼道：“你们走！走——！”你们知道什么？[2]

这个短短的结尾，不过几十个字，却字字千钧，像铅球砸在地上现出一个个大坑，也如同石头砸在胸口，疼痛肆意，波澜无限。这是短句的力量，它有一般语言不可企及的速度，同时也有一般情感不可触摸的深度。“为了追求语言表达的准确，同时也为了彰显叙述的速度以及内在的力度，毕飞宇更多地使用了那种干净利落的短

[1] 毕飞宇、汪政：《语言的宿命》，《南方文坛》2002年第4期。
[2] 毕飞宇：《哺乳期的女人》，北京：人民文学出版社，2015年版，第193页。

句。确实，相对于陀思妥耶夫斯基和托尔斯泰的长句式叙述，短句在现代小说中或许更显重要，因为短句不仅可以改变叙述的速度，增强叙述的力量，使叙述有效地凸现表现对象的敏感特质，还可以使文本形成很多有意味的空白地带，增加阅读的想象空间和回味余地。”[1]在高晓声的小说中，短句的使用基本还停留在对于语言自身的提炼上，但到了毕飞宇的小说中，短句不仅仅是局部起火，而是点燃了整个小说的叙事场域。“他通过对一种背反式语言结构的控制，达成了特殊的语言弹性与叙事节奏。这种背反包括两个方面，即及物的诗情与不及物的戏仿。前者从可能的悲剧中捕捉住溢散的诗意，后者则抑制着其政治、道德与人性层次上的悲剧指向。二者相生相制，形成了沉重与轻逸相交叠的风格。”[2]

我想，作家的情感不可谓不饱满而激越，但对于情感的克制，以及对于叙事节奏的控制，最终决定了一个小说家的艺术高度。施战军在谈论毕飞宇的小说时，就称其为“克制着的激情叙事”，他说：“难得的简洁有趣和贴切的反讽式的移用，这是毕飞宇语风中一看便知的聪明，每到此处，读者不免会心一笑，甚至不禁大笑——亏他想得出来。但毕飞宇并不滥用这种聪明，他的小说并不堆积这样的脱口秀，他尽量避免语体狂欢化的危险，因此他的语风机智而不失油滑，它们不是废话，而是有机地调和到作品中作为适度的缓冲因素，以免眉头过紧，该用时肯定有，就那么‘一闪’，‘没了’。每到此时，这种露出端倪的语风都是解颐的或者解恨的。”[3]正是克

---

[1] 洪治纲：《1976：特殊历史中的乡村挽歌——论毕飞宇的长篇小说〈平原〉》，《南方文坛》2005年第6期。

[2] 张均：《“现代”之后 我们往哪里去》，《小说评论》2006年第2期。

[3] 施战军：《克制着的激情叙事——毕飞宇论》，《钟山》2001年第3期。

制，才让他的语言游刃有余，才使他的叙事风生水起，“他的小说语言始终是那么不紧不慢，表面上看很随意，实际上却很细致，叙述和描写都很准确。这种语言方式有时候似乎显得有些絮叨，但它们又确实给予了作品舒缓自由的特点，人物的行动、思想能够得到更充分自主的展开。”[1]

每个作家对于生活的理解可能不同，但对于语言的重视想必都要放在首位，绝不能为了迁就生活而对语言进行削减或者扩充。通过语言的力量，他可以使叙事具体化，可以使叙事诗意化，可以浑然天成地从叙事中攫取无比丰富的思想世界。这是语言开放性的魅力。语言不是孤立的，作家不可能闭门造车，只拘囿在一堆钢筋水泥中打转转，好的小说叙事就是要找到和它对应的语言的参照物。中国当代小说，在经历了语言的黑暗之后，还未能真正实现本体意义上的重返和回归。我们不一定认同作家对生活的具体描绘，可不得不赞赏那些将语言运用于文学，并产生了优秀的时代篇章的探索和追求。语言在小说叙事中的功用，就像空气一样无处不在，它以美妙的此起彼伏令人感叹和惊喜，让人倍感新鲜，也满怀期待。

---

[1] 贺仲明：《毕飞宇创作论》，《小说评论》2012 年第 1 期。

个人经验与主体自觉

——当代江南小说中的“自传体”叙事

文体形态最容易反映出文学的真正特质，正如韦勒克、沃伦所说：“文体学的纯文学和审美的效用把它限制在一件或一组文学作品之中，对这些文学作品将从其审美的功能与意义方面加以描述。只有当这些审美兴趣成为中心议题时，文体学才能成为文学研究的一部分；而且它将成为文学研究的一个主要部分，因为只有文体学的方法才能界定一件文学作品的特质。”[1]因此，对于小说文体的考察是在文体学视野下对当代小说进行本质探求的一种方法学。

文体形态也反映了作家的思想世界和意义追求，比如陶东风在谈到先锋小说“元小说文体”的文化功能时分析道：“文学（包括小说）是虚构这一文体学的命题是与世界是虚构、人生是虚构、意义是虚构等文化哲学命题联系在一起的。它深刻地揭示了人类对于人生与世界之真实意义的怀疑，揭示了小说家对于文学可以提示人生真谛这一传统使命的背弃。”[2]可以说，文体意识的增强意味着作家

[1] [美] 勒内·韦勒克、奥斯汀·沃伦：《文学理论》（修订版），刘象愚等译，南京：江苏教育出版社，2005 年版，第 203 页。

[2] 陶东风：《文体演变及其文化意味》，昆明：云南人民出版社，1994 年版，第 197 页。

对于艺术地表现这个世界的思想自觉。

一部当代江南小说史，就是一部小说文体形态的变革史。从早期的“自传体”，到后期的“元小说文体”“诗化-散文体”等等，体现的都是思想剧烈变动下的文体革命。文体的探索，是当代江南作家进行艺术创新的着力点，也是促成当代江南小说独特叙事风格的艺术追求。余华说：“当我发现以往那种就事论事的写作态度只能导致表面的真实以后，我就必须去寻找新的表达方式。寻找的结果使我不再忠诚所描绘事物的形态，我开始使用一种虚伪的形式。这种形式背离了现状世界提供给我的秩序和逻辑，然而却使我自由地接近了真实。”[1]可以说，文体意义的确立，为先锋小说赢得了自由的叙事空间和无尽的思想可能，它是具有革命意义的一次形式创新。正如陈晓明所说：“人们可以对‘先锋派’的形式探索提出各种批评，但是，同时无法否认他们使小说的艺术形式变得灵活多样。小说的诗意化、情绪化、散文化、哲理化、寓言化，等等，传统小说的文体规范的完整性被损坏之后，当代小说似乎无所不能而无所不包……”[2]，没有这种文体自觉，文学如何回到自身，如何在更大的艺术景深中寻求新的思想和美学可能性，都将是新的问题。当然，更多的时候，形式和内容是紧密相连的，形式的变革有着浓郁的文化意味和思想痕迹。具体到当代江南小说来说，江南文化的诗性特征和抒情传统对当代江南小说文体的影响极为深远。苏童就说：“《妻妾成群》是我的一次艺术尝试，我力图在此篇中摆脱以往惯用

[1] 余华：《我能否相信自己》，北京：人民日报出版社，1998 年版，第 160 页。

[2] 陈晓明：《表意的焦虑：历史祛魅与当代文学变革》，北京：中央编译出版社，2002 年版，第 111 页。

的形式圈套，而以一种古典精神和生活原貌填塞小说空间，我尝试了细腻的写实手法，写人物、人物关系和与之相应的故事，结果发现这同样是一种令人愉悦的写作过程。我也因此真正发现了小说的另一种可能性。”[1]

小说是思想艺术，也是形式艺术，文学魅力的呈现需要通过各种文学形式得以表现，而对文学形式的探求向来为江南作家所钟情，这在中国新文学发展的初期就已经凸显，比如有研究者就指出：

> 叶绍钧还以他对形式的高度敏感，称许戴望舒的《雨巷》替新诗的音节“开了一个新的纪元”，使其获得“雨巷诗人”的称号，朱自清也夸赞此诗“音律整齐”，足见江南作家对艺术形式的钟爱。再联系到徐志摩对现代格律诗的贡献，施蛰存对现代心理分析小说的功劳，钱钟书作品的集幽默之大成，汪曾祺的以“文体家”自许……恐怕再没有哪一个区域的作家，能像江南出身的作家这样普遍地把文学形式当作重要目标来追求。[2]

尤其是在新时期小说文体形态的变革思潮中，自传体、诗化-散文体、新笔记体等具有十分强烈的主体性色彩的小说文体逐渐兴起，引一时之创作潮流，并深刻地影响了当代小说的审美风貌。偏主观轻客观，偏抒情轻叙事，偏日常轻想象，偏短篇轻长篇，几乎是这类文体共同的特性。它们从形式的变革中寻求文学新的意义，耽于

---

[1] 苏童：《寻找灯绳》，见《苏童研究资料》，张学昕编，北京：人民文学出版社，2016年版，第335—336页。

[2] 熊家良：《现代文学中的江南情怀》，《江海学刊》2006年第1期。

形式的迷宫之中，探求现实、人生、理想之间错综复杂的诗学意义，并努力在价值的平衡中重新思考文学形式与文学内容之间的交融、互渗。

当代小说叙事的一个十分重要的特点是开始大量地以“我”作为叙述者。这一方面显示了主体性的当代自觉，另一方面也是对长期以来同质化写作的艰难破冰。这种以“我”的直接或间接经验为基础的私语化叙事，大大开阔了当代小说的叙事空间，形成了复调而多元的语言风格和个性而另类的文体形态。这其中，自传体小说就是以个人经验作为叙事的核心，展开记忆的重述和自我的想象。

事实上，自传体小说的写作在中国新文学初期已经十分兴盛。鲁迅的《社戏》《故乡》等诸多作品，丁玲的《莎菲女士的日记》，郁达夫的《沉沦》，萧红的《呼兰河传》等等，都带有强烈的自叙传色彩。自传体小说指以自叙一生经历为叙述格局写成的小说。新时期以来，随着文学创作中主体性的凸显，这种自传体写作也十分兴盛，其中，尤以林白、陈染等人的私人化写作最为突出，她们以内心世界的独语面对庞大的公共空间，以仿真性的自传体形式来标榜自我的价值理念。与此相比，这一时期当代江南小说中的“自传体”叙事，体现出了不同的主体性色彩和个人化印记，这种不同与作家的个人化经验相关、与作家的主体性自觉相连，同时，也离不开江南文化中抒情传统的深化和再造。

一、 主体自觉与第一人称叙事

在当代江南小说的叙事中，第一人称十分多见。第一人称叙事带来的最大好处是真实性的加强，给人以身临其境之感，但更重要的是个人抒情的便利和充分，从而营造出浓郁的情绪氛围。比如苏童的许多小说都是以“我”来开篇，《1934年的逃亡》《飞越我的枫杨树故乡》等都是如此。小说叙事中的“我”肯定不是现实生活中的作者自己，但这个“我”却无所不能地在小说叙事中发挥着重要作用，它赋予这伟大的虚构以真实的感觉，并把作者自己的情绪有效地转化为小说叙事所隐藏的情感内蕴。这种以第一人称结构小说的叙事腔调，奠定了苏童小说不疾不徐的抒情风格。

不仅苏童，余华的小说也十分依赖第一人称叙事。他的成名作《十八岁出门远行》和长篇代表作《在细雨中呼喊》，都是以“我”作为叙事人称，展开他对于人生、世界和命运的体味和观察。《十八岁出门远行》仅开头一段作者便使用了十一个“我”，可以说作家的主观情绪通过“我”实现了最大的程度的释放和表达。细数余华的小说可以发现，他最为出色的作品几乎全部都是第一人称叙事，《在细雨中呼喊》的开头一段也用了七个“我”，代表作《活着》第一段更是使用了十一个“我”，这种“我”的意识的凸显，想来不是一种刻意为之，而是作者情感表达的实际需要，这种需要实际上与中国现代小说的抒情传统息息相关。《楚辞·九章·惜诵》中说：“惜诵以致愍兮，发愤以抒情。”[1]抒情是情绪的发泄和释放，第一人称的使用正好满足了这种叙事的情感要求。当然，这仅仅是一种浅层次的实现，对于更深刻的抒情表达来说，它旨在达至一种“诗性”或曰“诗学”层面的精神向度。正如张清华在论述余华的小说《活着》时所指出的：“它所揭示的是这样三个层面：作为哲学，人的一生就是‘输’的过程；作为历史，它是当代中国农人生存的苦难史；作为美学，它是中国人永恒的诗篇，就像《红楼梦》《水浒传》的续

[1]《楚辞新注》，聂石樵注，上海：上海古籍出版社，1980年版，第92页。

篇，是‘没有不散的筵席’。实际上《活着》所揭示的这一切不但可以构成‘历史的文本’，而且更构成了中国人特有的‘历史诗学’，是中国人在历史方面的经验之精髓。”[1]余华对于抒情传统的重视是一次审美尝试，也是一种精神突围。

江南文化的一个重要内涵是道家、佛教思想的渗透和主导。江南小说深受这些思想的影响，并在创作中有着或隐或显的表现。许多作家虽未曾表达过自己的创作与道家传统的关系，但在其小说中却有着十分明显的表现，尤其是这种表现与“我”有着十分密切的关联。《十八岁出门远行》中的“我”，自从离开家门之后，一直在奔波，在寻找象征着某种精神停留的“旅馆”，却发现一次次抵达虚无，而最终不得不回归内心。这似乎是一种命中注定的情感结局和思想归宿。稍后的作品如《世事如烟》《难逃劫数》《偶然事件》等等，仅从题目也能感受到作者对“生死”不可掌控的无奈和凄凉。一方面展现的是灰暗而黯淡的人生图景，人们不得不听命于生活和欲望的支配，另一方面，却也不得不在无意义中，在绝望中，在徒劳的挣扎和反抗中，一步步走向冥冥中的归宿。即便是其描绘现代生活的小说如《空中爆炸》《我为什么要结婚》等等，同样难以摆脱这种宿命观的左右，甚至于说，那种在思想崩塌和精神溃败图景中忙忙碌碌的人物，更加透露出一种难以言说的悲剧性。

这种生死轮回的宿命观在余华的小说《死亡叙述》中达至极致。小说第一句话即写道：“本来我也没准备把卡车往另一个方向开去，所以这一切都是命中注定的。”[2]这已经为整篇小说奠定了叙事基调，

---

[1] 张清华：《文学的减法——论余华》，《南方文坛》2002年第4期。

[2] 余华：《死亡叙述》，见《世事如烟》，北京：作家出版社，2012年版，第16页。

看似无关痛痒的一句描述似乎已经预示了一种因果报应般的生命轮回。事实也正如此，“我”第一次的肇事逃脱最终没能使我获得一种精神解脱，相反，却使我陷入一种思想的压抑之中，而当这种压抑被激发时，“我”随即陷入精神的崩溃中，直至死亡，这种崩溃才算结束。“我的鲜血很像一棵百年老树隆出地面的树根。我死了。”[1] 小说当然存在叙事结构上的一种设计和巧合，但这是“我”的命运，也是人类最终的归宿。因此，在余华暴力宣泄下的抒情表达中，隐藏着一颗淡然却也冷酷的灵魂。

这种主体性的自觉极大地渲染了当代江南小说的抒情色彩，尤其是第一人称叙事更加增添了叙事的主观性和情绪化。此外，作家在讲述故事的过程中，往往更多地呈现一种“复合叙述”状态。“当一个叙事中有着多个叙述，其中的一个会引介出另一个，后者依次又引介出下一个，以此类推；或者其中一个可以引介出其他一连串的多个，以此类推。”[2] 而这种复合状态的呈现，最终会导致叙事主体的游移和漂泊。当然，这是另外的话题了。

二、空间的开拓与时间的离散

在苏童、余华等人的自传体小说写作中，可以看到“我”的无所不能，与早期现代小说中第一人称叙事的“中规中矩”相比，他们的自传体小说具备了更加广阔的叙事空间和更为灵活的叙事维度。现代文化批评理论认为：“空间并不是人类活动发生于其中的某种固定的背景，因为它并非先于那占据空间的个体及其运动而存在，却

[1] 余华：《死亡叙述》，见《世事如烟》，北京：作家出版社，2012 年版，第 22 页。

[2] [美] 杰拉德·普林斯：《叙事学——叙事的形式与功能》，徐强译，北京：中国人民大学出版社，2013 年版，第 14 页。

实际上为它们所建构。”[1]如果说鲁迅、丁玲、萧红等人的自传体小说是建立在自己记忆基础上的叙事，那么苏童、余华等人的自传体小说则是在记忆的基础上重新建构自己的叙事空间。他们更重视虚构，并通过虚构的通道让现实抵达想象的审美领域。

这个空间有时候是一种意象的存在。比如余华笔下的海盐小镇、苏童笔下的枫杨树村，他们在自我构建的艺术空间中进行着思想的搏击和心灵的碰撞，并以此思考生命的意义，寻求生存的价值。《在细雨中呼喊》是通过儿童的视角回忆童年的经历，这是一种杂乱而无序的回忆，它的时间维度是错乱的、离散的，但是余华却把它清晰地安置到一个意味深长的空间之中——在细雨中。这个空间不是固定的，它超越了江南腹地的范围，具有了无比广阔的空间和可能性，这是一片深邃的天空，也是作者刻意肆意驰骋的思想世界，它涵盖了小说中人物可能所处的一切位置，而“在细雨中”这一意象本身又使得这一空间具备了一种时间上的持续性和延续性，在细雨中，这是一种深切的人生体验，它超越了叙事的意义，越过了日常叙事的空间存在。因此，《在细雨中呼喊》所要表现的也不仅仅是一个少年惨痛、悲伤、绝望的成长历程，而是通过少年的体验和命运，来体察人类的普遍生存境遇，并通过在细雨中呼喊，渴求一种心灵的互通和个体存在的明证。

这个空间有时候是一个生存的场域。洪子诚说，“对于生活现象，不仅看到它是‘现实’的，而且它也存在于‘过去’，也有它的未来；不仅从社会的角度去把握，而且从人生的角度去把握。这样，作家就不仅拥有观察生活的政治的、阶级的、经济的传统眼光，并

[1] ［英］丹尼·卡拉瓦罗：《文化理论关键词》，张卫东等译，南京：江苏人民出版社，2006年版，第187页。

在这方面继续开掘深化，而且获得了过去所缺乏的道德的、历史的和人生的眼光，使创作的主题，出现多元的现象，作品也具有当代文学以前较少出现的强烈的历史感和人生感。”[1]比如在范小青的《赤脚医生万泉和》中，尽管作者一直在试图隐却时代背景，但是依托于空间不断变化的“后窑大队第二生产队”，依然为我们提供了历史在时间脉络上顺延和前行的全面图景。万泉和，一位极其普通的赤脚医生，却被作者赋予了广阔的现实意义和历史思索，他的种种举止读来令人觉得荒唐、不可思议，读罢却让人生发出无限的苍凉和不尽的感叹。透过这样一个人物，让人不仅仅窥视到了农村医疗状况的历史和现实，而且拨云见日般看见了人性在历史和现实折射下的既单一又复杂。万泉和是愚笨的，但又是可爱的，是乡土的，但也是现代的。在失魂落魄的历史和当下，万泉和却找到了自己的“魂”，这是多么强烈的一种内心诉求，是有着禅一样境界的高蹈，更是一种生命的顽强姿态。

如果说这种个人经验下的主体自觉在自传体小说中对于叙事空间是一种丰富，那么对于叙事时间来说，则是一种打破和离散。这种叙事的离散决定了小说不是传统意义上的线性时间叙事，而具有一种游移的不确定性。比如阿城在谈到《棋王》的写作时说：“《棋王》里其实是两个世界，王一生是一个客观世界……另外一个就是‘我’，‘我’就是一个主观世界，所以这里面是一个客观世界跟主观世界的参照，小说结尾的时候我想这两个世界完成了。”[2]其实，不

[1] 洪子诚：《当代中国文学的艺术问题》，北京：北京大学出版社，2010 年版，第 294 页。

[2] 施叔音：《与〈棋王〉阿城的对话》，《文艺理论研究》1987 年第 2 期。

独阿城如此，余华、苏童等以第一人称书写的作品，几乎都存在这样两个世界，不同的是，这两个世界有时候完成了，有时候则是相互碰撞，最后变得支离破碎了。这种叙事时间的离散在格非的小说《褐色鸟群》中表现得尤其突出。这篇小说也是以第一人称“我”展开叙事。这是一次关于时间消失、失忆的叙述。故事中套着故事，时间之中混杂着时间。时间一会儿是现在，一会儿是过去，一会儿又指向了未来。故事还未读完，人们却已经被他眼花缭乱的叙述折磨得晕头转向。余华、苏童等人的小说虽然没有格非叙事时间上的混杂，但也大多呈现一种离散性。他们一方面沉浸在现实的时间之中，一方面又通过过去为原始的记忆进行历史的召唤；他们一方面敢于嘲弄历史、打碎记忆，一方面又试图通过未来为当下的存在寻求意义的联系，在他们的小说中，“叙述作为独立的一种声音与故事分离，故事不再是自然主义的延续，叙述借助这种语式促使故事转换、中断、随意结合和突然短路”[1]。陈晓明曾对叶兆言和苏童小说的叙事时间转化给予了对比，“叶兆言的主观叙述获得了超距的客观效果，因为主观叙述的技能隐没到故事客体中，只是借助人物意识才突现出来；苏童的叙述与其说是在追踪故事，不如说是在捕获叙述中闪现的主观感悟，故事借助叙述感觉在瞬间突然敞开。正是在这个敞开的瞬间，故事悄然消失，诗性的感悟悠远绵延伸越而去。”[2] “叶兆言借助时间语式促使叙述从故事中分离而突现，故事向着叙述转化；与叶兆言相反，苏童赋予主观叙述以‘瞬间’的局

---

[1] 陈晓明：《无边的挑战——中国先锋文学的后现代性》，北京：中国人民大学出版社，2015 年版，第 67—68 页。

[2] 陈晓明：《无边的挑战——中国先锋文学的后现代性》，北京：中国人民大学出版社，2015 年版，第 69—70 页。

面存在情态，叙述向着故事转化。叙述如此紧迫地追踪没有时间的历史之流，唯有在这一时刻，叙述的现实才挽留住历史，抽象的‘时间之流’获得‘现在’的存在——一个从过去转化而来的暂时性的‘此在’。”[1]

这种叙事时间的离散状态，一方面丰富了小说叙事的时间维度，但另一方面也制造了进一步理解并明确小说意义的障碍，不过这可能正是现代小说所不断实验并旨在实现的一种美学诉求。“特定叙述者的介入性、自我意识的程度、他的可信性、他与被叙或受述者的距离，不仅有助于描绘他本人的特征，也影响我们对于叙事的解释及反应。”[2]这些敢于争先的小说家，在我和它、主观和客观的穿越中，正在以个人经验为底色、以主体自觉为引领来慢慢抵达人性更为幽深的内部世界。

[1] 陈晓明：《无边的挑战——中国先锋文学的后现代性》，北京：中国人民大学出版社，2015 年版，第 70—71 页。

[2] [美] 杰拉德·普林斯：《叙事学——叙事的形式与功能》，徐强译，北京：中国人民大学出版社，2013 年版，第 14 页。

后　记

这是我的第三本文学评论集，也是第四本书。第一本是2014年出版的《现实的表情》，系江苏省作协“壹丛书”之一种，第二本是2020年出版的《谎言的默许》，此书是中国现代文学馆青年批评家丛书（第五辑）的成果，第三本是以我的博士论文为底本，修改并出版的学术著作《当代江南小说论》。

收录在这本书中的文章，是2019—2022这四年主要的研究和批评成果。也就是在整理这些文章的时候，我才发现，在文学批评的道路上，我并不是一个“勤劳”的人，相反，更像是一个“懒惰者”。之所以这样说，是因为这几年的很多文章，都是在师友的督促和帮助下完成的，没有他们，这些文章可能到现在也写不出来。比如，关于范小青长篇小说的重读，是来自于张学昕老师的邀约；关于麦家长篇小说的评论，是得益于季进老师的厚爱；关于孙频小说的深入探讨，是源于张莉老师的信赖；而关于胡学文《有生》的评论，则要感谢贾梦玮主编和《扬子江文学评论》。尤其要感谢定浩兄，让我在《上海文化》宝贵的版面上连续刊载了关于项静、郭爽、三三的小说评论，从而也让我的这本评论集有了一点研究上的着色。

收录在这本评论集中的文章，共分为三辑：第一辑是对“50后”“60后”作家的研究和评论，有综合论述，也有作品单论，有的是旧作新读，有的是新作再读，总之是用了心力、花了心思、入了心情的一种个人努力。不管是对于名作，还是对于新作，作为一个研究者，我都想读出不同，写出不同。不过，从具体文章的一些观点来说，不见得每个人都会赞同。第二辑是对青年女性小说家的作品解读，或许是出于我个人的一种审美偏见，就这些年来的青年写作而言，尤其是小说写作，女性作家不论在写作群体的规模上，还是在写作风格的形成上，抑或是在写作内容的探索上，似乎都要比男性作家胜出一筹。这一现象似乎并没有引起研究者的关注，但值得我们思考。第三辑的内容多是源于这些年我对当代江南小说的研究，不少观点都在我的专著《当代江南小说论》中有所表达。但如果仅仅把这些研究和评析放在当代江南小说的框架中，又难免显得狭隘了些。因此，我又把其中的一些观点单列成文，以此来关照整个中国当代小说创作的现状和问题。

追溯到十多年前，那时我对文学批评还没有形成一定的概念和理解，也从未想到将来会从事文学批评工作。我的第一篇评论文章，发表于2008年第3期的《理论与创作》。那是我在南京大学文学院读硕士研究生期间，写的关于毕飞宇短篇小说《哥儿俩好》的评论。现在来看，这部小说显然不能算是毕飞宇创作中十分重要的作品，当时为什么选了这样一篇小说作为阐释的对象，我已没有任何印象。但似乎也是这完全无意的选择，确立了我和江苏文学之间的某种关联，包括后来进入江苏作协工作，对江苏作家作品的审美偏好，以至于后来博士论文做的就是当代江南小说的研究。也是在这样的不知不觉中，我慢慢走上了文学批评的道路。

十多年后的2020年，吴俊老师在《文艺论坛》主持的“起点批评”栏目中推出了我个人的批评小辑（《文艺论坛》2020年第4期），小辑中刊登的两篇文章分别是《江南小说与小说江南——江南文化视域中的当代江南小说》和《“青年写作”的再分化——从“断裂”到“后浪”》（因为体例和字数原因，这两篇文章没有收录到这本评论集中），而这差不多就是我过去十年文学研究和批评的两个方向。更为巧合的是，《文艺论坛》的前身正是《理论与创作》，仿佛冥冥之中自有一种文学批评的缘分。

对于一名当代文学批评从业者来说，过去的十多年，文学是繁荣而热闹的，而我们也得益于这样的热闹。在热闹中观察、体验，在热闹中发声、缄默。我们会对这热闹保持一种小心，但仍不妨碍我们的热情，甚至有时候为此而丢失了不少的冷静和客观。我不能说这样的热闹不好，但这样的热闹往往容易滋生盲目和浮躁，长远地说，并不利于个体的生长。在这样的氛围中成长起来的批评家，多多少少都难免有一种先天的不足，我们像是被过度培养的一代人，缺乏一种自我成长的强大主体性和内驱力，并始终无法翻越自我精神的围栏。如此一来，批评，还能为它自身而存在吗？我们需要一种强劲的文学、强健的人格，以及与此相应的强壮的文学批评。

当然，批评并不是一种绝对的理念，它是“关系”的呈现：批评者和作者的关系、和作品的关系、和世界的关系、和他人的关系、和故事的关系、和语言的关系等等。它通向内部，也伸向外部，它不是孤掌难鸣，而是更高意义上的共鸣。尤其是在时代的协奏中，个人的声音更是不可或缺，就像不可能存在单独鸣响的音乐。与此同时，我们又要在时代的和声中，发出独属于自我的声音，而不是被淹没、被遮蔽。好的批评者，是见证者、是创见者、是冒犯者，而从来不是一个可疑的旁观者。

过去的十多年，作为时代中的一个个体，我们参与或者见证了历史的许多高光时刻，也不可回避地承受着诸多现实之痛。作为事件的文学，和作为文学的事件，以及与此相关的故事，我们可以讲出很多很多。这都不是重点，最为重要的是，这一时代的文学和文学批评，是否能够帮助我们重获一种自我的意识，重获一种精神的提升，重获一种痛苦和愤怒的力量，还是仅仅让我们欢欣鼓舞，或者让我们无奈地意识到一切都已经无法挽回。

而批评就是我理解失去的思考方式——一种知道什么可以失去，什么不能失去的方式。这是一个充满了种种不确定性的时代，对于青年人、知识人甚至每一个人来说，这或许也是认识自我、认识社会、认识世界的一个最好的时代。文学中有奇迹，但生活中没有。生活中只有不断的艰辛、不解的沮丧，和不能由此而停下的思考与努力。